永远的
化蛹为蝶

余华论略

王侃 著

ZHEJIANG UNIVERSITY PRESS
浙江大学出版社

图书在版编目（CIP）数据

永远的化蛹为蝶：余华论略 / 王侃著. -- 杭州：
浙江大学出版社，2022.3
　　ISBN 978-7-308-22347-8

　　Ⅰ．①永… Ⅱ．①王… Ⅲ．①余华—小说研究 Ⅳ.
①I207.42

中国版本图书馆CIP数据核字(2022)第019663号

永远的化蛹为蝶——余华论略
Yongyuan De Huayongweidie——Yu Hua Lunlue

王　侃　著

责任编辑	平　静
责任校对	马一萍
装帧设计	周　灵
出版发行	浙江大学出版社
	（杭州市天目山路148号　　邮政编码　310007）
	（网址：http://www.zjupress.com）
排　版	杭州林智广告有限公司
印　刷	杭州宏雅印刷有限公司
开　本	880mm×1230mm　1/32
印　张	9
字　数	164千
版 印 次	2022年3月第1版　2022年3月第1次印刷
书　号	ISBN 978-7-308-22347-8
定　价	88.00元

目 录

········

（一）

· · · ·

余华的「线索」

一　城与人：盐、方言及《搜神记》

　　1960 年 4 月 3 日，余华出生于浙江省立杭州医院。父亲华自治，山东高唐人；母亲余佩文，浙江绍兴人。父母皆从医。余华是这对夫妇的次子，姓名两个字分别取自母亲和父亲的姓氏。偶尔，余华会有限度地表达一下他对血统论的迷信，以说明自己的文学风格与江南软性文化的差异，是得之于父系的、北方的基因。余华发表于 1987 年的中篇小说《四月三日事件》，显然是有意地将小说中的故事安放在自己的生日这一天。这或许只是一时兴起的戏谑，也或许有着他不为人知的动机。更有意思的是，余华曾写道："我父亲还有着地主家庭的历史，他家曾经拥有过两百多亩田地，是不折不扣的地主。多亏我祖父是一个二流子，不思进取，只知道吃喝玩乐。这个败家子在 1949 年的时候，恰到好处地将两百多亩田地卖光了，他因此卖掉了自己的地主身份……我的父亲因祸得福，甩掉了地主儿子的恶名。当然，我和哥哥也是祖父二流子生涯的隔代受益者。"[①] 显然，《活着》的核心情节以及"福贵"这个核心人物，都得之于家传。

　　余华曾经说："我的写作全部是为了过去。确切来说，写作

---

① 余华：《写作》，见《十个词汇里的中国》，台北：麦田出版，2010 年，第 69 页。

是靠过去生活的一种记忆和经验，世界在我的心目中形成最初的图像，这个图像是在童年的时候形成的，到成年以后不断重新地去组合，如同软件升级一样，这个图像不断变得丰富，更加直接可以使用。我常常感到生活的奇迹，时间和岁月会让生活变得有意思。"① 这一年，这一天，余华的生命、生活以及后来的写作生涯，渐次展开。

余华三岁时，因父亲工作调动，全家遂随父亲迁至海盐。海盐位于浙江北部的杭嘉湖平原，秦时置县，因"海滨广斥，盐田相望"而得名；它距杭州约 100 公里，距上海约 100 公里。海盐是崧泽文化的发祥地，素以"鱼米之乡、丝绸之府、礼仪之邦"著称。中国志怪小说的鼻祖晋人干宝、唐代诗人顾况、现代著名教育家和出版家张元济、著名漫画家张乐平以及曾领一时风潮的改革先锋步鑫生皆为海盐人氏。但是，余华全家甫到海盐，此地却是一个"连一辆自行车都看不到"的穷乡僻壤。余华的童年生活就在这个江南小县城——武原镇开始了。他在这里差不多生活了三十年。余华重要小说中的历史、人物和风物，都脱不开这个小镇对他童年记忆的铸定。他写道："我熟悉那里的一切，在我成长的时候，我也看到了街道的成长，河流的成长。那里的每个角落我都能在脑子里找到，那里的方言在我自言自语时会脱

---

① 余华、张英：《现实、真实与生活——余华访谈录》，载《中华工商时报》，2000 年 6 月 29 日。

口而出。我过去的灵感都来自那里，今后的灵感也会从那里产生。"①

的确，余华的作品里充满了海盐这座小镇的影子。在《在细雨中呼喊》中多次出现的"南门"、《死亡叙事》中的"千亩荡"、《河边的错误》里的"老邮政弄"、《命中注定》里的"汪家旧宅"，都是海盐县内的旧址。而《许三观卖血记》里许三观为了给一乐治疗肝病，一路卖血到上海，途中所经历的诸多地点，如通元、黄店、三环洞、黄湾等，都是在海盐县内沿用至今的地名。更为有趣的是，《西北风呼啸的中午》里的"虹桥新村26号"，则是余华自己在海盐的住处。②虽然后来余华辗转定居北京，却依然摆脱不了海盐加诸他记忆中的影像，他坦言："我的大多数作品都是以那个小镇为背景的……在我的小说里，我总需要借助于以前发生在故乡的一些场景。这就导致我在作品中从未提及北京，尽管这个城市也渐渐让我熟悉起来。……让我写北京我心里就没底，所以哪怕是北京的故事，我也把它想象成我们海盐那一带的……在我的想象中或在我的感觉中，这个场景是发生在南方的。"③余华的小说中经常写到下雨，如《现

---

① 余华：《自传》，见《余华作品集三》，北京：中国社会科学出版社，1995年，第381—386页。

② 参见沈婵娟：《海盐地域文化对余华的影响》，载《嘉兴学院学报》，2002年11月第14卷。

③ 参见安吉尔·皮诺（Angel Pino）:《人类灵魂比天空更加辽阔》，载《半月文学》（*La Quinzaine littéraire*），第858号，2003年7月16日—31日，第13—14页。

实一种》里，开头就写道："那天早晨和别的早晨没有两样，那天早晨正下着小雨。因为这雨断断续续下了一个多星期……母亲在抱怨什么骨头发霉了。母亲的抱怨声就像那雨一样滴滴答答。"这样没完没了、透着霉糜气息的雨，是海盐这样的江南小镇所特有的气候。

因此，"在余华的小说中，天是海盐的天，地是海盐的地"，甚至连人物身上也透散出海盐的气息。《许三观卖血记》中许三观的儿子分别叫一乐、二乐和三乐，而在海盐县武原镇公园弄一座叫作"绮园"的清代园林里，有一处宅子就名为"三乐堂"，园主冯瓒斋乃清代诗人、剧作家黄燮晋的次女婿，冯氏自谓"三乐"的意涵为："仰无愧于天，俯无愧于人，一乐也；父母兄弟俱在，二乐也；聚天下英才而教育之，此三乐也。"① 这一说法当然得于《孟子》。而在小说中，许三观为了家人的平安、家庭的幸福，一次次无私地、甚至是不惜命地卖血，不正是对此"三乐"精神的具体、真切的诠释么？以书中人物姓名和性情来折射家乡的人文秉征，之于余华，是写作中的一种家园情结。表达这种情结的最为经典、最令人动容的文字和象喻出自《活着》——当福贵埋葬了有庆，回望那条弯曲着通向城里的小路，知道自己从此再也听不到有庆赤脚跑来的声音——余华写道："月光照在路上，

---

① 《海盐县志》编纂委员会：《海盐县志》，杭州：浙江人民出版社，1992年，第839页。

像是撒满了盐。"

与此同时，海盐方言也奠定了余华文学思维的重要基础。诚如余华自己所说，"我就是在方言里成长起来的"。海盐方言作为他已然定型的日常生活思想的载体，必然也会在他的写作思维中不时闯入，发挥其"语用"。余华就曾在《许三观卖血记》的意大利文版自序里表达过这样一种困惑和颖悟："口语与书面语表达之间的差异让我的思维不知所措，如同一扇门突然在我眼前关闭，让我失去了前进的道路……我在中国能够成为一位作家，很大程度上得益于我在语言上妥协的才华。我知道自己已经失去了语言上的故乡，幸运的是我并没有失去故乡的形象和成长的经验。"[1] 话虽如此，在余华已面世的作品中，仍然有诸多方言的痕迹留存，有论者表示："《许三观卖血记》这本书的语言，尤其是对白，具有鲜明的南方口语感。书中人物说话，句短，口语化强烈，节奏确确实实是南方式的。"[2] 余华后来自己也说，在写这部长篇时，"基本上在叙述方面，当人物说话的时候，我就干脆在追求一种我们那边越剧唱腔似的味道。那个许玉兰，她每次坐在门槛上哭的时候，那全是唱腔的，我全部用的那种唱腔。如果正常对话时，我就用接近于那种唱腔，就这

---

[1]　余华:《〈许三观卖血记〉意大利文版自序》,海口:南海出版公司,1998年,第10页。
[2]　沈婵娟:《海盐地域文化对余华的影响》,载《嘉兴学院学报》,2002年11月第14卷。

样叙述下来。"①"我让那些标准的汉语词汇在越剧的唱腔里跳跃，于是标准的汉语就会洋溢出我们浙江的气息。"②

此外，有评论家曾分析余华的作品，认为其散发出魔幻色彩，但又指出余华的魔幻成分有别于魔幻现实主义："魔幻现实主义的特点是给现实披上一层光怪陆离的神话色彩的外衣，却始终不损害现实的本质……但余华小说的魔幻根子却全在人们的无意识中。"那么，如果不是完全受拉美魔幻现实主义的浸染，余华迥异的魔幻特色因子又是来自哪里呢？论者接着分析指出，这些苗子是从江南民间故事里生根发芽的："在我国南方农村城镇，长期流传着各种各样的鬼故事，它们作为集体无意识，有时肆无忌惮地闯入梦境，有时也会莫名其妙地钻进意识、感觉。余华小说中的魔幻，是整个无意识的有机部分，也是他幻觉世界的有机部分。"③海盐最早所出的历史文化名人应属晋代的史学家、文学家干宝④，其所编集的志怪小说集《搜神记》，辑录了各种神怪灵异故事，在中国小说史上有着极其深远的影响，干宝也因此被称作中国志怪小说的鼻祖。干氏家族所繁衍的子孙尤

---

① 余华、陈韧：《余华访谈录》，载《牡丹》，1996年第8期。
② 余华、杨绍斌：《"我只要写作，就是回家"——与作家杨绍斌的谈话》，载《当代作家评论》，1999年第1期。
③ 钟本康：《余华的幻觉世界及其怪圈》，载《小说评论》，1989年第4期。
④ 据史料记载，自西晋永嘉元年（307年），干宝举家迁至灵泉乡（今海宁黄湾五丰村与海盐澉浦六忠村的交界处）。至三世时，迁至梅园（今海盐通元）。

以浙江海盐的沈荡、通元、澉浦、六里等地聚居为盛，自东晋以来，已有一千七百多年族史，显为望族。海盐作为干氏家族世代繁衍的集中居住地，对干宝的生平及史学价值的研究十分重视，世世代代的海盐人对《搜神记》里的鬼怪玄异故事口口相传，耳熟能详。余华曾撰有《飞翔与变形——关于文学作品中的想象（一）》和《生与死，死而复生——关于文学作品中的想象（二）》①的创作谈，都征引了干宝的《搜神记》。余华对想象力的强调是极为用力的，并撰有《强劲的想象产生事实》一文佐其立场，而他的这种"强调"，最能显出干宝与《搜神记》对他的影响，这在他的《鲜血梅花》《古典爱情》《献给少女杨柳》以及《第七天》等作品中尤能见出分明。余华自己肯定地说："决定我今后生活道路和写作方向的主要因素，在海盐的时候已经完成了，应该说是在我童年和少年时已经完成了。接下去我所做的不过是些重温而已，当然是不断重新发现意义上的重温。我现在对给予我成长的故乡有着越来越强烈的感受，不管我写什么故事，里面所有的人物和所有的场景都不由自主地属于故乡。……我只要写作，就是回家。"②

---

① 这两篇文章同时发表在《文艺争鸣》，2009 年第 1 期。
② 余华、杨绍斌：《"我只要写作，就是回家"——与作家杨绍斌的谈话》，载《当代作家评论》，1999 年第 1 期。

二 独坐少年：十八岁出门远行前

余华四岁时进入县幼儿园。与如今的狂放不羁和机敏善言不同的是，幼年的余华多少显得木讷、沉静。余华曾如此写道："我是一个很听话的孩子，我母亲经常这样告诉我，说我小时候不吵也不闹，让我干什么我就干什么，她每天早晨送我去幼儿园，到了晚上她来接我时，发现我还坐在早晨她离开时坐的位置上。我独自一人坐在那里，我的那些小伙伴都在一旁玩耍。"① 莫言后来提及余华，说他是一个"古怪"的家伙，"说话期期艾艾，双目常放精光，不会顺人情说好话，尤其不会崇拜'名流'"②。这样的"古怪"，我们大概能从童年的余华孤单而固执的独坐身影里想象得到。或许，彼时独坐，他已开始冷眼旁观，沉湎于细敏而凛冽的内心。

此后的几年里，由于父母很忙，上班后就将他和哥哥锁在家中。他在《自传》里写道："门被锁着，我们出不去，只有在屋子里将椅子什么的搬来搬去，然后就是两个人打架，一打架我就吃亏，吃了亏就哭，我长时间地哭，等着我父母回来，让

① 余华：《自传》，见《余华作品集三》，北京：中国社会科学出版社，1995年，第381页。
② 莫言：《清醒的说梦者——关于余华及其小说的杂感》，载《当代作家评论》，1991年第2期。

他们惩罚我哥哥。这是我最疲倦的时候，我哭得声音都沙哑后，我的父母还没有回来，我只好睡着了。"在这段近似囚禁般的时光里，兄弟俩唯有的乐趣，便是"经常扑在窗口，看着外面的景色"。当时如海盐这样的江南小城，与农村有着太过模糊的界线，因此，兄弟俩在窗口看到的景色其实就是"乡间"："我们长时间地看着在田里耕作的农民，他们的孩子提着割草篮子在田埂上晃来晃去。"[1] 在那些农人的身影里，或许能辨认出后来在《活着》《许三观卖血记》中出现的福贵、有庆、孙光林、家珍、许玉兰的形象。同时，余华在他后来的小说里也描写了很多作品中的人物站在窗口向外凝视的场景，如《四月三日事件》，就是从少年主人公站在窗前向外观望时的冥想神游开始铺展而开的，小说的一开头就写道：

> 早晨八点钟，他正站在窗口。他好像看到很多东西，但都没有看进心里去，他只是感到户外有一片黄色很热烈，"那是阳光"，他心想。然后他将手伸进了口袋，手上竟产生了冷漠的金属感觉……那是一把钥匙，它的颜色与此刻窗外的阳光近似……现在他应该想一想，它和谁有着密切的联系。是那门锁。钥匙插进门锁并且转动后，将会发生什么。

---

[1] 余华：《自传》，见《余华作品集三》，北京：中国社会科学出版社，1995年，第381—386页。

……

那个时候晚霞如鲜血般四溅开来，太阳像气球一样慢慢降落下来，落到了对面那幢楼房的后面……这时他听到父亲向自己走来……

这两段文字，或许就是余华对自己被囚家中，站在窗口望着父母上班离开和下班回来的情景再现。余华将它们形诸纸端，表明这段记忆之于他，是多么的刻骨铭心。同时，第一段引文所示的少年，是一个无视周遭、沉溺内心的人。这等人物，在余华1986年后的作品中屡见不鲜，他们习惯于在冥想中逃离现实，在用想象搭建的精神世界里行走。

"文革"爆发次年，余华在海盐县向阳小学入学。在家中当"窗囚"的生活终结了，余华有了新的生活空间。不过，在家庭和学校之外，医院是他最常去的地方："那时候，我一放学就是去医院，在医院的各个角落游来荡去的，一直到吃饭。我对从手术室里提出来的一桶一桶血肉模糊的东西已经习以为常了。我父亲当时给我最突出的印象，就是他从手术室里出来时的模样，他的胸前是斑斑的血迹，口罩挂在耳朵上，边走过来边脱下沾满鲜血的手术手套。"[1] 年少时这些对血腥"习以为常"的经

---

① 余华:《自传》，见《余华作品集三》，北京：中国社会科学出版社，1995年，第386页。

历，投射到余华的作品中，其影响就是："余华小说的叙事者对于自己所叙述的那些令我们'正常人'毛骨悚然、不敢正视的故事，那些令我们作呕的场景，持一种见怪不怪的态度，这些在我们看来是如此反常的怪异的和可怕的人和事，在叙述者看来是生活中的常人和常事。"① 难怪作家格非曾如此说，就余华的文学才华而言，"真正使他受益的是他父亲的那座医院。对于余华来说，医院从来都不是一种象征，它本身即是这个世界的浓缩或提纯物，一面略有变形、凹凸不平的镜子。……余华后来多次谈到了那座医院，用的是漫不经心、轻描淡写的语气。这种语气到了他的作品中，则立即凝结成了具有锋利棱角的冰碴。他是那么热衷于描述恐惧、战栗，死亡和鲜血，冷漠和怀疑。"② 也正是因为这样的"习以为常"和"漫不经心"，余华给自己创设了一种叙述上的深度："这'暴力'虽惊心动魄，这叙述却从容自如。严格地说，这才是真正的叙述，即在最大程度上坚持一种客观视角，以一种有节制的（非情绪化的）语言方式直接地描述一个过程（事件）。"③

余华上小学四年级时，全家搬到医院里的职工宿舍居住。这意味着他"深入"到了医院内部。他说："我家对面就是太平

---

① 王彬彬:《余华的疯言疯语》，载《当代作家评论》，1989 年第 4 期。
② 格非:《十年一日》，见《塞壬的歌声》，上海：上海文艺出版社，2001 年，第 69 页。
③ 王侃:《叙述：从一个角度看近年的小说创作》，载《文学评论》，1991 年第 2 期。

间，差不多隔几个晚上我就会听到凄惨的哭声。那几年里我听够了哭喊的声音，各种不同的哭声，男的、女的、老的、少的，我都听了不少。"① 这样的听觉记忆之于余华的影响，就是在他后来的很多作品中，有各种各样的关于听觉的描写：

> 女儿醒了，女儿的哭声让他觉得十分遥远。仿佛他正行走在街上，从一幢门窗紧闭的楼房里传出了女儿的哭声……他听到屋外一片鬼哭狼嚎，仿佛有一群野兽正在将他包围。这声音使他异常兴奋。于是他在屋内手舞足蹈地跳来跳去，嘴里发出的吼声使他欣喜若狂。他想冲出去与那吼声汇合，却又不知从何处冲出去。而此刻屋外吼声正在越来越响亮，这使他心急火燎却又不知所措。他只能在屋内跳着、吼着。

这是在《一九八六年》里，那位历史教师被红卫兵抓走关进学校办公室后，出现的一连串的幻听反应。相近的叙述，《在细雨中呼喊》也多次出现：

> 我回想起了那个细雨飘扬的夜晚，当时我已经睡

---

① 余华：《最初的岁月》，见《没有一条道路是重复的》，上海：上海文艺出版社，2004年，第63页。

了……一个女人哭泣般的呼喊声从远处传来，嘶哑的声音在当初寂静无比的黑夜里突然响起，使我此刻回想中的童年颤抖不已。

现在我不仅可以在回忆中看见他们，我还时常会听到他们现实的脚步声，他们向我走来，走上了楼梯，敲响了我的屋门。

这样的幻听，结合着余华小说中经常出现的其他诸如幻视、幻觉、幻想等精神现象，让他笔下的人成为"一种想象性的存在"①，也使他的作品充满了隐喻式的象征。

而关于太平间的记忆，在某种意义上说，对于余华是至关重要的：它不仅开启了余华理解文学的通道，并且，用"体验""想象""通感"等一系列文学化的手段在余华幼年的身体里楔入了文学的郁结。很多年后，余华回忆当年的"太平间"，这样写道："我经常在炎热的中午，进入太平间睡午觉，感受炎热夏天里的凉爽生活。……直到有一天我偶尔读到海涅的诗句，他说：'死亡是凉爽的夜晚。'……海涅写下的，就是我童年时在太平间睡午觉的感受。然后我明白了：这就是文学。"②

① 张颐武：《人：困惑与追问之中——实验小说的意义》，载《文艺争鸣》，1988年第5期。
② 余华：《生与死，死而复生——关于文学作品中的想象之二》，载《文艺争鸣》，2009年第1期。

但余华真正意义上的文学阅读，是在小学毕业以后。他在1973年重新对外开放的海盐县图书馆里开始阅读小说，尤其是长篇小说。在三四年的时间里，他几乎将那个时代所有的作品都读了一遍，包括《艳阳天》《金光大道》《牛田洋》《虹南作战史》《新桥》《矿山风云》《飞雪迎春》《闪闪的红星》……"当时我最喜欢的书是《闪闪的红星》，然后是《矿山风云》。"他早年的阅读史，没有越出时代的限定，也并没有越出同时代同龄人的水平。不过，余华还是认定他阅读的上述书籍是"枯燥乏味的"①。

余华的初中时代，"文革"已无远弗届地渗至社会生活的每一个角落。此时的余华，却迷恋上了街道上的大字报。"每天放学回家的路上，我都要在那些大字报前消磨一个来小时。……在大字报的时代，人的想象力被最大限度地发掘了出来，文学的一切手段都得到了发挥，什么虚构、夸张、比喻、讽刺……应有尽有。这是我最早接触到的文学，在大街上，在越贴越厚的大字报前，我开始喜欢文学了。"如果大字报算是"'文革'文学"的话，它引发少年余华文学兴趣的，或许恰是它的暴力语言和语言暴力。"到了七十年代中期，所有的大字报说穿了都是人身攻击，我看着这些我都知道的人，怎样用恶毒的语言相互谩

①　余华：《最初的岁月》，见《没有一条道路是重复的》，上海：上海文艺出版社，2004年，第64页。

骂，互相造谣中伤。"① 除此之外，余华毫无疑问地目睹或亲临了
"文革"中的某些暴力场景。余华后来谈到《兄弟》中有关暴力细
节的问题时说："（这）是我从一些'文革'资料中看到的，当时
红卫兵、造反派们发明了很多酷刑。我所写的只是'文革'期间
用得最多的几种而已，把猫放进裤子里和肛门吸烟是我们小时
候都亲眼见过的。"② 余华后来的很多作品里都复制过这些动荡年
代加诸他的特殊心理印痕，《一九八六年》以及《兄弟》里那些关
于"文革"的暴力场景的描述，直白而凄厉，令人震栗。

余华不幸降生在一个被读书无用论所主宰的年代。他的中
学时代，由于对文化学习的普遍漠视，他的校园生活显得自由
但又百无聊赖。他细密的心思开始旁逸斜出。大约在高中阶段，
不通音律的余华凭着对音乐简谱的直观认识，进行了他一生中
唯一的一次音乐写作："我记得我曾经将鲁迅的《狂人日记》谱
写成音乐……我差不多写下了这个世界上最长的一首歌，而且
是一首无人能够演奏，也无人有幸聆听的歌。……接下来我又
将语文课本里其他的一些内容也打发进了音乐的简谱，我在那
个时期的巅峰之作是将数学方程式和化学反应也都谱写成了歌
曲。"③ 这段"音乐履历"虽然幼稚，却不可忽略。成年后的余华

---

① 余华:《自传》，见《余华作品集三》，北京: 中国社会科学出版社，1995 年，第 385 页。
② 戴婧婷:《余华: 作家应当走在自己的前面》，载《中国新闻周刊》，2005 年 8 月 18 日。
③ 余华:《音乐影响了我的写作》，上海: 上海文艺出版社，2004 年，第 4 页。

是一个音乐发烧友，并撰写了一系列影响颇巨的谈论音乐的专栏文章，以《高潮》①为名结集出版。余华不止一次地谈到，"音乐影响了我的写作"，"给了我一种叙述上的教育"②。后来在谈到《我没有自己的名字》和《许三观卖血记》的写作时，余华说，他运用了"重复"的叙事手段，而"重复"的运用，则是受到巴赫《马太受难曲》和肖斯塔科维奇《第七交响曲》里重复旋律的启发；同时，语言上，"努力使对话具有一种旋律，一种音乐感"，亦因此，有人如此评价这篇小说："语言极好，装饰性全去掉了，准确、精练、形式感极强，不是传统意义上的东西，有点像民间剪纸，繁复却很简练。"③

　　鲁迅是"文革"期间中国人共同的阅读记忆。虽在中学年代即有为鲁迅《狂人日记》谱曲的经历，但余华坦言："三十多岁以后我才与鲁迅的小说亲近，我才发现，那个小时候熟悉而不理解的人物，变得熟悉而伟大。"④"如果让我选择一位中国作家作为朋友，毫无疑问，我会选择鲁迅。我觉得我的内心深处和他非常接近。"⑤而实际上，余华作为一个作家出道不过五年，即有评论将他与鲁迅相提并论："在新潮小说创作，甚至在整个中国

① 余华：《高潮》，北京：华艺出版社，2000年。
② 余华、陈韧：《余华访谈录》，载《牡丹》，1996年第8期。
③ 余华、李哲峰：《余华访谈录》，载《博览群书》，1997年第2期。
④ 余华：《三十岁后读鲁迅》，载《青年作家》，2007年第1期。
⑤ 杨少波：《余华：忍受生命赋予的责任》，载《环球时报》，1999年3月12日。

文学中，余华是一个最有代表性的鲁迅精神继承者和发扬者。"① 另有评论则如此认为："理解鲁迅为解读余华提供了钥匙，理解余华则为鲁迅研究提供了全新的角度。"② 很多评论者都注意到了二者的渊源，关于这个向度的研读可谓著量颇丰。

1977年夏，余华中学毕业，并于年底参加恢复高考后的第一次考试，结果落榜。余华成名后，一度让国家教育部门如获至宝，每年高考发榜后都会敦请余华现身说法，以阐明"榜上无名，脚下有路"的成功道理。

这一年，适逢余华十八岁。余华在他的很多作品中塑造过经历了十八岁心灵变革的角色，后被一些论者称为"十八岁"主题③，"'十八岁'在他的小说里可能是一个象征，表示了人生的界限"④。其后来比较有影响力的短篇小说《十八岁出门远行》，讲述的就是"我"在十八岁那年应父亲的答允独自出门远行，闯荡天下见世面的旅途中，一开始就遭遇了一场触目惊心的经过精心策划的骗局，作者写道：

　　天色完全黑了，四周什么都没有，只有遍体鳞伤的汽

---

① 李劫：《论中国当代新潮小说》，载《钟山》，1988年第5期。
② 赵毅衡：《非语义化的凯旋——细读余华》，载《当代作家评论》，1991年第2期。
③ 王斌、赵小鸣：《余华的隐蔽世界》，载《当代作家评论》，1988年第4期。
④ 陈思和、李振声、郜元宝、张新颖：《余华：中国小说的先锋性究竟能走多远？——关于世纪末小说多种可能性对话之一》，载《作家》，1994年第4期。

车和遍体鳞伤的我。我无限悲伤地看着汽车，汽车也无限悲伤地看着我……山上树叶摇动时的声音像是海涛的声音，这声音使我恐惧，使我也像汽车一样浑身冰凉。

还有《四月三日事件》，写了一个无名无姓的十八岁少年，整日惶惶不安，对周围的一切都敏感得近乎失常：

> 无依无靠，他找到了十八岁生日之夜的主题。
> ……
> 后来邻居在十八岁患黄疸肝炎死去了，于是那口琴声也死去了。

在余华的笔下，十八岁没有正值青春期时的欢乐蓬勃，也没有人生转型期的隆重热烈，而是充满了诸如"遍体鳞伤""无依无靠""恐惧""悲伤""冰凉"和"死"之类的字眼，"余华似乎对面临成年的人格转型痛苦特别关切"[1]。于是后来有论者就大胆揣测，"余华之于他的'青春期'曾有过一次不同寻常的精神骚动，导致了他以后对于人生的基本态度"[2]。我们不敢妄断这一揣测是否属实，但联系余华这一年的经历，或许也不无道理。

---

① 赵毅衡：《非语义化的凯旋——细读余华》，载《当代作家评论》，1991 年第 2 期。
② 王斌、赵小鸣：《余华的隐蔽世界》，载《当代作家评论》，1988 年第 4 期。

这一年，余华经历了标志着从单纯学校生活步入繁复社会生活
的中学毕业、高考落榜、待业在家，可以说，对于正处于人生
转折期的他，这每一项遭遇都是刻骨铭心的沉痛压抑，无论后
来的他身上被赋予怎样耀眼的光环，这些沉重的记忆都会像血
液一样融进他以后的生活中，影响其写作内容。正如有人所指
出的："余华可能受过丑恶事物的刺激，由于当时因恐惧而产生
的激情使他有意识的活动产生抑制而成为无意识，而后，由于
抑制的解除才使那些当时未能意识的'恐惧情节'逐渐显示为意
识的东西……他以淡然乃至麻木的嘲讽来细写极写各种丑恶，
实际上是通过丑恶的赤裸裸的放纵来求得战栗着的生命情绪的
平衡……通过幻觉世界表现了灰暗心理的逃避。"[1] 另有论者将他
的《十八岁出门远行》《西北风呼啸的下午》《四月三日事件》这
三篇均明确提出过主人公"十八岁"年龄的小说联系起来，以此
作为入口来解读他日后的小说风格成型原因："十八岁，是一个
少年初长成人的标志。这三篇有关'成人式'的小说，我相信包
含着余华的成长经验，那些巨大的哀伤与失望还没有来得及整
理成他日后苦难世界的完整图景，忧伤、惊恐的情感像烟雾一
般弥漫在文本里，构成了这一阶段小说的基调。与此同时，他
日后小说中的重要主题：肉体与语言的施暴，蠢蠢欲动，预告

---

① 钟本康:《余华的幻觉世界及其怪圈》，载《小说评论》，1989 年第 4 期。

燎原之势。"① 据此，或许我们也就不难理解，为何他作品中的
"十八岁"总是充斥着不甚明亮的基调；也或许能够以此为契机，
更好地理解他后来所谓先锋期作品的暴力与血腥。

三　虚伪的作品：先锋、卡夫卡、一九八六

　　1978 年 3 月，十八岁的余华进入海盐县武原镇卫生院当牙
科医生。这是余华的第一份工作，也是他在成为职业作家前唯
一的一份工作。余华后来说："我实在不喜欢牙医工作，每天八
小时的工作，一辈子都要去看别人的口腔，这是世界上最没有
风景的地方，牙医的人生道路让我感到一片灰暗。"② 从事牙医
的 1978 年至 1983 年的时光，在余华的记忆中，是他"人生中度
过的最无趣的五年"，因为"口腔里面真的是世界上最肮脏的地
方"③。但他出道之初的小说作品《"威尼斯"牙齿店》显然与自己
的这段牙医生涯有直接联系。他在最引争议的长篇小说《兄弟》
中安置的"余拔牙"这个人物角色，虽属戏谑，但显然是牙医经
历的投射。莫言后来谈及他在读余华作品的感受时，说余华"是

①　郑国庆：《主体的泯灭与重生——余华论》，载《福建论坛（文史哲版）》，2000 年第 6 期。
②　余华：《回忆十七年前》，见《没有一条道路是重复的》，上海：上海文艺出版社，2004
年，第 100 页。
③　《余华，微笑面对人生》，选自《论中国》(*Papiers de Chine*)（瑞士报刊），2008 年 4 月
22 日。

个'残酷的天才',也许是牙医的生涯培养和发展了他的这种天性,促使他像拔牙一样把客观事物中包含的确定性意义全部拔除了……这是一个彻底的牙医,改行后,变成一个彻底的小说家。于是,在他营造的文学口腔里,剩下的只有血肉模糊的牙床,向人们昭示着牙齿们曾经存在过的幻影"[①]。莫言的评价不无道理。从这个角度来讲,我们似乎可以说,这段被余华视为不甚愉悦的经历,反而是促成他创作上独异风格的重要因素之一。

由于武原镇卫生院对面就是海盐县文化馆,余华每天看到文化馆的工作人员从来不用坐班,非常羡慕。但是,当时的文化馆工作人员都需要有一技之长,或音乐,或美术,或写作,余华在对自己进行了一番掂量之后,认为文学最有可能使自己进入文化馆,于是开始了写作尝试。余华坦承,他作为一个作家的最初的写作动机,从一个功利的目的开始。但是,从世俗眼光看,一个在偏僻小镇长大的孩子去从事文学写作,多少有点荒诞不经。甚至,余华的父亲也坚决不同意儿子当作家,"因为他坚信有知识的技能是最重要的。他受'文化大革命'和知识分子的命运问题影响颇深"[②]。显然,在父亲看来,作家是一个没有知识技能的职业,余华的文学写作可谓不务正业。因此,从

---

① 莫言:《清醒的说梦者——关于余华及其小说的杂感》,载《当代作家评论》,1991年第2期。

② 《余华,微笑面对人生》,选自《论中国》(*Papiers de Chine*)(瑞士报刊),2008年4月22日。

这个意义上讲，像余华这样一个在非文学环境中成长的青年人之所以选择文学写作，显然有着超越世俗的、非功利化的缘由。实际上，当时真正推动余华选择写作并最终以命相托的一个内在动力，是"写作的乐趣"。他曾在写于 1999 年的一篇短文里这样说：

> 我一直认为写作是一种乐趣，一种创造的乐趣。最初写作时的主要乐趣是对词语和句子的寻找，那时候最大的困难是如何让自己坐下来，让屁股和椅子建立友谊，我刚开始写作时才二十岁出头，这是一个坐不住的年龄。想想当时我的同龄人在到处游荡，而我却枯坐在桌前，这是需要极大的耐心来维持的，必须坚持往下写，然后突然有一句美妙的语言出现了，让我感受到喜悦和激动，我觉得自己艰难的劳动得到了酬谢，我再没有什么要抱怨了，我枯坐桌前也同样有无穷乐趣。[①]

经年，余华被安排到浙江宁波进修口腔科。这次经历中的一段插曲令他印象至深。很多年后，他回忆道："那个时候宁波刚好枪毙了一个二十一二岁的犯人，枪毙完了以后，就把死去

[①] 余华:《写作的乐趣》，载《没有一条道路是重复的》，上海：上海文艺出版社，2004 年，第 110 页。

的犯人往隔壁小学里一个油漆斑驳的乒乓球桌上一扔，从上海来、从杭州来的各个科的医生就在那瓜分，什么科都有。什么挖心的、挖眼睛的，那帮人谈笑风生，挖惯了。我回去以后三个月不想吃肉，很难受。这就是现实。"① 我们很容易就能辨认出，这段回忆是余华于 1988 年发表的中篇小说《现实一种》里的重要段落。《现实一种》是此后的中国当代文学史著常会提及的作品，原因之一是，它在余华小说所展示的"暴力美学"中具有代表性。对于余华来说，通过大字报领会到的"语言暴力"和通过外科手术目睹的"医学暴力"，纠合着引导了他对现实的认知，并构成了他世界观的重要部分。

此时的余华，已是一个标准的文学青年。此后的几年间，除了上班，他所有的时间几乎都待在虹桥新村 26 号自己那间临河的小屋里，坚执文学梦想，刻苦读书，倾力写作，并常常不分昼夜地与当地文学圈的朋友们分享阅读和写作的快乐。若干年后，他在北京遇到当时的著名批评家、作家李陀，言谈中他发现，李陀读过的文学名著他几乎都读过。这让余华不无自得，也让李陀甚感惊讶。

这期间，川端康成对余华的创作产生了重要的影响。川端康成大约是余华开始阅读外国文学时最早遭遇的外国作家之一。

---

① 余华:《我为什么写作》，见王尧、林建法主编《当代著名作家讲演集》，郑州：郑州大学出版社，2005 年，第 82 页。

1982 年，余华读到了《伊豆的舞女》，自此难以忘怀，并对川端康成十分珍爱："那段时间我阅读了译为汉语的所有川端（康成）的作品。他的作品我都是购买双份，一份保存起来，另一份放在枕边阅读。……川端（康成）的作品笼罩了我最初三年多的写作。那段时间我排斥了几乎所有的作家。"[①] 川端康成式的细密、沉潜、阴郁、物哀、"无限柔软"的风格深深吸引了青年余华，尤其是，川端康成"用纤维连接起来的"描述细部的方式使他迷恋："他叙述的目光无微不至，几乎抵达了事物的每一条纹路，同时又像是没有抵达……川端康成喜欢用目光和内心的波动去抚摸事物，他很少用手去抚摸，因此当他不断地展示细部的时候，他也在不断地隐藏着什么，被隐藏的部分更加令人着迷。"[②] 川端康成的影响，可以在余华对精确、细致的叙述风格的追求、推崇中感受倍深，尤其是他早期小说中大量暴力场景的描述亦可谓"无微不至"。余华自己说过："那五六年的时间我打下了一个坚实的写作基础，就是对细部的关注。现在不管我小说的节奏有多快，我都不会忘了细部。"[③]

　　1983 年 1 月，余华在该年的《西湖》第一期发表处女作、

---

① 余华：《川端康成与卡夫卡的遗产》，载《外国文学评论》，1990 年第 2 期。
② 余华：《温暖和百感交集的旅程》，见《我能否相信自己》，济南：明天出版社，2007 年，第 10 页。
③ 余华、杨绍斌：《"我只要写作，就是回家"——与作家杨绍斌的谈话》，载《当代作家评论》，1999 年第 1 期。

短篇小说《第一宿舍》。不久,《"威尼斯"牙齿店》《星星》《竹女》等小说相继问世。次年,余华正式调入海盐县文化馆。他曾这样不无谐趣地写道:"我第一天去文化馆上班时,故意迟到了三个小时,十点钟才去,我想试探一下他们的反应,结果没有一个人对我的迟到有所反应,仿佛我应该在这个时间去上班。我当时的感觉真是十分美好,我觉得自己是在天堂里找到了一份工作。"①

对于余华来说,这一阶段是他从文学青年"转正"为作家的重要年份。但余华显然并不特别看重这个时期发表的作品,也从不将"少作"录入自己的各种作品选集。这时期的作品,有明显的文艺腔、模仿腔,与余华后来自成一体的、难以复制的文学风格相比,这时期的作品,也许在余华看来,确实容易"像水消失在水里"(博尔赫斯语)。

虽如此,余华此期的作品在评论界还是颇受一部分人好评的。直至几年后的1989年,仍然有评论家肯定其短篇《星星》的价值,认为《星星》"至今仍散发着动人的气息……艺术成就不在《雨,沙沙沙》之下",并指出,当时的余华"善于在平凡的生活中发现诗意,在平静的叙述中表现诗意——这诗意又并不透明,而是如晨雾一般,既清新又迷蒙,混合着几分优美、几

① 余华:《回忆十七年前》,见《没有一条道路是重复的》,上海:上海文艺出版社,2004年,第104—105页。

丝惆怅、几缕温馨、几许遗恨……于情调中闪烁某些充满善意
的人生哲理"。① 而余华当年在《星星》获奖后谈及自己的创作感
言时，也说："生活如晴朗的天空，又静如水。一点点恩怨、一
点点甜蜜、一点点忧愁、一点点波浪，倒是有的。于是，只有
写这一点点时，我才觉得顺手，觉得亲切。"② 显然，当时的余华
想象中自己的文学之路是："不求揭示世界，但求创造一种情调，
追求阴柔之美。"③ 这样温馨平和的主题设想，与后来余华的写作
风格有着多么深阔的天渊之别，恐怕当初余华自己也没想到不
久后会走上另一条完全异向的"冷酷""暴力"文学之路，被人
论为"他的血管里流动着的，一定是冰碴子"④。

　　除此，在被评论家一致认为余华作品已达成熟期的 1991
年，仍有论者对余华的这些早期作品大加赞扬，"全面阅读了他
的作品，我发现余华创作的审美价值更多地体现在他的先前，
或先前代表的把握世界的艺术方式中，而不是后来的符号化运
作里。"因为，作品内蕴的"深和浅的标志不在于表现人性的正
面还是反面，无论正面还是反面都显示着人性的内容……问题

---

① 樊星：《人性恶的证明——余华小说论（1984—1988）》，载《当代作家评论》，1989 年第
2 期。
② 余华：《我的"一点点"》，载《北京文学》，1985 年第 5 期。
③ 樊星：《人性恶的证明——余华小说论（1984—1988）》，载《当代作家评论》，1989 年
第 2 期。
④ 朱玮：《余华史铁生格非林斤澜几篇新作印象》，载《中外文学》，1988 年第 3 期。

就看你是否感到了威胁生存的危险以及为避免危险而需要做的是什么。"而余华早期的作品所传达的正是"为自己深深体验和感知、并带着天真的梦想和怀爱而苦苦追寻的人类童年或人生童年的感情……是对堕落的反拨，它传达了人们对精神救赎的深挚渴望，对童年情结的热切呼唤"。①

余华在县文化馆工作期间曾受命下乡采风，搞民间文化三套集成。"在当初调入海盐县文化馆时，余华曾花了两三年时间很认真地领着任务，游走在海盐县的乡村之间，并经常坐在田间地头像模像样地倾听和记录农民们讲述的各种民间歌谣和传说。而《活着》开头出现的那个整天穿着'拖鞋吧嗒吧嗒，把那些小道弄得尘土飞扬'的民间歌谣搜集者，也正是这样一个人物。"②

1986 年对于余华来说是个分水岭式的年份。这一年，他结束了"少作"的发表，进入了新的蓄势。后来有论者认为，"1986 年对余华来说是关键性的一年，在这一年，余华对生活的真实性及许多相关的问题进行了长驱直入的思考，并获得了突破性的进展，其结果就是他向文坛推出了一个很有特点的短篇《十八岁出门远行》。这个作品的问世，标志着一种新艺术观点

① 张景超:《余华创作新论》,载《求是学刊》,1991 年第 4 期。
② 洪治纲:《悲悯的力量——论余华的三部长篇小说及其精神走向》,载《当代作家评论》,2004 年第 6 期。

的初步确立"，所以，"余华的创作始于 1983 年，但是他在文坛上显出特点则是在 1986 年。在此之前，他的观念是传统的，创作上也少有新鲜之作"。① 后来很多评论家也对这一年余华创作上的突变现象进行解读，并从不同方面对突变的原因给出了多种分析。而在余华自己看来，一个重要的原因，是他认识了文学上的卡夫卡。

这年春天，余华与朋友在杭州逛书店，意外发现仅剩一册的《卡夫卡小说选》。朋友先买下了，为此，余华以一套《战争与和平》为代价从朋友那里换取此书。余华的创作先于对卡夫卡的阅读，但根据他多次的回忆，他在文学道路上的一次决定性"新生"却源于卡夫卡："在我即将沦为文学迷信的殉葬品时，卡夫卡在川端康成的屠刀下拯救了我。我把这理解成命运的一次恩赐。"② 与川端康成不同，卡夫卡教会余华的"不是描述的方式，而是写作的方式"。余华曾坦言："作为一个中国人，我一直以中国的方式成长和思考，而且在今后的岁月里我也将一如既往；然而作为一位中国作家，我却有幸让外国文学抚养成人。"③ 对卡夫卡的最初阅读使余华的文学观念和想象力获得了极大的解放："1986 年，我读到了卡夫卡，卡夫卡在叙述形式上的随心

---

① 张卫中：《余华小说读解》，载《当代作家评论》，1990 年第 6 期。
② 余华：《川端康成与卡夫卡的遗产》，载《外国文学评论》，1990 年第 2 期。
③ 《在法中交流会上对四位中国作家的采访》，载《中国文学》，1999 年第四季度法语版。

所欲把我吓了一跳。在卡夫卡这里，我发现自由的叙述可以使思想和情感表达得更加充分。"卡夫卡文学的想象性和梦幻性特点让余华开始反思文学的"真实性"："文学的真实是什么？当时我认为文学的真实性是不能用现实生活的尺度去衡量的，它的真实里还包括了想象、梦境和欲望。"① 与此同时，卡夫卡式的"自由叙述"还让余华意识到"伟大作家的内心没有边界，或者说没有生死之隔，也没有美丑和善恶之分，一切事物都以平等的方式相处。他们对内心的忠诚使他们写作时同样没有了边界，因此生和死、花朵和伤口可以同时出现在他们的笔下，形成叙述的和声"。② 余华后来对写作中"忠实于内心"的强调，显然受启于此。

其次，通过对卡夫卡日记的研读，余华发现卡夫卡有一个"自己之外的自己"："（卡夫卡）在面对自我时没有动用自己的身份"，"或者说他就是在自我这里，仍然是一个外来者"，"他的日记暗示了与众不同的人生，或者说他始终以外来者的身份走在自己的人生之路上，四十一年的岁月似乎是别人的岁月"。③这直接影响了余华的"叙述态度"："我喜欢这样一种叙述态度，

---

① 余华:《我的写作经历》，见《没有一条道路是重复的》，上海：上海文艺出版社，2004年，第112—113页。

② 余华:《温暖和百感交集的旅程》，载《读书》，1999年第7期。

③ 余华:《卡夫卡和K》，见《温暖和百感交集的旅程》，上海：上海文艺出版社，2004年，第96—97页。

通俗的说法便是将别人的事告诉别人。而努力躲避另一种叙述态度，即将自己的事告诉别人。即使是我个人的事，一旦进入叙述，我也将其转化为别人的事。"① 对余华小说叙述中的这种迂回风格以及他所喜欢的对于曲笔的刻意运用，莫言曾有如下描述："如果让他画一棵树，他只画树的倒影。"②

关于这一点，也引起了评论家的极大兴趣。仅仅两年后，作为较早关注余华作品的评论家之一，张颐武就在他的余华专论《"人"的危机》一文中敏锐地指出："余华从来不使用第一人称的'我'作为叙事者，他都是以'静观'式的第三人称来讲述他的故事，而且他从来没有兴趣在故事的进行中制造马原式的叙事混沌，而是以一种古典式清晰来虚构他的故事……余华不是一个小说的破坏者，而是一个沉浸在小说的常规中的'说书人'。一切似乎笼罩在一种平静祥和之中，但在这里却发生着最为耸人听闻的暴力的事件。"余华平铺直叙和平淡写实的叙事风格之中，"在对待生活中的暴力和暴力造成的恐怖时的安宁和冷漠"的态度让其震惊不已。还有论者也发出同样的感触："他的叙述总让你觉得他不是在叙述他叙述的东西。他不动声色、无动于衷，麻木而机械，然而，他又把最细致而真切的感觉呈示

① 余华：《虚伪的作品》，载《上海文论》，1989 年第 5 期。
② 莫言：《清醒的说梦者——关于余华及其小说的杂感》，载《当代作家评论》，1991 年第 2 期。

给你。"① "作为作家的余华，似乎失去了与现实世界的一切利害关系，已经脱离了人类生活的世界而成了一个人类生活的纯然旁观者。他所构筑的小说世界可看成是作为现实世界的旁观者的他对现实世界的描述。"②

再次，也是更为重要的是，余华发现了"文学之外"的卡夫卡。阅读了更多"文学"的余华似乎意外地发现卡夫卡在"文学之外"："卡夫卡没有诞生在文学生生不息的长河之中，他的出现不是因为后面的波浪在推动，他像一个岸边的行走者逆水而来。很多迹象表明，卡夫卡是从外面走进了我们的文学。""文学之外"的卡夫卡给了余华闪电般的启示。汪晖曾为此评论道："'文学之外'是一个疆域无限辽阔的现实，倘若文学与生活的界线无法分割的话，那么，文学之外的疆域一定是一个独立于写作和生活的现实……"因此，在卡夫卡的直接影响下，余华的写作变成了一种"突破文本与生活界限的冲动"。可以这么说：在余华此后的文学生涯中，卡夫卡一直以独特的方式与他在一起。③

毫无疑问，卡夫卡首先出现在《十八岁出门远行》中。这不仅因为余华的这部成名作与卡夫卡的《美国》有异曲同工之妙，更重要的是，这部小说的行文风格与主题形态都几近卡夫

① 陈晓明：《后新潮小说的叙事变奏》，载《上海文学》，1989年第7期。
② 王彬彬：《余华的疯言疯语》，载《当代作家评论》，1989年第4期。
③ 有关余华与卡夫卡的文学关系，赵山奎在《"文学之外"的拯救：余华与卡夫卡的文学缘》一文中有精彩论述。见《文艺争鸣》，2010年第12期。

卡式。这部小说终结了余华"少作"的清新风格，意味着一个先锋作家文学远行的真正起点。这是一个漂亮的迈步。这年冬天，余华赴北京西直门的上园饭店参加《北京文学》的笔会，遇见了当时有"文学教父"之称的著名批评家李陀。余华将自己的新作《十八岁出门远行》交给李陀审读，李陀看完后说："你已经走到了中国当代文学的最前列了。"① 余华自己也认为，"应该说《十八岁出门远行》是我成功的第一部作品，在当时很多作家和评论家认为它代表了新的文学形式，也就是后来所说的先锋文学"②。

在《清醒的说梦者——关于余华及其小说的杂感》这篇被反复征引以讨论余华的随笔中，莫言以一个作家特有的感受式的批评方式评述了余华其人以及他的《十八岁出门远行》。莫言认为《十八岁出门远行》"是当代小说中一个精巧的样板，它真正的高明即在于它用多种可能性瓦解了故事本身的意义，而让人感受到一种由悖谬的逻辑关系与清晰准确的动作构成的统一所产生的梦一样的魅力"。因而，他断言余华是一个"清醒的说梦者"。莫言与余华曾经"同居一室，进行着同学的岁月"，因此自觉"对这颗诡异的灵魂有所了解"，并直言："'正常'的人一

---

① 余华、杨绍斌：《"我只要写作，就是回家"——与作家杨绍斌的谈话》，载《当代作家评论》，1999 年第 1 期。

② 余华：《我的写作经历》，见《没有一条道路是重复的》，上海：上海文艺出版社，2004 年，第 113 页。

般都在浴室里引吭高歌，余华则在大庭广众面前狂叫，他基本不理会别人会有的反应，而比较自由地表现他狂欢的本性……这家伙在某种意义上是个顽童，在某种意义上又是个成熟得可怕的老翁"，有着充满"狂欢"的"童心"和"浪漫精神"。① 与此同时，余华的语言能力，他日后一直沿用的简洁、精确但又张力十足的语言风格，在这个短篇小说中有令人难忘的展示。孙绍振曾讨论过这篇小说的语言，认为其"语言所创造的一种荒谬而又真实的张力" ②，是这篇小说的重要价值所在。

很自然地，发表《十八岁出门远行》的 1987 年有理由被命名为中国当代文学史上的"余华年"。是年，由于《十八岁出门远行》《西北风呼啸的中午》《四月三日事件》《一九八六年》的发表，加上次年《现实一种》《世事如烟》《河边的错误》《死亡叙述》《难逃劫数》《古典爱情》等作品的行世，余华已确立了自己在中国先锋作家中的突出地位。这些作品以对"暴力"的极度渲染震动了当时的文坛。《十八岁出门远行》和《现实一种》常在不同版本的文学史著作中被论及，实际上，《一九八六年》同样意义非凡。如果说前两者因其对荒诞感的有力揭示而显现出"世界性"和"形而上学性"的话，后者则更多地体现了"中国性"

① 莫言：《清醒的说梦者——关于余华及其小说的杂感》，载《当代作家评论》，1991 年第 2 期。
② 孙绍振：《〈十八岁出门远行〉解读》，载《语文建设》，2007 年第 1 期。

与"现实感"，因为这部小说"并不特指1986年的当下，相反，对它的理解更多地被指向二十年前爆发以及十年前结束的'文革'。这是一个有关开始或结局的小说，一个关于如何开始又如何结局的小说。发生在1986年的一个疯子自戕的偶然事件，被寓言式地理解成以刑罚为标志的民族文化记忆和以'文革'为标志的国家集体记忆，以及以'看杀'为场景的现代文学记忆"①。有批评家如摩罗，对《一九八六年》情有独钟，评价甚高，认为"《一九八六年》的诞生可以说是中国文学的重大事件，尤其是'文革'题材和知识分子题材"②，认为它"本来应该享有被关注、被理解、被反复阐释的机遇。但到目前为止，它虽然比许多其他小说更受尊重却远未获得它所应该享有的地位和影响"。摩罗从哲学心理学的角度对这篇文章进行了深度分析论证，认为《一九八六年》"一定程度地凝聚着千百年来、尤其是本世纪以来、尤尤其是'文革'以来我们民族所蒙受的苦难、凌辱与创伤，同时一定程度地启示了我们这个时代，尤其是我们这一代知识分子所面临的精神困境"，文中的历史教师的自戕行为，其实是"以这个民族历史上未曾有过的残酷而又辉煌的表象表达了他对这个民族的失望与反抗，完成了他对这个民族的忠告和对

---

① 王侃:《年代、历史和我们的记忆》，载《文艺争鸣》，2010年第1期。
② 摩罗:《论余华的〈一九八六年〉》，载《文艺理论研究》，1997年第5期。

自身的道德超越"①。另有论者认为，"余华的叙事话语戳破了新
一轮历史书写的假象……（历史教师）这样一个'正常'身份无
限延宕、精神分裂式的主体，也许更切近'文革'、前'文革'、
后'文革''似真似幻亦真亦幻'的主体境况。"因此被认为是
"新时期文学书写'文革'达到少有高度的不多篇章之一"。②

　　实际上，余华在此期间发表的几乎每一个中短篇小说都受
到了高度的关注和热烈的评论，并且是一边倒式的好评，即便
是《河边的错误》这样移植通俗文类的作品。作家残雪在评述
《河边的错误》时也感慨不已："这样的小说绝不是一般的侦探
小说。它不是要解开某一个谜，它只是要将侦破的过程呈现于
我们面前，将我们的目光引向那不可解而又永远在解的终极之
谜。作家深通其中的奥秘，因而才会有这样不动声色的严谨的
描述，冷峻到近乎冷酷的抒情，以及那种纯美的诗的意境。"③有
意思的是，这是残雪在这篇小说发表十多年之后的议论。这表
明，余华的小说在经过持久、反复的阅读、阐释、批评之后仍
具魅力，历久弥新。凡此种种，引发了批评家如此这般的慨言：
"1987年底他（余华）正式出现于中国文坛上时，他俨然是个
成熟作家；该年九月刊出的《十八岁出门远行》和《四月三日事

① 摩罗：《破碎的自我：从暴力体验到体验暴力——〈非人的宿命——论《一九八六年》之一〉》，载《小说评论》，1998年第3期。
② 郑国庆：《主体的泯灭与重生——余华论》，载《福建论坛（文史哲版）》，2000年第6期。
③ 残雪：《灵魂疑案侦查——读余华的小说〈河边的错误〉》，载《书屋》，1999年第2期。

件》已经具有难以模仿的余华风格，和只有他写得深刻的余华主题。次年一月，《现实一种》发表，一向反应迟钝的批评界开始觉察一个新的现实在出现。即使没有格非、苏童、孙甘露这些所谓第二波先锋派作家几乎同时崛起，余华也能使 1988 年成为中国文学的丰收之年，使'新潮文学到顶'论的悲观预言家悔之莫及。"① 法国人斯特法尼·非埃尔后来这样评说这个时期的余华："《十八岁出门远行》把他送上了成功之路。这篇小说受到了评论家的极力推崇。从那以后，他与马原、苏童、格非一起成为中国先锋派作家的代表人物。这些小说家在创作小说时习惯运用大量不同的风格（这些风格似乎相互寻找、重复着那些充满创意精神、探索精神和发现精神的经历），但是总是饱含激情与怜悯之心来描述那些小人物和那些通常悲惨的个人命运。"② 余华自己也曾说道："在 1986 年写完《十八岁出门远行》之后，我隐约预感到一种全新的写作态度即将确立。"

评论界开始密集地关注余华，关注余华这两年的小说带给人们的全新阅读体验。评论家钟本康曾提及余华在写给他的信件中说："从 1986 年底起，视角发生了变化，也就是想看看这个世界的另一面，即反面。""所谓'反面'，是指目前绝大多数读

---

① 赵毅衡：《非语义化的凯旋——细读余华》，载《当代作家评论》，1991 年第 2 期。不过此文对余华若干作品发表时间的记载有误。
② 斯特法尼·非埃尔（Stéphane Fière）：《余华："在中国，什么都可能发生。"》，载《传媒报》（MEDLA），2009 年 4 月 27 日。

者（也不仅是读者）的经验世界里处于隐蔽状态的事物。"① 余华后来又公开地对这两年的写作进行总结："从《十八岁出门远行》到《现实一种》时期的作品，其结构大体是对事实框架的模仿，情节段落之间的关系基本上是递进、连接的关系，它们之间具有某种现实的必然性。但是那时期作品体现我有关世界结构的一个重要标志，便是对常理的破坏。简单的说法是，常理认为不可能的，在我的作品里是坚实的事实；而常理认为可能的，在我那里无法出现。……当我写作《世事如烟》时，其结构已经放弃了对事实框架的模仿。表面上为了表现更多的事实，使其世界能够尽可能呈现纷繁的状态，我采用了并置、错位的结构方式。"② 正如评论家所言："余华给我们提供了一个难解的谜，他似乎在打破常规，但他的打破又全无自觉；他似乎在随心所欲地写作，但这种随意又构成了一次引人注目的创新。"余华的作品构成了一个尖锐的反讽和二元对立，"语言是平静而安宁的，但语言所包含的意义和时间是暴烈而混沌的，他的小说的叙事方式是传统的，而内含是现代的"。于是指出，"在余华的本文中，语言和意义之间出现了剥离和断裂。在有序的语言世界背后却躁动着无序的实在和意义世界"。③

① 钟本康：《余华的幻觉世界及其怪圈》，载《小说评论》，1989年第4期。
② 余华：《虚伪的作品》，载《上海文论》，1989年第5期。
③ 张颐武：《"人"的危机——读余华的小说》，载《读书》，1988年第12期。

更进一步地，评论家指出，余华的"小说实验""动摇和消解着我们意识的基础"；他"以独特的敏锐，对深刻地贯穿于当代中国思想中的人道主义精神提出了质疑"，"人道主义对人的更高标准的要求和对'人'的信念受到了异常强烈的攻击"；因为余华营造了一个语言与暴力交织的世界，在这个世界里，"人"盲目而无奈地纠缠于无尽的语言符号之中，"人"不再具有"五四"时所赋予的主体意义，而变成了语言和暴力的载体，"这是中国文学从未有过的观念和意识"。所以，评论者指出，余华所塑造的"这种文学意识开始脱离"五四"以来文学的整个传统，也开始脱离新时期文学的整个传统"，余华的创作说明了"一种不同于以往的文学已经站在了我们面前"[1]。相似的但更具启发性的评论是赵毅衡《非语义化的凯旋——细读余华》的分析。赵毅衡说："要在这样群星灿烂的背景上迥出伦辈，几乎是不可能的事，但是余华做到了。"赵毅衡借批评家李劼的话[2]，将余华与鲁迅相提并论，认为二者都有一个共同的主题，即意图完成"各种意义构筑体系之间可能的替换和对抗"，不同的是，"鲁迅的对抗双方是以新旧来区分的"，"余华的对抗双方是以虚实来划分的"，并认为，"虚和实的对抗有新旧对抗所不可能有的新的向

① 张颐武：《"人"的危机——读余华的小说》，载《读书》，1988 年第 12 期。
② 李劼曾在其论文《论中国当代新潮小说》中指出："在新潮小说创作，甚至在整个中国文学中，余华是一个最有代表性的鲁迅精神继承者和发扬者。"载《钟山》，1988 年第 5 期。

度。这可能是本世纪初与本世纪末中国作家的区别"。进而具体分析，"在余华的早期作品中，这种主观因素多半是一种自我经验"，而"稍晚一些的作品中，幻觉与现实的变换超越了个人精神的范围"，并认为"其动力存在于中国亚文化中一些根深蒂固源远流长的陋俗"，"表现为对人性残酷面的细节描写、对历史权力的颠覆、对中国文化的文本体系中处于至高地位的道德伦理的挑战，甚至后来由上述主题性颠覆变成文类型颠覆，如以《河边的错误》来戏仿传统的公案–侦探小说，以《古典爱情》来戏仿才子佳人小说，以《鲜血梅花》来戏仿武侠小说，使这些符合文类要求的情节都成为没有意义的象征，整篇小说"成为非语义化（desemantization）凯旋式"。是而批评家做此结论："在中国近日的先锋派作家中，余华是对中国文化的意义构筑最敏感的作家，也是对它表现出最强的颠覆意图的作家……余华的小说指向了控制文化中一切的意义活动的元语言，指向了文化的构筑方式。在这里批判不再顾及枝叶而颠覆是根本性的。"[1]

十多年后，后来的评论者干脆将这一时期的余华称作是一位"寓言作家"，而"寓言式的写法不但成就了他的精致、质朴和令人惊奇的简单，同时也造就了他的复杂、深邃和叙述上最大的恍惚感"[2]。丹麦汉学家魏安娜以余华的《现实一种》为阐释

[1] 赵毅衡：《非语义化的凯旋——细读余华》，载《当代作家评论》，1991年第2期。
[2] 张清华：《文学的减法——论余华》，载《南方文坛》，2002年第4期。

范本，从民族与时代的视野出发，认为余华的写作以一种与众不同的方式关涉"中国当代文学中自 20 世纪 80 年代初既已突显的个性与民族性问题"，"在中国，他的创作曾如催化剂，刺激了各种不同的对待审美现代性之一般观念的美学态度的显现；在西方，一些华人学者如唐小兵、赵毅衡等，在他们的有关中国文学中现代与后现代的存在或存在之可能性的思考中，常常视余华为中心角色"。魏安娜以文本解读的形式阐释了这一命题如何成为可能：在《现实一种》里，余华通过有意识的努力，抽去了一个家庭故事里本来强烈要求发出的道德说教与解释，激活了一种为填补"意义"的缺席而进行的寓言的阅读，它涉及的是对中国文化与民族性以及对家庭个体都很重要的问题，是作为个体在当代中国文化中的困境以及表现在文本现实中的问题的现代多相寓言出现的。①

1989 年 9 月，余华在《上海文论》第 5 期发表重要论文《虚伪的作品》。此文开篇即说："现在我似乎比以往任何时候都要明白自己为何写作，我的所有努力都是为了更加接近真实。"他这篇文章明确地表达了自己对"常识"、对"经验"所铸定的现实秩序的不信任，并全面阐释自己的"真实观"，阐述了"为内心写作"的文学追求。1991 年，莫言在《清醒的说梦者——关于余华

① 魏安娜：《一种中国的现实：阅读余华》，吕芳译，载《文学评论》，1996 年第 6 期。

及其小说的杂感》一文引述《虚伪的作品》中最具思辨的一个小段落时，余华的小说连同他关于经验、逻辑、常识、现实以及虚伪、真实的精辟论述引发了莫言这样的感叹："其实，当代小说的突破早已不是形式上的突破，而是哲学上的突破。余华用清醒的思辨来设计自己的方向，这是令我钦佩的，自然也是望尘莫及的。"[①]1992年，余华在另一篇文章里再次提及《虚伪的作品》："这是一篇具有宣言倾向的写作理论，与我前几年的写作行为紧密相关。……文章中的诸多观点显示了我当初的自信与叛逆的欢乐，当初我感到自己已经洞察到艺术永恒之所在，我在表达思考时毫不犹豫。现在重读时，我依然感到没有理由去反对这个更为年轻的我，《虚伪的作品》对我的写作依然有效。"[②]

这期间的余华被"先锋"所标注。他短短几年间的迅速冲顶，令人振奋和欢欣。他所取得的成就和所达到的水平，令批评界赞叹和迷恋不已。但恰恰是这种迷恋埋设了某种伏笔：一方面，批评界有理由也有信心期待余华开启新的飞升，迈入新的境界；另一方面，又不愿意余华再度"陌生化"，摆脱被"先锋"所标注的种种衣饰，从而蜕去令批评界迷恋的语言气质和叙述风格。这是一种微妙的、悖谬的但并非恶意的阅读心理，某种

---

① 莫言：《清醒的说梦者——关于余华及其小说的杂感》，载《当代作家评论》，1991 年第 2 期。

② 余华：《河边的错误·跋》，武汉：长江文艺出版社，1992 年，第 346 页。

意义上讲，正是这样的一种阅读心理，使得批评界——至少是批评界的某一部分人，希望余华是恋栈的、故步自封的。于是，很快，随着余华又一轮新作的推出，曾冠诸"先锋余华"的一边倒式的喝彩便迅速瓦解。

四　结局或开始：三部长篇

1991年，余华的长篇小说《呼喊与细雨》在《收获》杂志发表。余华很少有文字谈及这部小说的写作过程。十年之后的2001年，我到嘉兴，当地的作家朋友曾文学性地向我讲述过余华在嘉兴修改他这第一部长篇小说时深夜踯躅街头的情景：笼罩、追随和侵入他的，是幽暗的街灯、浩瀚的黑虚、坐立不安的长短影子、难以自抑的激情狂澜、不可探知的苦心孤诣、巨大的焦虑和无尽的彷徨。

余华的这部长篇小说处女作《呼喊与细雨》（后更名为《在细雨中呼喊》）被认为运用了一种"潜入人物内心深处的写作方式，是他区别于过去的一个重要标志"①。的确，在这部小说里，余华似乎放弃了赤裸裸的杀戮游戏，放弃了满是形而下的欲望和暴力描述，而是大量启用了一种带有温情意味和人性关怀的

---

① 杨振宇：《余华小说创作中苦难主题的嬗变》，载《绥化学院学报》，2008年第2期。

心灵语言，"心灵语言对行动代码的取替，无疑使《呼喊与细雨》具有了更为内在深刻的精神内涵与情感向度"①。关于心灵语言之于小说的重要内在力量，福克纳曾发表过如此言说："我认为，今天人类的悲剧，在于寰宇四处布满了肉体的恐惧，而这种恐惧持续已久，以致我们麻木不仁，习以为常。今天，我们所谓心灵上的问题已不复存在，剩下的只有一个疑问：我们何时被战争毁灭？因此，当今从事文学的男女青年已把人类内心冲突的问题遗忘了。然而，唯有这颗自我挣扎和内心冲突的心，才能产生杰出的作品，才值得为之痛苦和触动。"② 于是，从这个向度上来说，评论者认为："几年来先锋小说的疲软，在这部小说中找到了足以引以为豪的慰藉。《呼喊与细雨》是对先锋小说艺术经验的一次有力总结，它向我们预示了一个新的小说时代正在远远到来。迄今为止，在新一代小说家中，只有余华，才能如此全面地向我们展示小说所能达到的艺术高度与精神限度。"③ 也有论者认为，这是一部"坦诚而令人震惊的心理自传"，"所有的感觉与幻想、表达的欲望、内心的焦灼、语言和想象力，等等，全都登峰造极"。与此同时，这部长篇小说也被认为"在某种程

① 谢有顺：《绝望审判与家园中心的冥想——再论〈呼喊与细雨〉中的生存进向》，载《当代作家评论》，1993年第2期。
② 福克纳：《获奖演说》，见《诺贝尔文学奖颁奖演说集》，南昌：百花洲文艺出版社，1991年，第374页。
③ 谢有顺：《绝望审判与家园中心的冥想——再论〈呼喊与细雨〉中的生存进向》，载《当代作家评论》，1993年第2期。

度上是近几年小说革命的一次全面总结，当然也就是一次历史献祭。这样的作品，标志着一个时期的结束，而不是一个新时代的开始"。因为，"对于余华来说，以及对于当代中国小说来说……这部心理自传中无可比拟的心理经验和革命语法，毋宁说是最完全彻底的，因而也是最后一次叛逆"。"也许这是余华的最后一次冲刺，当代小说不会在极端个人化的心理经验和乌托邦世界里找到出路，如何与这个变动的社会现实对话，显然是一个无法回避的迫切的美学难题"。[①] 在复旦大学召开的一场关于余华的讨论会，借"中国小说的先锋性能走多远"的论题来观照20世纪末小说发展的多种可能性。在讨论中，几位批评家梳理了余华前期作品的先锋性，一致看到了自《呼喊与细雨》起，余华小说"从先锋向世俗的变化"的倾向，而且，"这变化对当代被称为'先锋小说'的创作思潮具有象征性意义"；也谈到了其变化的具体新质（如作品形式化的淡弱、更接近生命本身的生存感悟等）、可能性原因以及先锋小说的现状与出路，让我们看到了彼时"小说本来应有的可能性和它在目前所能达到的现实性之间的距离"，以及《呼喊与细雨》的出现之于余华个人的创作和整个"先锋文学"的意义。[②]

---

① 陈晓明：《胜过父法：绝望的心理自传》，载《当代作家评论》，1992年第4期。
② 参见陈思和、李振声、郜元宝、张新颖：《余华：中国小说的先锋性究竟能走多远？——关于世纪末小说多种可能性对话之一》，载《作家》，1994年第4期。

简而言之,《呼喊与细雨》被提升到文学史的层面来界定其价值和意义：它不仅是自 20 世纪 80 年代以来先锋文学的集大成者,壮观地展示了先锋文学的一切革命性,同时它也展示了先锋文学在新的时代语境中面临和深陷的困境。在中国当代文学史的地理版图上,它成了别具意味的地标。在我看来,《呼喊与细雨》对于余华来说,其意义在于：一是,他的写作主题开始呈扇面展开,在原有的"残酷"主题之外展开了"苦难"的主题,使他的小说在"纯粹"之外有了"复调",有了厚度；二是,这部小说所隐含的线索、情绪,的确暗示了余华"转型"的先兆。

这部小说后来在法国出版后,得到如此评价："作者运用其清新的文笔,使其笔下的人物跃然纸上,营造出一种既荒诞可笑又令人心碎的特殊意境。"[1] "余华最为非凡卓越的成就在于他对故事的掌控能力,叙述视角变化的巧妙方式,对回忆的准确拿捏以及寓悲伤于幽默之中,喜剧之中又见悲剧色彩的精妙绝伦的写作方式。""这部小说使得余华成为近二十年以来中国文坛最为闪耀的明星之一,其小说具有普世价值……阐述关于存在的人生大哲理：命运的交错、家庭关系、个体的孤独、宽容及人类乐于掌控一切的天性。"[2]

---

[1] 克莱蒙斯·布鲁克（Clémence Boulouque）:《在细雨中呼喊》,载《读书》（Lire）,2004 年 4 月,第 89 页。

[2] 若西安娜·萨维尼奥（Josiane Savigneau）:《丛书世界》,载《世界报》（Le Monde）,2003 年 5 月 23 日,第 4 页。

在英语国家，这部长篇也备受推崇。美国《艺术之声》书评认为，这是"一部迷人的小说，辛辣、幽默而且具有普世价值"，"指引我们穿越奇妙而复杂的人性众相"。①《出版商周刊》等多家媒体对其进行介绍和解读："小说由零星的片断回忆组成，当我们摸索着记忆的线索，会发现无数信息的碎片"，"时间在其中起伏跳跃，每一个'时间'都退隐到背后"②；这部小说让我们观察到"我们的生活与其说根植于土壤，不如说是根植于时间……时间使我们前进或后退，并改变我们的方向"。③

这部长篇处女作的写作，余华可谓煞费心血，经历了反反复复的修改与删减，"有时写得十分顺手，可顺着顺着就陷入了另一种状态，于是，再回过头去重新考虑，不断地删节，不断地重写，以至在最后一次定稿时还重写了相当一部分章节，并将原稿的 24 万字压缩成 16 万字"。三易其稿，审慎而细致，足见余华对这部小说的珍爱与所下功夫之深。无怪有论者用"完整、浑厚"来形容它，并认为"它没有了时下许多长篇小说所常见的不足，诸如中篇框架的填充，诸如舍不得割舍的冗赘，诸如虎头蛇尾的遗憾，诸如同义的反复等等。"④

1992 年，余华在该年第 6 期的《收获》上发表了长篇小说

① 马修·米兰达：《余华：〈在细雨中呼喊〉书评》，载《艺术之声》，2007 年 9 月 12 日。
② 威韦克·沙马：《余华：〈在细雨中呼喊〉评论》，Sharma.com，2007 年 11 月 24 日。
③ ［美］《出版商周刊》，2010 年 6 月 12 日。
④ 潘凯雄：《〈呼喊与细雨〉及其他》，载《当代作家评论》，1992 年第 4 期。

《活着》。这是余华迄今为止最广受欢迎的作品，长销不衰，近五六年的销量更是达到了每年百万之巨。余华在次年出版的《活着》单行本的自序中如此写道："我感到自己写下了高尚的作品。"他也曾以高度简洁的话语"点化"过这部作品："以笑的方式哭，在死亡的伴随下活着。"批评界自这部作品发表始，二十年多来一直保持着不懈的研究热情。有论者认为，"《活着》是当代小说中超越道德母题的一个典范，它不但高于那些以'解构'现存道德为能事的作品，而且也高于那些一般的在伦理范畴中张扬道德的作品。它使小说中的道德问题越出了伦理层面，而成为一个哲学的，甚至神学的问题"，"它所揭示的是这样三个层面：作为哲学，人的一生就是'输'的过程；作为历史，它是当代中国农人生存的苦难史；作为美学，它是中国人永恒的诗篇，就像《红楼梦》《水浒传》的续篇，是'没有不散的筵席'。实际上《活着》所揭示的这一切不但可以构成'历史的文本'，而且更构成了中国人特有的'历史诗学'，是中国人在历史方面的经验之精髓"。① 同时，余华在《活着·前言》中写道："随着时间的推移，我内心的愤怒渐渐平息……我开始意识到一位真正的作家所寻找的是真理，是一种排斥道德判断的真理。作家的使命不是发泄，不是控诉或者揭露，他应该向人们展示高尚。

———————————

① 张清华：《文学的减法——论余华》，载《南方文坛》，2002年第4期。

这里所说的高尚不是那种单纯的美好，而是对一切事物理解之后的超然，对善与恶一视同仁，用同情的目光看待世界。"余华对其写作心境和理念的自述，以及《活着》中所展示出的新质，让批评界普遍认为这部作品是余华的转型之作，他在这部作品中表现出来的现实态度和情感含量，使批评界认为他已摆脱了先锋文学落幕后的困顿，并在仍处困顿的先锋作家群中脱颖而出，"余华以往所走的创作路子，可谓是在走钢丝"，可是《活着》的出现，让"余华从那条细得不能再细的小道上脱颖而出"，"走出'灿烂'来了"，自此，"他已经是在凭'底蕴'来写小说，而无须过分地依赖其写作技巧了"。①

很多年以后，有批评家重读《活着》，将之与沈从文对其笔下湘西水手"庄严忠实"的生命感悟相连接，从中找到了余华与中国文学传统的相连，"都指向了这种普通人的生存和命运之间的关系"，"余华对通常所谓的历史、历史分期、历史书写并不感兴趣，他心思所系，是一个普通人怎么样活过了、熬过了几十年。而在沈从文看来，恰恰是普通人的生存和命运，才构成'真的历史'，在通常的历史书写之外的普通人的哭、笑、吃、喝，远比英雄将相之类的大人物、王朝更迭之类的大事件，更能代表久远恒常的传统和存在。如果说余华和沈从文都写了历

---

① 阿航:《为余华喝彩》，载《文学自由谈》，1993年第3期。

史，他们写的都是通常的历史书写之外的人的历史。这也正是文学应该承担的责任"。① 这篇文章别出心裁，却触碰出中国文学传统的回响。因为此前对余华的几乎所有的研究文章中，无人谈及余华与中国文学传统之间的隐秘关系，而只停留于讨论余华与外国文学之间的显在联系。

《活着》后来被译成法文等多种语言在各国出版，广受关注，评论众多。如，"这部小说是一部反空想主义作品。小说以非凡的深度描述了主人公面对着人类一贯严峻的生存环境所做出的妥协"，"是对那些充满幽默、轻盈和友谊的小人物的赞歌。然而，等着他们的却是无尽的苦衷与背叛。在这篇极具魅力的小说中我们可以发现作者运用了对比和人道主义精神来强化小说的主旨"。"虽然这些人物是中国人，但是他们与我们这些西方的读者也很相近，因为小说向我们展示了他们人性的方面：他们如何爱，如何欺骗与被欺骗，还有最后他们如何与他们的镇长、他们的邻居甚至和我们自己相像……同所有好的故事一样，余华的小说也运用了一些必要的技巧，通过将现象夸大从而深化主题，激起读者对主人公的怜悯之情。"② 在他们看来，一部《活着》，能让读者"感受一个过去的中国"。韩国《东亚日报》

① 张新颖：《中国当代文学中沈从文传统的回响——〈活着〉、〈秦腔〉、〈天香〉和这个传统的不同部分的对话》，载《南方文坛》，2011 年第 6 期。

② 金丝燕：《中国近代文学中主观的文风》，《1970 年末，"我"代替了无处不在的"我们"》，http://misspotatoe.skyrock.com/。

如此评议《活着》："这是非常生动的人生记录，不仅是中国人民的经验，也是我们活下去的自画像。"① 余华在 2008 年 8 月接受B.N.F（法国国家图书馆）采访时说："在中国，家庭责任感远远胜于社会责任感。各种社会关系是通过家庭而不是通过个人联系在一起的。因此，我选择通过描写中国家庭的现实来描写整个中国社会的现实。"可以说，自《活着》起，余华开始被正式推向世界舞台。

在《活着》发表后次年，余华开始定居北京，并开始职业写作。关于北京，余华曾经在意大利《解放报》记者马克·罗马尼的采访中说："虽然我现在生活在北京，可是我知道自己属于中国的南方，当我坐到写字桌前，我就明白自己要回到南方去了。只有在我不写作的时候，我才能意识到北京是存在的。"② 或许那座江南小城海盐之于余华青少年的生活记忆太过深刻，比起他的第二故乡北京，海盐无疑是余华永远的精神故乡。

1994 年，由余华本人参与编剧的同名电影《活着》，在张艺谋执导下拍竣。这部电影在第四十七届法国戛纳国际电影节被提名金棕榈奖，并最终获得评审团大奖、最佳男演员奖、人道精神奖。此外，该片还获全美影评人协会最佳外语片奖、英国"电影学院奖"最佳外语片奖等奖项，紧接着又获得美国电

---

① ［韩］《东亚日报》，1997 年 7 月 3 日。
② ［意］《解放报》，1998 年 6 月 14 日。

影"金球奖"最佳外语片奖提名。在欧洲，这部电影经久不衰地放映，并在广大观众心中留下了一份极具异国风情的真实感，被广泛地认为是中国乃至亚洲影视作品的代表作，也被视为张艺谋在欧洲最出名的电影之一。这部电影也使余华在欧美地区进一步受到关注，"他的作品被先后译成十几种语言，而且在美国读者心中，他能够与海明威相提并论"①。

1995年底，余华发表自己的第三部长篇小说《许三观卖血记》。这部长篇小说再次震动中国文坛。余华自己在这本书的单行本序言里说："这本书其实是一首很长的民歌，它的节奏是回忆的速度，旋律温和地跳跃着，休止符被韵脚隐藏了起来。作者在这里虚构的只是两个人的历史，而试图唤起的是更多人的记忆。"②有批评家如此评论这部长篇小说："《许三观卖血记》也一样，它完全可以看作是一个当代底层中国人的个人历史档案。作为哲学，'卖血'即生存的基本形式，是'用透支生命来维持生存'；作为政治，血是当代历史和政治的基本形象和隐喻方式；作为美学，卖血的重复叙述构成了生命和时间的音乐。它同样是映现着中国人历史诗学的一个生动文本。"③如果说，《活着》所表现出来的质朴风格与悲悯气质还让批评界感到意外的

---

① 缪瑞艾拉·雅普（Muriel Jarp）:《余华，微笑面对人生》，载《24小时》（*24 heures*，瑞士），2007年9月21日。
② 余华:《回忆之门》，见《灵魂饭》，海口：南海出版公司，2002年，第210页。
③ 张清华:《文学的减法——论余华》，载《南方文坛》，2002年第4期。

话，《许三观卖血记》则再次让批评界相信，余华已经"告别虚伪的形式"①。余华就此进行的自我评价是："我知道自己的作品正在变得平易近人，正在逐渐地被更多的读者所接受。不知道是时代在变化，还是人在变化，我现在更喜欢活生生的事实和活生生的情感，我认为文学的伟大之处就是在于它的同情和怜悯之心，并且将这样的情感彻底地表达出来。文学不是实验，应该是理解和探索，它在形式上的探索不是为了形式自身的创新或者其他的标榜之用，而是为了真正地深入人心，将人的内心表达出来，而不是为了表达内分泌。"②的确，余华的作品似乎开始显见地脱离暴力、冷酷等"冰碴"特质，仿佛冰封已久的冬雪悄悄融化，渐趋温暖。尤其是关于作品中人物的塑造，余华的观点有了较大改观：1989 年，余华在其创作谈《虚伪的作品》里说，"我并不认为人物在作品中享有的地位，比河流、阳光、树叶、街道和房屋来得重要。我认为人物和河流、阳光等一样，在作品中都只是道具而已。"③在《许三观卖血记》里，为家人无私奉献和牺牲自我的许三观，不再是纯粹形而下的行动道具，而是变得有血有肉，有着繁复而深刻的生命情感。关于这一点，批评家潘凯雄也如此感慨：从《活着》开始，人物的分量在余华

---

① 吴义勤：《告别虚伪的形式》，载《文艺争鸣》，2000 年第 1 期。
② 余华：《说话》，沈阳：春风文艺出版社，2002 年，第 114 页。
③ 余华：《虚伪的作品》，载《上海文论》，1989 年第 5 期。

的"创作中明显加重,甚至成为作品构成的支柱,《活着》也好,这部《许三观卖血记》也好,都是围绕着人物在布局谋篇。以前的作品中虽然也有人物,但那里的人物更像一种符号、一种象征、一种隐喻。"①

余华的这三部长篇小说至今仍以多国语言不断再版,也是评论家历年必入论的经典文本。有论者细致地重读了这三部重要作品,将其置于一个连贯的思维系统中,更加深刻细密地梳理了余华创作中的主题和精神的迁徙,以及其中所指征的意义,从而得出一个相对中肯的结论:"这三部长篇小说中,余华不仅成功地完成了自我艺术上的再一次转变——回到朴素,回到现实,回到苦难的命运之中,而且也实现了自我精神上的又一次迁徙——从先前的哲学化命运思考向情感化生命体恤的转变,从冷静的理性立场向感性的人道立场的转变。因此,在这部长篇中,以往的暴力快感不见了,代之而起的却是'受难'的主题;以往的冷漠尖利的语调消退了,代之而来的是充满温情的话语。"②

批评界普遍认为,自《活着》始,至《许三观卖血记》终,余华完成了他个人写作道路上的成功"转型"。但也有相反的看

---

① 余华、潘凯雄:《新年第一天的文学对话——关于〈许三观卖血记〉及其他》,载《作家》,1996年3月。
② 洪治纲:《悲悯的力量——论余华的三部长篇小说及其精神走向》,载《当代作家评论》,2004年第6期。

法，如作家格非就认为："现在的余华更加偏爱略带感伤的温情，在很多天真的批评家的笔下，这种倾向无疑是余华蓄谋已久的风格转向的明显标志。但至少在我看来，他依然没有偏离其一以贯之的哲学、美学立场。只不过，他稍稍改变了方式——它更加自然，不动声色，所有特征的力度都得到了强化，肉体和心灵所受到的双重惩罚逃离了各类物理器械的切割，转向更为表面，也更为深邃的日常生活的磨难。而温情固有的欺骗性，在过去是利刃的磨刀石，现在则成了命运转折的润滑剂。"①

当然，不管这部小说能否说明余华已彻底转型，我们都有理由相信，余华是一个视点多元、笔触丰满的作家，他跟新时期不断变换风潮的中国文学一样，笔触在多维的世界里自由切入切出，不断给读者带来新的阅读感受。因为，在他的文学世界里，不仅有着窥测历史的纵向厚度，也有着浸染了中外文学名家的横向广度，正如有的批评家所言："余华深受卡夫卡和法国新小说的影响，前者使他对生存的异化状况（扭曲的变形的生活）有着特殊的敏感；后者则为他进入语言的世界铺平道路，那种无限切近物质却又在真实与幻觉的临界状态摇摆的叙述方式可以看出萨罗特·西蒙和罗伯–格里耶的影子。当然，鲁迅的冷峻笔法也使余华在进入丑陋世界的同时，显得不露声色而游

---

① 格非：《十年一日》，见《塞壬的歌声》，上海：上海文艺出版社，2001 年，第 69—70 页。

刃有余。"① 因其对这个世界有着横贯相合又融入个体的独特理解方式，余华亦不会有影响的焦虑，因为，罗兰·巴尔特早就有如是言："对作家而言，理解一种现实语言，就是最具有人性的文学行为。"② 余华让我们看到了中国文学在不断发展中的多种可能性，也昭示了他自己文本写作的多元性。

《许三观卖血记》被翻译成外文在多国出版后，也掀起了外媒的评论狂潮：在比利时，余华被认为是中国当代青年作家中"游离于诙谐的格调、时代的批判及文学赖以生存的人道主义之间，做得最为游刃有余的一个"③。"余华选择了用诙谐幽默的方式来阐释这个制度的荒谬。他成功地结合了正义与讽刺，细腻与遒劲有力的文风以及历史事件与一个小人物坚毅地生存、固执地活着的心路历程。"④《南方挑战》杂志盛赞其"是一个寓言，是以地区性个人经验反映人类普遍生存意义的寓言"；《展望报》则更是认为"余华是唯一能够以他特殊时代的冷静笔法，来表达极度生存状态下的人道主义"的作家。在法国，《读书》杂志

① 陈晓明:《被历史命运裹挟的中国文学——1987—1988 年部分获奖及其落选小说述评》，载《当代作家评论》，1995 年第 3 期。
② 罗兰·巴尔特:《符号学原理》，李幼蒸译，北京：生活·读书·新知三联书店，1988 年，第 64 页。
③ 纳缪尔:《每日一书:〈许三观卖血记〉》，载《通往未来之路》(Vers l'avenir，比利时)，1997 年 12 月 10 日。
④ 帕斯卡尔·奥布鲁:《卖血为生》，载《夜晚》(Le Soir，比利时)，1997 年 12 月 24 日—25 日。

称《许三观卖血记》为"一部精妙绝伦的小说，是外表朴实简洁和内涵意蕴深远的完美结合"；《目光》杂志则称"在这里，我们读到了独一无二的、不可缺少的和卓越的想象力"①；《新共和国》报转引英国 NR 杂志评论说，这部作品"用生动感人的笔调向读者展示了纯朴与人道主义的真谛。这是一部精妙绝伦的小说，是朴实简洁和内涵意蕴深远的完美结合，它必将在文坛上熠熠生辉"。②法国《尼斯晨报》（Nice-Matin）以"伟大的小说家"③来评价余华。米雷耶·贝尔卡尼专栏的《基顿与孔子的完美结合》一文则认为这部小说"让人放声大笑的同时却又催人泪下，与巴斯特·基顿式幽默颇为相似，同时还充满着孔子的仁义道德"。

是年五月，余华前往法国参加圣·马洛国际文学节。余华后来在接受一位外国记者采访时说，他曾为此"买了一套西装。但那天我在现场看见了一个很出名的作家也是相当衣冠不整。于是，我便从此将西装搁置起来。既然他可以这样穿，我也可以！"并自得于"我活到现在还从来没有穿过西装"。外媒因此曾评及：余华的穿着风格就跟他的文风一样，简单朴实。对此评价，余华也深表同意："追求语言的简洁，不拖泥带水是我的一贯风格，当然我现在使用语言，去掉了许多装饰性，过去我尽

---

① 转引自吴义勤：《告别"虚伪的形式"——〈许三观卖血记〉之于余华的意义》，载《文艺争鸣》，2000 年第 1 期。
② 《新共和国》（中西部）（La Nouvelle République[du Centre Ouest]），1997 年 12 月 11 日。
③ 《尼斯晨报》（Nice—Matin），1998 年 1 月 4 日。

量让语言具有更多的可能性。"①

有意思的是，由于塑造了一系列的儿童形象，余华受到了儿童文学界的极大关注。儿童文学界开始以自备的方式讨论余华及其相关作品。多年以后，余华与明天出版社签约写作长篇小说《兄弟》。也就是说，余华确曾试图将《兄弟》写成一部准儿童文学作品。余华确凿地表示过"我曾经希望自己成为一位童话作家"②，莫言确凿地说过余华"这家伙在某种意义上是个顽童"，无独有偶，作家徐坤也曾以"纯粹，真实，有些孩子气"③这样的字眼来评论余华其人。或许正是因着这样的顽童本性，余华才能以孩子的视角，如此深刻而透彻地窥视到孩童的内心，在他的作品中创作出无数个个性鲜明的儿童形象，如《许三观卖血记》里许三观的儿子们、《在细雨中呼喊》里的江南少年、《黄昏里的男孩》中偷苹果的男孩，等等。但是，虽然塑造了如此众多的儿童角色，却最终没有人将其定位为"儿童文学作家"。陈晓明在分析其原因时指出，"对于余华来说，关注儿童心理却又并非在写作'儿童文学'"，主要原因在于其作品中所渗透出来的"非成人化视角"，因为"这种视角更主要的是被运用于提供那种反抗既定语言秩序的感觉方式和语言表达方式，也就是说，这

① 余华、潘凯雄：《新年第一天的文学对话——关于〈许三观卖血记〉及其他》，载《作家》，1996 年第 3 期。
② 余华：《作家与现实》，载《作家》，1997 年第 7 期。
③ 徐坤：《狂欢与庆典》，载《青年文学》，1999 年第 3 期。

种'视角'更多的是一种'叙述视角',而不是人物角色或角色的真实的生活视点和心理时空"。亦即,余华通过叙事上的技巧,通过更有深度的内蕴表达方式,巧妙地将自己与儿童文学作家和儿童文学写作拉开距离,"第一次写出了为经典儿童故事所掩盖的童年生活"①。

五　世界性、普遍性、独特性与"转型"之论

1998年6月13日,《活着》获意大利文学最高奖——格林扎纳·卡佛文学奖。以18世纪意大利政治家格林扎纳·卡佛命名的文学奖是由意大利文学基金会于1982年设立,此前的十七年间历届得主皆为世界知名作家,并有数人在此后获诺贝尔文学奖,如秘鲁作家马里奥·巴尔加斯·略萨、波兰作家切斯瓦夫·米沃什、德国作家君特·格拉斯,以及土耳其作家奥尔汗·帕慕克等。该奖因此在坊间被认为是诺贝尔文学奖的晴雨表。该奖每年先由10位著名作家评出国际、国内入选作品各3部,再由17所中学的230名小评委秘密投票选出国际、国内各1名特等奖。结果余华以156票的悬殊优势撇下英国作家麦克威廉姆和阿尔巴尼亚作家卡塔雷尔,从容折桂。这期间,意大利的许多主流

---

① 陈晓明:《胜过父法:绝望的心理自传》,载《当代作家评论》,1992年第4期。

媒体用整版的篇幅报道余华和他的获奖作品《活着》。《共和国报》这样评价:"这本书讲述的是关于死亡的故事,而要我们学会的是如何不去死。"①

是年,德文版《活着》出版。此前一年,意大利文版和韩文版《活着》已先期问世。彼时,余华已在法国出版了5部著作,在意大利出版了7部著作,此外,美国、德国、西班牙、荷兰、韩国、日本都有他的译著出版。次年,法文版小说集《古典爱情》,意大利文版《许三观卖血记》《在细雨中呼喊》,德文版、韩文版《许三观卖血记》相继问世。法国著名的《目光》杂志评论余华时说:"我们在一位中国作家身上找到了独一无二的不可缺少的和卓越的想象力。"法国另一家著名的杂志《读书》也称道余华的小说在"面对苦难时所表现出来的人的尊严、孤独和同情心……他的小说精妙绝伦,是外表朴实简洁与内涵意蕴深远的完美结合"。② 集束式的翻译和斩获著名文学奖,使余华迅速成为世界性的知名作家。

但自1996年以来若干年间,余华鲜有小说问世,更没有像20世纪80年代中后期那样集束式地发表过小说,甚至在某些年份,比如1998年即他获得格林扎纳·卡佛文学奖的当年,他竟无任何小说发表。人们固然是理解作家创作中的"间歇期"的,

---

① 参见红娟:《余华从容折桂"格林扎纳·卡佛"》,载《中华读书报》,1998年7月1日。
② 参见张英:《真正的先锋一往无前——余华访谈录》,载《文化月刊》,1998年第10期。

但余华的"间歇期"之漫长完全超乎人们的预料。在 2005 年发表长篇小说《兄弟》之前，余华的作品总量不过区区 80 万字，与莫言、贾平凹、王安忆、张炜、苏童等作家在这个时期新作迭出、卷帙浩繁相比，余华简直就是不思进取的懒汉、落后分子。然而，就是这区区 80 万字，使余华的名字不断进入各种评选的榜单，早早地迈入经典化的终端程序，甚至坊间已暗暗地将余华列为诺贝尔文学奖的"种子选手"。因此，他漫长的间歇期被认为是"耐得住寂寞"而非"江郎才尽"。显然，出于对余华已然显露的才华的信任，人们更愿意相信，他是个捂得住的人。

20 世纪 90 年代中后期，余华在削减小说产量的同时，进入了一个以写作散文、随笔和创作谈为"主业"的阶段。1997年，更是应时任《读书》杂志主编汪晖之约，开始为《读书》杂志写作系列随笔。这批体现余华超凡文学和思想感悟力的篇什，后来陆续散见于《读书》《作家》《收获》等杂志，且又迎来了一边倒的喝彩。这些至今读来仍然令人击节、过目难忘的篇什，包括《文学和文学史》《温暖和百感交集的旅程》《卡夫卡和 K》《音乐影响了我的写作》《长篇小说的写作》《强劲的想象产生事实》《博尔赫斯的现实》《内心之死》《我能否相信自己》，等等，仍然被批评界和读者群推崇备至。如今看来，事实上，正是这些文字的发表，垫高了余华此前小说的地位。

迟至 2001 年，余华在一次访谈时坦诚，他的作品之所以越来越注重阅读的乐趣以及快感，"这其实是一个时代与文学的关系"。他说："我对（20世纪）80年代的情绪把握比较准确，90年代是一个令人迷惑的年代，变化太快……可能要再过几年我才能够想明白，但是它在我的回忆中会十分重要。"或许，正是在把握时代情绪时出现的迷惑，"要再过几年才能够想明白"，才是余华一度搁置小说写作的内在原因。随笔的写作经历让余华对小说的创作有了新的体悟："随笔跟写小说的方法不一样，写小说有时比较困难，会断断续续，随笔比较容易一点，断掉以后马上又能接着写，情感的波动没有写小说那么大，小说不仅是故事要接上，还有情绪要接上，而随笔没有这样的问题。"[1]可见，以随笔为"主业"时期的余华是有意将自己沉放于一个调整期，重新梳理自己的生活体验和阅读体验。从这个意义上说，用一个漫长的间歇期来为自己的小说创作重新蓄势，余华确实是耐住了寂寞。

余华在此期间写作的随笔，其中大部分是文学批评随笔。作家担当批评家的角色加入文学批评阵营，不算新事。但余华迥而不群的文风、鞭辟入里的阐证、犀利沉潜的力量，使得这批随笔备受瞩目。余华的批评涵涉福克纳、海明威、博尔赫斯、三岛由纪夫、川端康成、布尔加科夫、卡夫卡、舒尔茨、契诃

---

[1] 参见余华、张英：《不衰的秘密文学》，载《大家》，2001年2月。

夫、贝克特、莫言等众多中外作家，涉及的文学作品丰赡多姿，
触及的命题深刻重大，笔致细敏锐利。有论者将笔触投注于余
华"作为一个作家的批评文字"之中，认为"余华的文学批评具
有其独特的个性：以艺术感觉的穿透力解读文本与作家，以'叙
述'的独特视角追踪写作过程，以没有理论框架与术语的话语
展示文学的魅力。是一种与写作过程共鸣式的文学批评"。[①] 也
有论者从散文艺术手法的层面赞叹之，认为余华的散文（随笔）
"共享了小说叙述艺术的滋润"，在"视角的选择、结构的布设、
文体的创新、语言的表现力等方面，表现出了在实验小说中一
样不可忽略的先锋性和现代意识"，也奠定了余华散文的地位，
使之成为一种"'能站立，能行走，有时稳定，有时高飞，有时
给人启示'的现代艺术，它使语言获得前所未有的自由的同时，
也让心灵获得了同样高度的飞翔"。[②] 有更为精深的研究则指出：
伴随着余华本人的批评随笔的大量出现，批评者大多以之作为
了解和研究余华的资料而甚少质疑，少有人意识到余华的发言
和他的小说间的实际联系，余华的批评随笔目的不是单纯地进
行一种艺术的探讨而是试图引导某些对他写作的阅读和评价，
以使他的文本通过自己的言说产生更多"增值"。

　　我倾向于认为，余华的这一批文学批评随笔是精致入微的

---

① 耿海英：《余华的文学批评》，载《美与时代》，2002 年第 1 期。
② 郭建玲：《论余华散文的叙述艺术》，载《文艺争鸣》，2008 年第 8 期。

“技术分析”。很多时候，我们在他的这些随笔中能读到他对于语词、喻体的迷恋，比如他在箭与弦的错位描写中惊诧于但丁对于“速度”的感悟，在“水消失在水中”的比喻中叹服于博尔赫斯的精妙绝伦，他也惊叹于卡夫卡、舒尔茨等现代主义、表现主义作家的小说中如螃蟹行走、红色围巾等遵从写实逻辑的细节，以及鲁迅的《孔乙己》在设计人物出场时的意味深长。对于余华来说，《活着》《许三观卖血记》在欧洲的成功，使他越来越意识到，这世界上存在一种“普遍的文学”，就像歌德在读到中国小说《好逑传》时意识到存在一种“世界文学”一样。《活着》等小说在欧洲的受欢迎，以及欧洲读者表示对其中的场景、细节、人物“感同身受”的评论，都让余华意识到这种“普遍性”的无处不在。余华从中获得的启发是，“普遍”是先验存在的，而作家的使命之一（且可能是最为重要的使命）是寻找独特的表达。他说：“什么是文学天才？那就是让读者在阅读自己的作品时，从独特出发，抵达普遍。”[①] 我认为，余华显然更重视如何“从独特出发”。这使得他在很长一段时间里专注于分析经典作家或经典作品的“独特性”。汪晖在为余华随笔集《我能否相信自己》作的序言中也说：“在余华的批评词汇中，‘写作’‘现实’（以及‘真实’）与‘虚无’（以及‘内心’）构成了理解文学

---

① 余华：《麦克尤恩后遗症》，载《作家》，2008 年第 15 期。

及其与生活的关系的最为重要的概念。"他因此沿着这些词汇探讨了余华的写作世界和批评世界，分析了其写作和批评的特征以及来源。汪晖感慨于"在当代中国作家中，我还很少见到有作家像余华这样以一个职业小说家的态度精心研究小说的技巧、激情和它们创造的现实"。的确，余华的这批随笔清楚地表明，他似乎比任何一个作家都关注"写作"本身，尤其是写作的过程和写作的意义。他的"技术分析"别开生面、独具慧眼、独出机杼，提升了 20 世纪 90 年代整个中国读者甚至包括作家对文学的认知水准，这也是他的文学批评随笔一经问世即广受称道的重要原因。当然，余华并非一个流连于技巧的跟风作家，正如汪晖同时指出的："余华的批评的世界中不仅包含了现实的混乱和丰富，而且也包含了现实的紧张和对立，包含了'俄国态度'与'法国态度'的并置和斗争。"① 实际上，更为重要的是，通过这批随笔的写作，余华对他在"先锋"时期建立的"文学态度"进行了自我调整和重新擦拭。比如，他对"概念先行"这一已遭淘汰和否定的创作原则的辩护，不仅表明了他逆势而动的勇气，同时也表明了他重新发现与自我调整的可能。毫无疑问，他在蛰伏中大胆而审慎地思谋着从"窄门"走向宽广的路径。

在先后发表《活着》和《许三观卖血记》后，余华从"先锋

---

① 汪晖：《无边的写作——〈我能否相信自己——余华随笔选〉序》，载《当代作家评论》，1999 年第 3 期。

作家"的阵营中脱颖而出。此时，他不再是批评家在阐述先锋文学时被偶尔举隅的充数作家，而是在中国当代文学史著中享有专章专节论述的"庞然大物"。他十多年的创作历程、卓越的文学成就，已使他可以被当作一个成熟的、"完整"的、有"文学史意义"的作家来进行宏观论述，讨论其与文学史之间相互辉映的深刻的价值关系。从 90 年代始，余华可能是大学中文系中国现当代文学专业学位论文中被论述最多的作家。此外，自 1988年至 2014 年，以"余华"为关键词搜索收录于中国知网中的论文，其数量超过以"莫言"和"王安忆"为关键词的搜索结果。某种程度上，就近二十年中国文学批评和文学史研究对一个作家的关注度而言，余华可谓中国作家之最。

90 年代，风起云涌、纷至沓来的对于余华的批评和研究论文中，出现频度最高的一个词语是"转型"，而且它至今仍然在讨论余华时不断被采用。吴义勤在一篇重读《许三观卖血记》之后完成的论文中这样写道："随着《一个地主的死》《活着》《我没有自己的名字》等小说的陆续面世，我们看到，作为中国 80年代新潮作家代表的余华已悄悄开始了他个人艺术道路上的'转型'。……对自己'先锋时期'极端性写作的全面'告别'则是此次'转型'的典型标志。……（他）义无反顾地踏入了一片新的艺术领地，并在'转型'的阵痛中完成着对于自我和艺术的双重否定与双重解构。在我看来，标志着余华艺术'转型'最终实现的正是他发表于 1995 年的长篇小说《许三观卖血记》。"① 这段话提供了公认的、余华"转型"的历史节点，同时也几乎是所有人讨论余华"转型"时的基本论调。简单地看，余华确实在这个节点上发生了根本性的变化。他自己也说，"我感到今天的写作不应该是昨天的方式，所以我的工作就是让现代叙述中的技巧，来帮助我达到写实的辉煌"，"这就是为什么我在 1987 年写作了《世事如烟》《现实一种》这样的作品，到了 1995 年我却写下了《我没有自己的名字》和《许三观卖血记》"。② 在发表于 2010 年的一篇文章中，余华以文学性的叙事笔法将自己在 20 世纪 90 年代的写作变化归因为自己在梦中被枪毙所受到的惊吓："我扪心自问，为何自己总是在夜晚的梦中被人追杀？我开始意识到是白天写下太多的血腥和暴力。我相信这是因果报应。于是在那个深夜，也可能是凌晨了，我在充满冷汗的被窝里严肃地警告自己：'以后不能再写血腥和暴力的故事了'。"③

由于余华在 90 年代确乎存在的显著的写作变化，"转型论"在某种意义上是可以成立的。但"转型论"从一开始就存在一个巨大的分歧：一方面，批评界的一部分人惋叹于余华的"转型"，认为转型后的余华在写实的道路上"父法重立""主体泯灭"，正

① 吴义勤:《告别"虚伪的形式"——〈许三观卖血记〉之于余华的意义》, 载《文艺争鸣》, 2000 年第 1 期。
② 余华:《叙述中的理想》, 载《当代文坛报》, 1997 年第 5—6 期。
③ 余华:《写作》,《十个词汇里的中国》, 台北: 麦田出版, 2010 年, 第 96 页。

逐步丧失在"先锋"时期确立的、以对"历史的拷问""常识的质疑"形式表现出来的"主体性""批判性",是对20世纪90年代历史与文化语境的妥协,他不仅耗散了在"先锋"时期积攒的"纯文学"势能,也消解了文学在思想意义上的启蒙价值。这种论调,放大了"80年代"的启蒙意义,并且,通过所谓"主体性""批判性""启蒙性"的话语修辞,毫不保留地表达知识分子不无自恋的精英意识与精英立场。另一方面,批评界的另一部分人则认为余华的"转型"以其显著的"民间性"展示了批判的另一向度,认为他仍然在对苦难的叙述中呈现对历史与人性的拷问,就其"批判性"以及在艺术追求上不故步自封的精神而言,"先锋性"仍然是余华的文学内质。"'先锋'并没有丧失,相反却以另一种更沉潜的姿态向前迈进"①。这也符合余华对"永远的先锋"的自我期许。有论者从一个别致的角度讨论了余华的一以贯之的思想特性,他认为,余华的文学道路起步于"文革"之后价值解体、文化失范的历史事实,起步于全社会普遍存在的怀疑主义、相对主义、不可知论的文化氛围,从而不可避免地采取了对人道主义进行否弃的"后人道主义"的精神立场,因此,他"先锋"时期的作品就"不仅偏离了以确立人的主体性为目标的新时期文学主潮,而且对五四新文学启蒙主义传统构成

① 刘保昌、杨正西:《先锋的转向与转向的先锋——论余华小说兼及先锋小说的文化选择》,载《华中理工大学学报(社会科学版)》,1999年第4期。

了解构和颠覆。……他的写作倾向已构成了对鲁迅所代表的以
'立人'为目的的启蒙主义话语的反拨和消解，这是鲁迅所开创
的人的启蒙话语在本世纪初确立之后所遇到的第一次正面的质
疑和追问"，而到了《活着》，"其对人生的观念仍是他先锋小说
的逻辑延伸"①。也就是说，余华只是改变了小说的叙事内容，而
叙事话语或精神逻辑却纹丝未动，有着前后的一致性。

　　不过，分歧的双方有一个共同点，即无论对"转型"是褒是
贬，都或明或暗地表达了对"先锋"时期余华的充分肯定。一部
分人因为对余华在"先锋"时期的"虚伪作品"的极端喜爱，从
而对余华"转型"后走上写实路子深感失望，而另一部分人则认
定余华的写实路子只是其"先锋性"的另一维度的展开，是其文
学中最具价值部分的又一侧面。在我看来，余华所面临的评价
危机，恰恰来自"先锋"对于他的扁平化定位，尽管余华很早就
表示出对"先锋文学"的不屑。

　　90年代中后期对于余华的评论和研究，除了"转型"论，
当然也离不开主题学分析。这些分析，基本上在"生存""死
亡""暴力""苦难""荒诞""救赎""虚构""历史""现实"等
关键词汇上打转，已达累牍连篇之势。若细加观察，这些关键
词其实也是90年代以来批评界讨论中国当代文学的核心词汇。

① 耿传明：《试论余华小说中的后人道主义倾向及其对鲁迅启蒙话语的解构》，载《中国现代文学研究丛刊》，1997年第3期。

从这个意义上讲，余华的写作道路是中国当代文学史发展、演化的一条重要脉络。这也是余华的"文学史意义"所在。

在 90 年代对余华进行主题学阐述的众多论文中，王德威的《伤痕即景，暴力奇观》可能是最值得一提的篇什。王德威分析了从《十八岁出门远行》至《许三观卖血记》的数篇重要作品，指出余华"对暴力的辩证执迷如故，杀气却逐渐褪去"。王德威通过重读，在余华的作品中发现了颇多新意，他认为《在细雨中呼喊》表面上"写出了父与子之间的暴力与媾和的连环套"，实则是借其"提供'一则'近便的'情节'，为种种成年精神症候，权作童年往事的解释"；而《活着》寄寓了余华"天地不仁、福祸无常"的哲学寓言；《许三观卖血记》一方面打破了传统革命文学中"血与泪是无价的"主题，写出了鲜血的有价性，另一方面"延伸了血与宗法及亲属关系间的象征意义，使整部小说浸淫在血亲、血统的认证网络里"，许三观用卖血救命这一迂回的血祭方式达成了与一乐的父与子关系的和解，前所未见地颠覆了余华以往小说的父与子的对抗关系。综此，王德威认为：余华从一代中国人疗之不愈的创痕里"看到一场'华丽丽的'大出血、大虚耗"，所以"余华过去的作品夸张对身体的自残及伤害，并由此渲染生命荒凉虚无的本质，以及任何认为建构意义的努力——从记忆到历史书写——的无偿"，而《许三观卖血记》虽依稀承续了这一姿态，却以"无用也无谓的牺牲"方式为"身体"

找到了一些用处，似乎表明了余华对暴力与伤痕的书写已逐渐挪向制度内的合法化，因而质疑余华到底"是变成熟了，还是保守了？"，并寄言："从这层意义上，他未来创作的动向，尤其值得注意。"①

余华在众声喧哗的20世纪末对自我的写作进行了如此慨言："十多年之后，我发现自己的写作已经建立了现实经历之外的一条人生道路，它和我现实的人生之路同时出发，并肩而行，有时交叉到了一起，有时又天各一方，因此，我现在越来越相信这样的话——写作有益于身心健康，因为我感到自己的人生正在完整起来。写作使我拥有了两个人生，现实的虚构的，它们的关系就像是健康和疾病，当一个强大起来时，另一个必然会衰落下去。于是，当我现实的人生越来越贫乏之时，我虚构的人生已经异常丰富了。"②

六 《兄弟》：写下一个国家的疼痛

2003年5月27日，英文版小说集《往事与刑罚》获得澳大利亚詹姆斯－乔伊斯基金会设立的"悬念句子奖"。余华是首获此奖的中国作家。澳大利亚乔伊斯基金会主席克拉拉·梅森女士

---

① 王德威：《伤痕即景，暴力奇观》，载《读书》，1998年第5期。
② 余华：《黄昏里的男孩（自序）》，北京：新世界出版社，1999年，第3—4页。

在写给中国作家协会的信中，称赞余华"赢得了澳大利亚读者的心"，"乔伊斯基金会为能将'悬念句子奖'授予余华这样的作家而感到骄傲"。传统意义上的"西方"国家，已完成了对余华此前几乎所有作品的翻译和出版。余华几乎是中国当代文学或当代作家在全世界尤其是西方世界的形象代表，就此而言，能与之比肩的中国作家只有莫言。

2005 年 7 月底，首届海峡两岸图书交易会在厦门国际会议展览中心举行，余华与会，并出席了长篇新作《兄弟》（上部）（上海文艺出版社出版）首发式。在长篇小说《许三观卖血记》发表后十年，在度过一个漫长、沉闷的间歇期之后，作为小说家的余华终于再次交出了自己的新长篇，而这一被视为"十年磨一剑"的作品问世，也使余华再次被推上文学的风口浪尖。

媒体就此《兄弟》（上部）所做出的迅速反应是这样的："和以往的作品相近的是，余华仍很醉心于将历史的流变浓缩于不露声色的人物和故事当中"，"《许三观卖血记》已经走到了一个极致，《兄弟》选择的是另辟蹊径，不同于《许三观卖血记》的举重若轻、腾挪自如，用余华的话来说是'正面强攻'，是对技巧的适度舍弃后转向更为脚踏实地的厚重的写作"，"《兄弟》叙述一如往常般简洁、厚重，还有余华那招牌式的黑色幽默"。①

---

① 周力军：《〈兄弟〉——沉淀的厚重历史》，载《中华新闻报》，2005 年 8 月 24 日。

这是一种新闻笔法，看不出明显的褒贬倾向。而批评界对这部
小说做出的反应相当迅捷："《兄弟》的特别即在于余华似乎融
合了自己20余年的小说创作，融合的结果则是荒诞与严肃并
存，悲剧与喜剧交集，血腥与温情同在，造成了'泪中有笑，笑
中有泪'的阅读效果。"① "《兄弟》显然是作为先锋派的余华又
一次有意探索的结果。我们虽然不能说他这种探索是对他以往
用最单纯的手法写出最丰厚的作品的写作追求的一种背叛，但
至少说明今天的余华对自己以往小说的价值开始有一种新的认
识。""《兄弟》给我们展示的是在真实历史中的寓言式图景。"②

　　与此同时，51万字的《兄弟》以上下两部在不同时间先后
出版，等待余华新作已久的读者在看完上部后，对下部的内容
亦充满好奇："《兄弟》上下部相合才是一个完整的作品。我对
《兄弟》的下部抱着很大的期望，而且确信这种期望不会落空。
在当代作家中，余华和史铁生、韩少功等屈指可数的几个人一
样，是不会写出失败之作的作家……我所关心的只是：如果说
余华此前的小说几乎全部由他的乡镇记忆所哺育，而这种记忆
又几乎全部限于20世纪50—80年代，那么，当他书写我们今

① 李相银、陈树萍：《变调：叙事的强度与难度——评余华的新作〈兄弟〉》，载《文艺理论
与批评》，2005年第5期。
② 田遥：《恐惧与耻辱：人性力量的寓言——余华长篇小说〈兄弟〉（上部）解读》，载《小
说评论》，2005年第6期。

天所处的时代时，会是怎样一幅景象？"①而另有部分论者则对《兄弟》提出异议，认为其较之前作品言语粗陋、想象夸张，上下部分开出版似有炒作之嫌。有人就认为，余华"首创'未完待续'的方式出版《兄弟》的上册"，是一种典型的营销策略，因此，"《兄弟》是出版社、作者和读者联手打造的成功的文化商品。它有着相当清晰的市场定位，有着较为务实的市场推广策略，也因其对转型期读者群生存心态与阅读兴趣的准确把握与迎合，制造了广泛的市场影响"②。针对《兄弟》惊人的销量，有人极而言之，认为《兄弟》是余华"凭借他多年来积累的象征资本向大众兑取经济资本的一次提款"③。也有人一脸诧色地、愤慨地表示："我从来不知道，一部长篇小说竟然还可以人为地——非不可抗力地——被腰斩为两半而分次出版。"④总之，可以说，《兄弟》甫一出世，毁誉立现。

2006年3月，上海文艺出版社出版了长篇新作《兄弟》（下部）。余华在《兄弟》"后记"里写道："这是两个时代相遇以后出生的小说，前一个是'文革'中的故事，那是一个精神狂热、本能压抑和命运惨烈的时代，相当于欧洲的中世纪；后一个是现在的故事，那是一个伦理颠覆、浮躁纵欲和众生万象的时代，更

① 《〈兄弟〉时代的余华》，载《天水日报》，2005年12月1日。
② 董丽敏：《当代文学生产中的〈兄弟〉》，载《文学评论》，2007年第2期。
③ 邵燕君：《"先锋余华"的顺势之作》，载《当代文坛》，2007年第1期。
④ 金赫楠：《廿年之后看余华》，载《文学自由谈》，2006年第1期。

甚于今天的欧洲。一个西方人活四百年才能经历这样两个天壤之别的时代，一个中国人只需四十年就经历了。"他在此后的几年里曾多次表示，能躬逢跨度如此巨大的历史或时代，是"作家的运气"。同时，他也清晰地表述了为何会写作《兄弟》，以及《兄弟》何以最终以这样的风格或面貌呈现："为什么我们这些作家都爱写以前的时代呢，因为时代越远越容易找到传奇性，可以在小说里天马行空地对历史进行虚构和想象。而当今时代，现实世界的变化已经令人目不暇接了；而且还出现了网络虚拟的世界。所以，写现实生活的作家有很多，可是在他们的作品里看不到真实的生活，你总是觉得虚假，不可信。当《兄弟》写到下部的时候，我突然觉得自己可以把握当下的现实生活了，我可以对中国的现实发言了，这对我来说是一个质的飞跃。我发现今天的中国让每个人的命运充满了不确定性，现实和传奇神奇地合二为一，只要你写下了真实的现在，也就写下了持久的传奇。"[①] 是年 4 月，也就是《兄弟》（下部）出版后不久，余华做客"新浪读书"谈论《兄弟》（下部），他坦言自己很喜欢《兄弟》（下部）以及主人公李光头。7 月，余华参加第十七届香港书展，在与香港读者的交流会上，称《兄弟》是自己目前最喜欢的作品，因为在写作过程中发现了自己以前从未发现的才能。

[①] 张英:《余华: 我能够对现实发言了》，载《南方周末》，2005 年 9 月 8 日。

2008 年 10 月,《兄弟》在法国获首届"国际信使外国小说奖"(Prix Courrier International)。《国际信使》是在法国知识界影响颇巨的杂志;据悉有 130 余部 2007 年 10 月 1 日至 2008 年 9 月 30 日在法国出版的外国小说参与角逐该奖项,几经筛选,最后由评审团评出一部获奖小说,就是《兄弟》。《国际信使》给予《兄弟》的获奖评语是:从"文革"的严酷到"资本主义"的野蛮,余华的笔穿越了中国四十年的动荡。这是一部伟大的流浪小说。

由于余华是受到如此隆重期待的作家,批评界绷拉已久的神经立即被大力拨动,发出巨大回响。批评界有关《兄弟》的严肃的批评争议风起云涌。我曾这样评论过针对《兄弟》的争议:"针对《兄弟》出现的巨大的、不可调和的批评差异,不仅提供了对于余华的全然不同的评价结论,同时也在解构着我们曾有的文学共识;《兄弟》让我们在某个路口看到了壮观的分道扬镳的文学旗帜。"① 争议的焦点,集中在如下方面:

一是关于"粗俗"。《兄弟》所涉"厕所偷窥""处美人大赛"等核心情节、露骨的性描写,以及行文、语言的粗放和"缺乏节制",使一些人产生了强烈的不适感,由此产生的批评声音将《兄弟》视为 20 世纪 90 年代以来中国当代文学粗鄙化叙事的集

---

① 王侃:《〈兄弟〉内外》(上),载《当代作家评论》,2010 年第 4 期。

大成者。就语言而论，余华倒也承认"《许三观卖血记》的语言是收的，《兄弟》的语言是放的"，而且因为"《兄弟》用的是 19世纪小说那样的正面叙述，什么都不能回避，它也就不能那么纯洁了"①，"当描写的事物是优美时，语言也会优美；当描写的事物是粗俗时，语言也会粗俗；当描写的事物是肮脏时，语言就很难干净。这就是'正面小说'的叙述"②。但批评的声音却认为，《兄弟》的叙述语言是"荒唐"而非"荒诞"，是"油滑"而非"反讽"的，③或认为这部作品的叙述因为缺乏节制，以致"整部作品变成了一部矫情夸张、充斥着无厘头幽默的恶俗之作"④。进一步地，在论及那些"粗俗"的核心情节时，一些批评者情不自禁地将小说人物的色情动机视同作者本人的色情动机，视《兄弟》为"诲淫"之作，与此同时，《兄弟》也被批评者斥为与媚俗艺术"眉来眼去"的、"虚无主义/犬儒主义"之典型体现的、"流氓文化"之呈现的卑劣之作，更有前述"提款机"之类的刻薄讥讽。然而，支持者的声音则认为应该将《兄弟》所呈现的"粗鄙"视为一种修辞、一种新型美学。陈思和就认为："《兄弟》是一部好作品……我觉得余华走到了理论的前面，他给我们描述了另一

① 余华、严锋:《〈兄弟〉夜话》，载《小说界》，2006 年第 3 期。
② 余华、洪治纲:《回到现实，回到存在——关于长篇小说〈兄弟〉的对话》，载《南方文坛》，2006 年第 3 期。
③ 张柠:《〈兄弟〉和当代文学批评的残局》，载《文艺报》，2006 年 4 月 27 日。
④ 王宏图:《〈兄弟〉的里里外外》，载《扬子江评论》，2006 年创刊号。

种传统……《兄弟》里的这个新的美学范畴，有可能使得中国文学在长期被政治、被意识形态、被知识分子话语异化的情况下，重新还原到中国民间传统之下。"① 他同时认为："这场争论是自发而起的，没有来自外部的非学术压力，其见解的对立，主要是来自审美观念……（是）文学审美领域的自我审视与自我清理。所以，围绕着这部小说而发生的是一场美学上的讨论。"② 陈思和通过一套复杂的论证，试图说明诸如"厕所偷窥""处美人大赛"等情节是整部小说的"结构性需要"，因此，这些情节所裹挟的"粗""俗"便有其美学上的合法性。同时，陈思和还与其他一些批评家不谋而合地援引拉伯雷的《巨人传》和巴赫金的"狂欢""民间传统""怪诞现实主义"等理论方法为《兄弟》张目。

二是关于《兄弟》是否为当代中国历史和现实提供了"真的发现"。就此展开的讨论，涉及对"中国经验"的不同理解，对当代中国历史与现实截然不同的思想认定。在批评性、否定性的声音中，李敬泽的声音最具代表性。他认为："《兄弟》在更大的尺度上模糊了世界的真相，据说余华立志要'正面强攻'我们的时代，但结果却是，过去四十年中国人百感交集的复杂经

---

① 陈思和在"余华小说《兄弟》讨论会"上的发言，见《"李光头是一个民间英雄"——余华〈兄弟〉座谈会纪要》，载《文艺争鸣》，2007 年第 2 期。

② 陈思和:《我对〈兄弟〉的解读》，载《文艺争鸣》，2007 年第 2 期。

验被简化成了一场善与恶的斗争，一套人性的迷失与复归的庞大隐喻。"① 李敬泽的批评相当准确地说出了很多人对《兄弟》的阅读直感。在李敬泽看来，《兄弟》的"简单"与中国经验的"复杂"之间是不对等的，因此，它不但没有提供"真的发现"，反而"模糊了世界的真相"。也有人认为，"《兄弟》不过是其失去根性生活背景和更深意旨思考后的惯性作品"②，是"一部被时代'淹没'了的作品……是一种以取消现实否定性为代价的'现实主义'创作，是一部与时代妥协的作品。而这种对现实否定性的取消，一方面表现为作家对当代文化图景的无原则认同；另一方面，也表现为一个新的'伪宏大叙事'，企图整合各种艺术资源的虚妄努力"③。

对于余华来说，"真的发现"是使粗俗美学或粗鄙修辞合法化的真正关键所在，余华和他的支持者们因此在否定性的批评声音面前感受到了共同的阐释焦虑。余华自己辩解道："有批评说上部把'文革'的经历就写成了善与恶，说我不善于表达人类的复杂经验。这两句话在逻辑上是成立的，但以文学的标准来衡量却是不成立的。莎士比亚一生就写了善与恶，但他还是

---

① 李敬泽：《被宽阔的大门所迷惑——我读〈兄弟〉》，载《文汇报》，2005年8月20日。
② 周冰心：《当代中国文学载道理想断想——近年来惯性、惰性、消极性叙事考察》，载《南方文坛》，2006年第1期。
③ 房伟：《破裂的概念：在先锋死亡"伪宏大叙事"年代——来自〈兄弟〉的语境症候分析》，载《文艺争鸣》，2008年第2期。

伟大。写善与恶有伟大的作品。写人类复杂经验的作品有的很伟大，但这不能否定其他作品就不好。"① "什么是人类复杂的经验？标准是什么？《安娜·卡列尼娜》可以说表达了最复杂也最单纯的经验。"②

他的支持者中，有人认为，《兄弟》具有"意识形态批判的鲜明色彩"，在他看来，"李光头的个体成长充分体现了历史发展的必然……揭示出了现代性历史本身的迷乱与迷途……历史的整一化外观与其创伤性内核之间的冲突被推到了前台，社会经济发展的逻辑被肉体腐败的逻辑所扰乱"，正是在这个意义上，他认为《兄弟》使当代中国的"意识形态被揭示出了结构上的根本困境"③。另有论者认为，"《兄弟》是一部关于'窥视'和'围观'两个主题的书……是否可以这样认为：'围观'在一定意义上是一个启蒙主义的命题，而'窥视'则是一个现代主义或者存在主义意义上的命题？但同时，它们又是一个东西的两个方面，源于同样的集体无意识？在这样的意义上，《兄弟》获得了一种复合性的主题，这大约正是其匠心和深意所在……我相信在新文学产生以来，除了鲁迅，还没有哪个作家能够这样以哲

---

① 甘丹：《余华回应各界质疑，坚称〈兄弟〉让自己最满意》，载《新京报》，2006年4月4日。
② 陈洁：《众评家"正面强攻"，余华毫不退让》，载《中华读书报》，2006年4月26日。
③ 杨小滨：《欲望主体与精神残渣：对〈兄弟〉的心理—政治解读》，载《上海文化》，2009年第6期。

学家的深度，这样尖锐、逼真、形象和入木三分地同时写到这样两个主题"，"这样集中和综合地将窥视作为一个文化与人性批判的命题，《兄弟》是无人可比的"。①

还有一些别致的论述，如有人将余华的《兄弟》与他十几年前的中篇小说《祖先》进行比读，认为二者有着"惊人的同构性"，"《祖先》表现了余华'否定欲望'的'祖先'哲学"，"《兄弟》同样是以这种'祖先'哲学观照当下欲望现实的结果。余华对现代欲望社会的忧虑与本雅明对现代性的思考是相似的，而《兄弟》的内容与形式也暗合了本雅明对现代性语境下艺术命运的分析与论述"。② 或者，从讨论余华所喜欢的主人公李光头这个人物入手，认为这个人物"既是一个现实伦理的解构者，又是一个鲜活而自足的生命实体"，"以践踏世俗伦理的方式，揭开底层大众的精神真相，凸现时代巨变中的某些荒诞本质。他的主体人格中，饱含了大量富有张力的性格特征，也折射了民间生命特有的乐观主义品质，其精神的复杂性远远超过了其命运的沉浮。李光头的成长经历与历史记忆有着密切的共振关系，其灵魂中所隐含的矛盾、混乱、粗鄙，恰恰是我们这个时代的

---

① 张清华：《窄门以里和深渊以下——关于〈兄弟〉（上）的阅读笔记》，载《当代作家评论》，2006年第4期。
② 黎杨全、胡亚敏：《祖先哲学与欲望现实——〈兄弟〉与〈祖先〉的对读》，载《中国文学研究》，2010年第4期。

精神缩影"。① 所以，可据此认为，余华以这样的一个人物形象，折射了其对数十年来中国社会发展的独特理解与思考。

《兄弟》是余华迄今遭遇争议最大的一部作品。仅 2006 年，即《兄弟》（下部）正式出版当年，在公开出版的学术期刊上发表的涉及《兄弟》的评论文章就有数十篇之多。评论家们依据各自不同的阅读经验、文学想象和期待视野做出判断，意见呈现出分歧极大的两面性，毁誉参半，正如王德威所言："支持者看到余华拆穿一切社会门面的野心；批评者则谓之辞气浮露，笔无藏锋。"② 对《兄弟》的争议，同时还引发了中国文学批评界对于当下中国文学批评"症候"的检讨、反思和争论。而余华自己除对一些生硬的误读和善意的究诘做出辩解和回应外，还曾如此解嘲："我的写作从一开始就经历了批评，当我写下《十八岁出门远行》这些后来被称为先锋派的作品时，只有《收获》《北京文学》和《钟山》愿意发表，其他文学刊物的编辑都认为我写下的不是小说，不是文学。后来终于被承认是小说时，我写下了《活着》和《许三观卖血记》，习惯了我先锋小说叙述的人开始批评我向传统妥协，向世俗低头。现在《兄弟》出版了，批评的声音再次起来，让我感到自己仍然在前进。"③ 而他就《兄

① 洪治纲：《解构者·乐观者·见证者——论余华〈兄弟〉中的李光头形象》，载《文学评论》，2012 年第 4 期。
② 王德威：《从十八岁到第七天》，载《读书》，2013 年第 10 期。
③ 洪治纲、余华：《回到现实，回到存在》，载《南方文坛》，2006 年第 3 期。

弟》——包括就他自己的全部文学写作——真正想说的是："可以说，从我写长篇小说开始，我就一直想写人的疼痛和一个国家的疼痛。"①

值得一提的是，《兄弟》在中国问世后不久，即进入了多个语种的翻译与出版程序中。自 2008 年始，陆续有法文、德文、日文、意大利文、英文、西班牙文版本推出。传统意义上的"西方世界"正在全面地译介、接受和消化这部"大河小说"。外媒对《兄弟》的评论可谓热烈。

法国一些重要的媒体用罕见的篇幅和力度向法语世界推荐这位中国作家和他的这部小说。法国著名文学杂志《文学评论》发表书评称："这是一部大河小说，因为它编织了数十人的生活，从 1960 年延伸至今。它也是一部休克小说，因为它描述了西方人不可想象的动荡突变……最后，它还是一部具有流浪文学色彩和滑稽文风的小说……《兄弟》让读者身临于刘镇，让读者能看见全景，就像史诗般，一幅且笑且哭、全方位的壮观景象，而它的复杂主题便是：当代中国。"②《费加罗报》称《兄弟》"尖刻而深远"，因此，"需要一个天才方能在这两个叙述中保持平衡"。③而著名的《世界报》则称："这本小说催生了一个新的余

① 王侃、余华：《我想写出一个国家的疼痛》，载《东吴学术》，2010 年创刊号。
② ［法］弗雷德里克·科勒：《中国且哭且笑》，载《文学评论》（法），2008 年 5 月号。
③ ［法］伊丽莎白·巴列利：《从前，在中国》，载《费加罗报》，2008 年 7 月 5 日。

华。"国内从事法国文学研究的学者也认为,"《兄弟》的出版将
余华从汉学界的小圈子一下推到了主流阅读群面前,在主流媒
体掀起了一阵评论热潮,还获得了文学奖项,这无论对于余华
个人而言还是对于中国当代文学而言都是不常见的现象"[1],"不
论是法国汉学界还是主流媒体,对于余华的文学才华有着共同
的肯定和欣赏,他们一致认为余华是中国当代文学最为突出的
代表之一"[2]。

英译版《兄弟》于 2009 年由美国兰登书屋和英国麦克米伦
公司先后隆重推出,立刻引起了英语世界的轰动。美国《纽约时
报》《洛杉矶时报》《时代》周刊和《新闻周刊》,加拿大《国家邮
报》以及英国《泰晤士报》等北美和英国主流媒体热烈评议。其
中《纽约时报》周末杂志用六个版面介绍了《兄弟》和作者余华,
称《兄弟》"可以说是中国成功出口的第一本文学作品"。美国全
国公共广播电台(NPR)广受欢迎的"Fresh Air"广播了美国著
名评论家莫琳·科里根的评论,将余华誉为"中国的狄更斯",并
称因为《兄弟》这样的"优秀作品",2009 年"不仅是牛年,更应
该是余华年"。

在德国,2009 年 10 月 14 日的《纽伦堡新闻》称《兄弟》"是

---

① 杭零、许钧:《〈兄弟〉的不同诠释与接受——余华在法兰西文化语境中的译介》,载
《文艺争鸣》,2010 年第 4 期。
② 杭零:《法兰西语境下对余华的阐释——从汉学界到主流媒体》,载《小说评论》,2013
年第 5 期。

一部伟大的小说，毋庸置疑有着世界文学的突出水平"。2009年9月26日的《世界报》则以《中国的〈铁皮鼓〉》为题评论《兄弟》，将其与君特·格拉斯的《铁皮鼓》相提并论。8月15日的《新苏黎世报》发表长文如此评论："《兄弟》显示了人类情感的全景——从庸俗、狂热、机会主义到爱和内心的伟大，几乎全部包容在内。作者的叙述融合了史诗、戏剧、诗歌，有对话，有描写，有情节。既有深深的悲哀和难以名状的残酷，令人捧腹的闹剧和怪诞离奇的幽默，也有直刺人心的嘲讽和让人解脱的欣喜，崇高细腻的爱和动人的同情。在这个小宇宙中，没有人是孤立的，也没有任何隐私可言，求爱和耻辱、痛苦或死亡的故事都公开地发生在大街上，这使小说本身成为世界剧场。"这篇评论同时称："幽默和恐怖，乐观和绝望，粗鲁和柔情，殴打和诡诈在逗趣中融合在一起。很少有悲剧像《兄弟》这样滑稽，也很少有喜剧像《兄弟》这样令人悲伤。"

2009年11月，瑞士《时报》的文学评论家评出自2000年以来10年间全世界最为重要的15部文学作品（其中5部为瑞士国内的文学作品），《兄弟》名列其中。《时报》的评论称《兄弟》是"中国的《失乐园》"。

可以这么说，国内针对《兄弟》而形成的批评格局，也将因为这一维度（国外评论）的进入而不自觉地发生变动。

七 "先锋"重估与"新的临界点"

2010年1月初，一个飘雪的冬夜，在浙江中部一个城市，我和余华做了后来题为《我想写出一个国家的疼痛》的访谈。这个访谈中，余华除了再次回应对《兄弟》的批评之外，更为重要的是，余华第一次正式而全面地总结了自己的创作历史，并对"先锋"时期的创作，包括对"先锋文学"本身，出人意料地给出了"差评"。余华这样说道："我认为我的写作有三个重要的阶段。第一个阶段是写下了《十八岁出门远行》的那个阶段，那个时候我找到了自由的写作。第二个阶段是写下了《活着》……《活着》让我突破了故步自封……《兄弟》是我的第三个阶段，我以前的作品……叙述是很谨慎的，到了《兄弟》以后，我突然发现我的叙述是可以很开放的，可以是为所欲为的……到了《兄弟》时，我认为我可以把我不同侧面的写作才华都充分地展示出来。"而在回顾"先锋文学"时，余华说："我认为先锋文学最多是大学毕业，甚至是中学毕业。……先锋文学没什么了不起，它还是个学徒阶段。……可以这么说，'寻根''先锋''新写实'标志着中国文学的学徒阶段结束了。仅此而已。"因此，余华认为，"对先锋文学的所有批评都是一种高估"。①

————————

① 王侃、余华：《我想写出一个国家的疼痛》，载《东吴学术》，2010年创刊号。

从这个意义上讲，余华没有把自己在不同阶段出现的写作变化理解为是在同一平面上呈扇面展开的"转型"，而是理解为呈线性推进或螺旋上升的"进步"或"蜕变"。这是建立在对"先锋时期"或"先锋文学"进行自我批判、自我否定的基础上的。目前流行的文学史著都已给了"先锋文学"盖棺定论式的评价，且多为溢美之词。特别是这些年，评论界有关"纯文学"的讨论再次反复提及"先锋文学"——它被毫无疑问地视为"纯文学"的塔尖。而这次有关"纯文学""先锋文学"的讨论，则赋予了它更多的意识形态色彩，换句话说，"先锋文学"不只被视为形式变革，视为对僵化的反映论的突破，而且它同时是——而且可能首先是话语革命、文化弑父和意识形态对峙。"先锋文学"被赋予了更多的文学史内涵，对于它的历史评价也到了一个令人窒息的高度。余华作为一名小说家的个人形象，被许多人定格在"先锋文学"时期，这些人认为"先锋时期"是余华个人文学成就的巅峰，因此，当这些人在对余华的所谓"转型"感到失望时，批评的口径都几乎是相同的——他们不约而同地认为余华后来的"失败"，盖因其背叛了"先锋时期"的文学信念，从而丧失了"批判意识"和"批判立场"。在这种批评结论里，只有"先锋时期"的余华方才值得肯定和推崇。虽然偶有论者略表不满，从思想启蒙的角度出发，认为先锋文学不具备思想启蒙的意义，最多也只有文学启蒙的意义，并且正是由于它在形式和语言实验中的某种表演性冲淡了它的启蒙性。^①但这样的批评，仍然从另一方面表现出了批评者对"先锋文学"和先锋作家的某种期待。但余华的回应很直接，他说："别说是思想启蒙，称先锋文学是文学启蒙，我都认为是给先锋文学贴金了。"^②

其实余华本人在 20 世纪 90 年代就表示过，"先锋文学"只是批评家从外部强加的命名，他自己并不认可，尤其是，余华可能很早就意识到，"先锋作家"会使对他的阐释和接受扁平化。他说："我一直认为中国的先锋文学其实只是一个借口，它的先锋性很值得怀疑……现在，人们普遍将先锋文学视为 80 年代的一次文学形式的革命，我不认为是一场革命，它仅仅只是使文学在形式上变得丰富一些而已。"为此，他更愿意用"实验小说"来替代批评界对"先锋小说"的命名，他说："我认为，'实验小说'的提法比'先锋小说'更为准确。"^③无疑，"实验"的语义接近于余华所认为的"见习""学徒"的含义。这表明，他认定自己在"先锋"之后尚有较大的进步空间，同时也暗含了对自己晚近作品的自我肯定。

我曾撰文对此做过讨论。我认为，批评界过高地评论了先

① 参见丁帆：《80 年代文学中启蒙与反启蒙的再思考》，载《当代作家评论》，2010 年第 1 期。

② 王侃、余华：《我想写出一个国家的疼痛》，载《东吴学术》，2010 年创刊号。

③ 余华：《我的写作经历》，见《没有一条道路是重复的》，上海：上海文艺出版社，2004 年，第 113—114 页。

锋时期余华的思想气质，而相对地忽略了他的美学气质，"比如，当他写'暴力'时，我们提升了'暴力'的意义层次，并在这个被抬升的层次上频繁讨论，而忽略了余华浪漫、忧郁的美学面向……余华在这个时期的写作，仿佛一个举着火把的孩子不意间步入了人性的黑洞，他对于暴力、死亡等黑暗质素的认知，更多地是通过战栗、惊悚、恐惧等诉诸感官的途径加以表现，而非抽象的思辨"[①]。我为此举隅分析余华写于1988年的短篇小说《死亡叙述》，认为余华的这部小说并不真的留心于主题或"思想性"，而是倾心于一种技术性的叙述行为：语言、修辞、视角、节奏、调式……凡此种种，才是他真正着眼并发力之所在。可以说，《死亡叙述》是部炫技之作，语气、措辞、句式都充满了技术性的表演感。如果考虑到《十八岁出门远行》《一九八六年》（1987年）《现实一种》《河边的错误》《世事如烟》《难逃劫数》《古典爱情》（1988年）《往事与刑罚》《鲜血梅花》《爱情故事》《此文献给少女杨柳》以及被广为援引的《虚伪的作品》（1989年）等作品，与《死亡叙述》其实是在同一个写作周期内完成和发表的，若细加比对，可以发现，这一批作品实际上是《死亡叙述》的扩展版、加强版或升级版，《死亡叙述》是它们共同的圆心或底本。经由这样一个统计学式的分析，我

---

① 王侃：《永远的化蛹为蝶：再谈作为"先锋"作家的余华》，载《当代作家评论》，2014年第6期。

们有理由相信，对于余华来说，进而对于"先锋文学"来说，这个尚醉心于招式，技痒时喜于炫示人前的幼稚阶段，确实是一个"学徒阶段"。而且，如果进一步考察那个阶段余华的文学思维，我们会发现，对于余华来说，技巧、修辞、文学性是优先于、优越于"思想性"的。他自己曾如此生动地比喻过"文学性"在他的文学思维中是如何优越于"思想性"的："我能够准确地知道一粒纽扣掉到地上的声响和它滚动的姿态，而且对我来说，它比死去一位总统重要得多。"①

　　余华对"先锋文学"的否定式批评，其实应该引起重视。它质疑了文学史对于一个作家和一个文学潮流的误读，并有可能导致文学史的重新洗牌。当然，余华并非不看重"先锋"，相反，他对这个名号甚是珍爱，并曾用"永远的先锋""真正的先锋"来表达过某种自我期许，因此，他是这样总结"先锋"与自己的关系："'永远的先锋'是对自己而言的。就是你不断地往前走，不能在一个平面上打转，这就是一个永远的先锋，只有不断往前走，哪怕写下了失败的作品，没关系，他仍然是先锋。至于'真正的先锋'，我想是指一种精神和思想层面上的东西，是一种敏锐。……1995年写卖血的故事比之2005年写卖血的故事，就是一种'先锋'。……2005年和2006年出版《兄弟》这样题材

---

① 余华:《我能否相信自己》，载《作家》，1998 年第 8 期。

的作品，比之十年之后出版类似的作品，当然也是'先锋'。这就是一种敏锐性。我还是认为我两者兼备。"①

2011年，余华的随笔集《十个词汇里的中国》中文版在中国台湾出版，英文版在美国出版。由于中国大陆未曾出版此书，读者中知道的不多。一般而论，在这部集子里，余华以一个"公共知识分子"的"角色意识"，"突出地表达了他那强烈的忧患意识和感伤情怀"，以及对"美好未来的期许"，"饱含了作者诚挚的情感、睿智的目光和犀利的思考，是他对长期积淀于内心思想的一次系统表述"。②

2012年9月，根据余华小说《活着》改编、由孟京辉导演的同名话剧在国家大剧院首演。演出谢幕时，余华说道："这是我第一次看根据我的作品改编的话剧。我在台下看得百感交集，不断地抹眼泪，到现在眼泪还没干！""我是一个观众，一个对这个故事十分熟悉的观众，但孟京辉还是给我带来了陌生感。而这也正是我最期望看到的。"该话剧至今仍在国内各大城市巡回演出，深获观众好评。2014年2月，话剧《活着》分别在德国汉堡和柏林进行演出，每一场都赢得了观众长时间的掌声和喝彩。诺登斯科德在柏林德意志剧院观看演出后说："这是一场

① 王侃、余华:《我想写出一个国家的疼痛》，载《东吴学术》，2010年创刊号。
② 洪治纲:《从想象停滞的地方出发：读余华的随笔集〈十个词汇里的中国〉》，载《当代作家评论》，2011年第4期。

非常成功的演出。虽然演出长达三个小时，完全没有中场休息，但仍深深吸引了我，尽管我不懂中文，但是演员的肢体语言和舞台表演都非常棒，再加上字幕，我完全可以明白。这是我看过的最令人感动的演出之一。"

　　2013年6月，余华的又一部长篇小说《第七天》由新星出版社出版。《第七天》共有七章，从"第一天"到"第七天"，讲述一个人死后七天的经历。这部小说上市的第一天，预订量即超过70万册。《第七天》的面世，又让整个文学界的目光重新聚拢而来。"《第七天》是一部很好读的小说。但是，它未必是一部轻易就能读懂的作品。……余华试图打通生与死的界线，在直面当下现实的伦理语境中，以死界说生，以死演绎生，以死审视生。"[1]"《第七天》是一部结构很别致的小说。它写的是这个年代的生与死，通过阴阳两界相互参照的方式来展开。因此，现在社会矛盾的热与阴间的冷，构成了这部小说的辩证法。它最容易让人想到的就是鲁迅的《野草》和《故事新编》。"[2] 余华自己也说："假如要说出一部最能够代表我全部风格的小说，只能是这一部，因为从我80年代的作品一直到现在作品里的因素都包含进去了。"

---

① 洪治纲：《此岸的世界，彼岸的视点》，载《南方日报》，2013年6月30日。
② 参见《余华长篇小说〈第七天〉学术研讨会纪要》中程光炜发言部分，载《当代作家评论》，2013年6期。

褒贬不一，依旧是这部小说登场时遭遇的状况。反对者认为，小说内容主要来源于对当下发生的许多轰动性新闻事件的搜集和改写，因此，这部小说充其量只是"新闻串烧"。郜元宝指出："其实《兄弟》已开始采用这种写法……以此缩短小说和现实的距离。对《第七天》来说，就是缩短小说和网络社会新闻的距离，使小说信息量急剧飙升。"郜元宝列举亦采用此种写法且颇为成功的美国小说家多克托罗（E.L.Doctorow）的《雷格泰姆音乐》（*Ragtime*）为例，认为"作者以此编织一代人的记忆碎片，看似缺乏主线的贯通，但能展现时代的整体氛围，个别事件的深度发掘则使得这种群像展现更具立体感，叙述节奏也如音乐一样缓急自如，高低随意"。不过，郜元宝也对《第七天》表达了这样的忧虑："这是对'经典现实主义主线 + 副线模式'的大胆颠覆，也向小说家提出了挑战，即小说能否一面挽回稍纵即逝的社会新闻，一面提供比人们当初围绕那些社会新闻曾经做出的议论和思考更深入更独特的作家个人的艺术创造？"[①]

与此同时，一些读者因为对这部小说语言水准和叙述技巧的失望，将之比附于同年的一部烂俗电影《富春山居图》。

余华本人就语言问题公开回应："这部小说的语言我非常讲究，这是从一个死者的角度来讲述的语言，应该是节制和冷淡

[①] 郜元宝：《不乏感慨，不无遗憾——评余华〈第七天〉》，载《文学报》，2013 年 6 月 27 日。

的，不能用活人那种生机勃勃的腔调，只是在讲述到现实世界
的往事时，我才让语言增加一些温度。"与此同时，一些知名批
评家也纷纷对这部小说做出肯定性评价。例如，有人认为，"这
将是时代的缩影，它寓言化了，以少胜多，以简代繁，以荒诞
代真实，荒诞里面承载着更高的真实，实际上是哲学化的真实。
《第七天》某种意义上，打通了通向神性的一面"①。也有人认为，
这部作品"是一个作家对准时代焦点的努力"，"在我们这个被
新闻和胜似新闻的丑闻缠绕着的时代，如果有人还以为现实非
得绕过新闻才能进入小说，那才是真正的无稽之谈"，"《第七
天》就是照亮了这样一个我们自以为熟识，却从未真正了解的世
界"。②

　　王德威梳理了自《十八岁出门远行》到《第七天》的余华作
品，认为："究其极，余华以一种文学的虚无主义面向他的时
代；他引领我们进入鲁迅所谓的'无物之阵'，以虚击实，瓦解
了前此现实和现实主义的伪装。"在《第七天》这里，"余华的叙
事是个标准的'陌生化'（defamilarization）过程，他借死人的
眼光回看活人的世界，发现生命的不可承受之轻"。但是，王德
威也同时认为，《第七天》是以"爆炸—爆料"的形式来呈现以

① 参见《余华长篇小说〈第七天〉学术研讨会纪要》中张清华发言部分，载《当代作家评
论》，2013 年 6 期。
② 黄德海：《〈第七天〉，卑微的创世》，载《上海文学》，2013 年第 9 期。

往不可捉摸的"无物之阵",对此,他引用黄发有的话:"虚无曾是余华的叙事之矛,冲决网罗的矛,虚无现在是他的叙事之盾,架空一切的盾",认为"从一九八三来到二〇一三,三十年的余华小说也来到一个新的临界点"。①

对于余华来说,"新的临界点"意味着蜕变的再一次降临,而对于中国当代文学史地图来说,这样的临界点则极有可能意味着新的里程碑的出现。

八 再出发与无可降临的"安全区"

2015年2月,余华的杂文集《我们生活在巨大的差距里》出版。该书的封面上写道:"从中国到世界,从文学到社会,以犀利的目光洞察时代病灶,以戏谑的文笔戳穿生活表象。"余华自己也说:"这就是我的写作,从中国人的日常生活出发,经过政治、历史、经济、社会、体育、文化、情感、欲望、隐私等等,然后再回到中国人的日常生活之中。"② 在此之前,余华已出版了数部随笔集,主题多表征为关乎诸多中外作家的文学批评式感悟、对自身创作经验的沉浸式体验和"技术分析",为学界观照余华的创作气质与思想脉络提供了阐释的切口。如有学者

---

① 王德威:《从十八岁到第七天》,载《读书》,2013年第10期。
② 余华:《我们生活在巨大的差距里》,北京:北京十月文艺出版社,2015年,第141页。

就认为,"在余华出版的三部随笔集——《温暖和百感交集的旅程》《音乐影响了我的写作》《没有一条道路是重复的》之中,他以一个小说家的专业视角品评小说创作的技法,谈论作家们创造的'另一种真实'。其随笔中'余华式的'叙述风格、'不成系统'的叙述结构、非逻辑的表达方式以及从中传达出来的关于文学的'另一种真实'让人耳目一新,也为文学理论的研究提供了一种新的视野和参照。"① 另有学者甚至以例证的形式,论述了余华的随笔写作和生活,尤其是小说创作之间确乎存在着一种"丰富和隐秘的潜在关系",认为"余华在随笔中表达了很多的文学'看法',这些'看法'也确实在之后的小说创作中有所体现",并以此分析了"余华从《活着》到新作《第七天》创作变化的内在原因,反思传统的现实主义真实观"。以《兄弟》为例,论者认为以往从小说外部进行的阐释都只是一种"他山之石"的理论套用,而随笔里"由作者本人的文学思想和小说实践中自然提升而出的观念,是一种来自小说内部的升华",论者由是认为,余华写于 2002 年的随笔《歪曲生活的小说》即是阐释《兄弟》的创作观念的适宜佐证:"歪曲生活的小说"这一理念既支撑了《兄弟》的创作思路,也为余华提供了一种新的创作方法。②

---

① 杜茂生:《余华随笔的叙述风格与文学的真实观》,载《山西师大学报(社会科学版)》,2016 年第 5 期。

② 刘江凯:《"歪曲"的文学:余华的随笔看法与小说可能》,载《当代作家评论》,2018 年第 3 期。

而在杂文集《我们生活在巨大的差距里》，余华开始将文学探讨与文化思索勾连起来，并放眼世界，以对"现实"的深刻而开阔地关注呼应着《兄弟》《第七天》等小说文本中"正面强攻"的写作方式。正如有论者指出的那样："余华的这本随笔集，首先延续了他晚近小说《兄弟》《第七天》的风格，直面现实、针砭现实……余华保持着他一贯的敏锐、警觉和批判意识，一针见血指出社会与人心之痼疾所在。"①

2017年11月，余华的随笔集《文学或者音乐》出版。这是一本将若干新作与旧文重新编辑后的集子，余华将其称为他个人的"阅读之书"、"和声之书"②。这本书，让我们重温了余华自己的那段在诸多文学巨匠牵引之下的"温暖和百感交集的旅程"，也重温了他以精微的文字捕捉其对诸多音乐经典之共鸣的不凡能力。我更愿意认为，余华整理出版这本集子，是对自己多年积累的创作体悟的又一次检视。值得注意的是，他的音乐领悟力与文学才能之间的隐秘关联，一直并未得到足够的、深入的重视。有书评据此认为："余华凭借强大的文学功力打开了音乐叙述的大门，在文学与音乐的对比中不露声色地将读者带入对音乐的审美体验中……从这个意义上讲，余华已属于两栖作战

①　曾于里：《社会忧思录和私人笔记——读余华〈我们生活在巨大的差距里〉》，载《文汇报》，2015年3月30日。
②　余华：《和声与比翼鸟》，《文学或者音乐·自序》，南京：译林出版社，2017年，第5页。

的文艺圣手。"①

2018 年 7 月，余华的又一部杂文集《我只知道人是什么》
出版。书名源于余华 2010 年 5 月在耶路撒冷犹太人大屠杀纪念
馆听闻的一则故事：二战期间，一位波兰农民把一个犹太人藏于
家中，直到战争结束，犹太人获救。有人问这位波兰农民为什
么要冒着生命危险去救一个犹太人，他说："我不知道犹太人是
什么，我只知道人是什么。"有论者如此评论该书之于余华的意
义："《我只知道人是什么》既是个人的文学'大事记'，也是一
个思想者用文字记录的方式，用文学之镜观照世界所发出的生
命箴言……这么多年来，余华的创作轨迹一直在围绕着'人是什
么'这一永恒的主题，不断开掘、剖析和呈现着那些生命中的美
好和感动。"②

相对而言，余华的随笔集、杂文集受到的批评关注尚显寥
落。与此形成反差的是，国内外关于其小说的评论则始终如火
如荼。此种情况，或许能从余华小说的销量和他所获的文学奖
项上管窥一斑。

2014 年 4 月，余华凭借《第七天》获得第十二届华语文学
传媒大奖年度杰出作家奖；2018 年 1 月，他又凭借小说《活着》

---

① 刘金祥：《书籍是人类灵魂的镜像——评余华随笔集〈文学或者音乐〉》，载《书屋》，
2018 年第 4 期。
② 刘小兵：《重拾生命中那些美好和感动——评余华新书〈我只知道人是什么〉》，载《河
北日报》，2018 年 8 月 24 日。

获得作家出版社超级畅销纪念奖，原因是，自 2008 年 5 月余华将包括《活着》在内的 13 种作品授权作家出版社出版始，及至彼时，总销量共达 866.8 万册，仅《活着》的销售就达 586.9 万册，被视为"创造了当代纯文学作品销售的奇迹"；《活着》也连续多年位居国内小说销量前列，截至 2020 年，其总销量已超过 2000 万册。2019 年 8 月，余华以《我叙述中的障碍物》一文获第三届"紫金·江苏文学期刊优秀作品奖·《扬子江评论》奖"；与此前所获的各种文学奖项不同，这是余华第一次获得评论类奖项，给予他的授奖词是："文学大家的演讲和创作谈是重要的批评文体和文学史文献。与诸多将创作过程神秘化的论调相比，余华的可贵之处在于，他始终以祛魅的方式谈论作家的创作历程。'写，除此以外没有别的办法'，这种朴素的观点构成了余华谈论自身写作经验的起点。他以对经典的揣摩和学习为例，谈论了自己创作历程中出现的障碍和解决办法。于是，一个初学者如何在经典的滋养中，凭借勤奋和天分而成为大家的成长之路，以一种直观、鲜活的形式呈现出来。或许我们可以将余华的经验视为朴素的常识，然而文学大家的起点正是建立在对朴素常识的尊重和坚持之上。"①

与此同时，余华作品在国外的影响力也进一步扩大：2014

---

① 邢虹：《专访余华：写作是一种"命中注定"》，见"南报网"，2019 年 8 月 21 日。

年，余华获意大利朱塞佩·阿切尔比国际文学奖；2018 年，获意大利波特利·拉特斯·格林扎纳文学奖和塞尔维亚伊沃·安德里奇文学奖，并又有多部作品翻译成多国语种在国外出版。

国内批评界对于余华小说研究的热度自然是一直居高不下的。仅以《第七天》出版一年后的 2014 年至其最新长篇尚未面世的 2020 年这七年的时间段为例，虽然在此期间余华的小说创作又进入沉潜期，并未出版新的作品，但中国知网上关于余华小说研究的论文数量仍然达到 2600 多篇，其中学位论文 400 余篇。[①]2019 年，余华受聘为北京师范大学教授，与莫言继 30 年同学关系后，又成为同事，其在学院派的认可度和影响力可见一斑。综而论之，自《第七天》以来，国内关于余华小说的批评和研究，在原有的基础上，研究视点及深度都有新质呈现。

从单部作品来看，《第七天》是近十年余华研究的关注热点。历经数年的沉静，学界对《第七天》的评价多已由刚出版时因"新闻串烧"式写法的激愤声讨而转为较客观、冷静且正面的论析。例如有学者以互联网时代这一"新天新地"的背景为着眼点来分析《第七天》中颇受争议的"新闻串烧"，认为我们应当打破前互联网时代的"审美和伦理惯性"，而"互联网时代最基本

---

① 以"余华"为关键词、以 2014 年至 2020 年为时间年限，在中国知网上搜索的结果为：共有 2621 篇研究论文，其中学位论文 406 篇，包含硕士学位论文 363 篇、博士学位论文 43 篇。

的现实，正是现实的新闻"，所以"'新闻串烧'可能正是我们时代最根本的存在方式"，"《第七天》的'新闻串烧式'写作，正是对于现实新闻化这一互联网时代最基本的现实的天才洞达和无限逼近"。① 也有学者从批判现实主义的角度着眼，认为这种写法实质上是"以一种扁平化的当代语言描写取消深度的当代世界的写作方式"，并指出"亡灵叙事"与"新闻串烧"构成了小说的双重视角，而"亡灵叙事"只"对生而卑微者敞开"的叙事设定，使得"'新闻串烧'的根本性意义并不止在贴近'当下'……而是小说中相当必要的结构性存在：为这些在社会中失声的人物亲口讲述的人生提供一种对立的参照……从而挽救起那些卑微的、被压抑到几乎失语的人们身上依然留存的人情、人气、人味与人性"。该文同时认为："以'新闻叙事'引入当下现实，而'亡灵叙事'又对'新闻叙事'指涉的社会风气加以批判，在表面上具有了批判现实主义的外壳"，"但批判现实并非余华的终极指向，他最为关注的，仍是在现实中被挤压、甚至被删除的人之生存本身"。②

还有论者从叙事学角度对《第七天》展开分析，认为该文本依然展现了余华小说一贯的叙述才能："通过强化情境叙述、运

① 翟业军：《创世·拟世·慰世——论余华〈第七天〉》，载《东吴学术》，2014年第5期。
② 韩亮：《批判现实主义的自我消解——论〈第七天〉兼及余华新世纪的写作》，载《扬子江文学评论》，2019年第2期。

用‘多声部’叙述和言简义丰的审美风格而令作品中所营构的‘生前’与‘死后’两个世界互为镜像，引领读者对生离死别、生死错位之人生荒诞悲剧予以哲学反思，小说叙述的人物在阴阳两界之间游弋，叙事虚中有实，实中有虚，既具有较大的艺术美感，又使存在之‘异化’主旨得以呈现，可视为当代批判现实主义的长篇力作。”[1] 同时，有部分学者从比较视阈出发，将《兄弟》与《第七天》相提而论，如有人认为二者都是一种“当下性写作”，且呈螺旋式上升关系：“《兄弟》以‘怪诞现实主义’来直击现实，而《第七天》则进入了‘魔幻现实主义’的范畴；从立场意旨来看，《兄弟》从时代视角去寻找和把握现实的密码，而《第七天》是‘民间立场’的产物，蕴含着更多的生命关怀”，并对余华的创作抱有乐观期待[2]；更有论者认为，《兄弟》和《第七天》的创作是余华继20世纪80年代中期由现实主义写作转向先锋写作和20世纪90年代再由极端的“先锋”转向写实后的第三次转型之标志；同时，《第七天》在文本和创作观念与方法上都呈现出一些深刻的变化，也仍然保持着一定的“先锋性”。[3] 当然，否定的声音也依然存在，批判之矢的仍然主要集中在“新闻

---

[1] 李灿:《“生前”与“死后”——读余华长篇小说〈第七天〉》，载《当代文坛》，2019年第4期。

[2] 丁莉丽:《论余华的“当下性写作”》，载《中国现代文学研究丛刊》，2015年第6期。

[3] 蔡家园:《继续“先锋”与主体迷失——重读余华的〈兄弟〉〈第七天〉》，载《华中科技大学学报（社会科学版）》，2017年第5期。

串烧"和跳脱传统的写作手法上。如有人认为，"网络素材的粗糙加工"使得余华的"语言根基"被"改变甚至破碎"；同时，余华对"当下"的无限贴近和"直接的""激进的"批判使得《第七天》放弃了其此前作品的"道德悬置"，因而未能"抵抗媚俗"，且因被"社会批判"所苑囿而"自缚手脚"以致"坠入单一话语层面的境地"。①

而关于《第七天》中被评论界广泛论及的"当下性"或"现实性"，余华于 2017 年 9 月答丹麦《基督教汇报》时说："《第七天》展示了一个象征的空间，可以说它是中国现实生活的水中倒影，有些虚无缥缈，而且随着水的波动，倒影会变形。我需要这样的虚无缥缈和这样的变形来表现出中国社会的荒诞，在此说明一下，为什么我的故事里经常表现出荒诞，不是我喜欢用荒诞的方式写作，而是中国社会充满了荒诞，我写作时不知不觉中就把故事写荒诞了，只有这样，我才觉得自己的写作是真实的。"② 正因如此，或许，我们还需要拉开更长的时间距离，才能更清晰地看懂余华对于当下经验的处置和现实社会情境的描写是否得当，也才能更透彻地读懂这一关于中国当代历史转折与蜕变的悲剧寓言是否深刻。

---

① 张中驰：《网络之网与批判之绊——从〈第七天〉看余华创作的限制因素》，载《扬子江文学评论》，2016 年第 3 期。
② 余华：《一篇文章六个回答》，载《花城》，2019 年第 4 期。

无论如何，都不能否认，时至今日，余华已是中国当代文学史上的一个巨大的存在。早在2002年，批评家张清华就指出，对于余华来说，"即使以《许三观卖血记》为结尾，也未尝不是一个好的结尾了"①。当然，后来的事实证明，余华不仅未止步于《许三观卖血记》，反而向文坛抛出了更多优秀作品，也一次又一次掀起了文坛的汹涌波涛。如果从1983年1月短篇小说《第一宿舍》的发表算起，余华的创作生涯已近四十年。四十年，足够如余华这样极富细敏感觉力和坚持创作且时有新作面世的作家由成熟抵达经典，而对于批评界来说，也已有足够的时间沉淀和理论积淀来品评、梳理一位作家的既有作品是否能触及经典及追述其文学史意义。是尔，此期，除了相对晚近的《第七天》，学界还不约而同地将目光聚焦于对余华作品"经典"化的重估和史学意义的考证上，这样的评估既表现为历时性地对余华以往作品的重读上，也表现为对余华作品的译介情况及海外影响力的共时性的比照中。

在作品重读方面，陈晓明认为其实早在1988年的《现实一种》里，余华就已经以"残酷与准确"的方式对"文学怎么描写现实""小说怎么表现真实"这类问题进行了"激进的回应"或

① 张清华:《文学的减法——论余华》，载《南方文坛》，2002年第4期。

"极端的实验"。^① 从某种角度说，这也算是从一个侧面以"拉开更长时间距离"的方式回应了上述学界关于《第七天》《兄弟》中的"现实"描写的争论。与此同时，李建周从余华与80年代的"文化热"之关系入手的探讨，与陈晓明的观点形成了一定的共鸣。李建周认为，余华"那些看似形式实验的'先锋小说'与80年代的现实是共生的"，也就是说，余华"先锋文本"中的"暴力"形式其实是余华的"内心世界"与20世纪80年代"现实世界"之间"紧张"关系的一种"掩饰"，而不仅仅是因为部分学者认为的"余华特殊的成长经验"。具体来说，李建周认为，敏感的余华因为没有在80年代文学"寻根"的"文化热"中找到自己的有效表达方式，转而在急遽分化的时代场域和文化氛围中找到了与"文化热"在结构上相一致的"先锋"热。此外，李建周还从"小镇"与"城市"、"寻根"与"先锋"两组命题造成的余华创作危机的角度，论析了80年代后期"暴力化"的先锋余华和90年代的"温情化"的写实余华是如何统一于这位作家身上的。^② 而蒋济永从文本构成和版本学角度梳理了《活着》的三个版本，即1992年的初版本、1993年的扩充本和1994年的电影版，认为版本的差异会带来意义指向的不同，市面通行的扩充

---

① 陈晓明：《余华的残酷与准确——重读〈现实一种〉》，载《北京文学（中篇小说月报）》，2020年第4期。
② 李建周：《余华与80年代"文化热"》，载《文艺争鸣》，2020年第4期。

版《活着》并不是学界普遍认同的现实主义作品，而是具有现代
主义色彩的；并分析了《活着》是如何从初版的现实主义文本转
为电影版的批判现实主义文本，及至演变成扩充版的现代主义
文本，从而认为《活着》"之所以能成为当代经典，现实主义只
是其表，骨子里已是现代主义的，是一部通过写实将现代性技
法和现代性思想巧妙而娴熟地贯穿其中的伟大作品"。①

　　不少批评家再次论及余华创作上的"多变"气质，一个显见
的现象是，此期的一些批评家似乎开始认同"转向"论，而有意
无意地以之取代早前的"转型"说。从"转型"到"转向"，并不
仅仅是语词的简单嬗变，而是说明，随着余华发表作品的增多，
所呈现出的余华创作及思想的界面更趋丰富和多维，创作路径也
更趋曲折。具体论之，吴景明的表述相对地更具有代表性，在对
余华小说进行创作阶段的具体划归后，他以"形式先锋""民间
生存"和"社会现实"三组词汇来涵括余华创作的"转向"表征，
并认为"这是一个趋于广阔的意识与创作的历程。在此间，作家
余华不断地确立自我，也不断地拆解自我的边界，跳出固定的身
份和狭小的地盘，日益走向深广的文学/社会现实"。②余华也曾
多次表达自己"面向困难而写作"的创作理念，强调作家"不要

① 蒋济永:《〈活着〉三个版本的构成与意义生成》，载《扬子江文学评论》，2020年第
1期。
② 吴景明:《从"形式先锋""民间生存"到"社会现实"——余华小说创作转向论》，载
《当代文坛》，2019年第4期。

用容易的方式去写小说，要用困难的方式去写小说"①，或许，不断调整的创作路径，正是他对这一理念的具体实践。

另值得一提的是，有学者通过余华曾工作过的海盐县文化馆而新发现余华创作于 1983 年至 1986 年的小说 5 篇、散文 2 篇及笔名一枚，可谓为余华研究提供了新材料。② 同时，部分论者还对余华既往作品展开了主题学和叙事学的重读，此处仅引较有新意或洞见者述之。有论者论及余华的"疼痛"书写，认为"在当代文坛，余华是少数一直倾力书写当代中国人的历史与现实伤痛的作家之一。自 80 年代成名文坛……他逼近'真实'，见证'疼痛'的写作立场却从未改变……余华以其全部的文学想象为近半个多世纪中国'沧海桑田式的动荡'（张清华语）和中国人悲欢无常的遭遇、百感交集的体验留下了一份沉甸甸的文学证据"。③ 还有论者从西方精神分析学说与儒家人伦理论入笔，分析余华小说"对家庭的拆解、重建以及'家人父子'"的书写，认为余华这一有关"家人父子"的重述为文学中的"家族叙事"

---

① 余华：《答意大利〈共和国报〉》，见《米兰讲座》，上海：上海文艺出版社，2020 年，第 231 页。
② 参见李立超：《小世界与出门远行——新发现余华小说、散文考论》，载《中国现代文学研究丛刊》，2020 年第 8 期。
③ 周蕾：《见证"疼痛"的写作——论余华笔下的"中国故事"》，载《当代作家评论》，2014 年第 6 期。

带来了新变。① 亦有论者重提余华作品中的"看客"意象，认为
"事实上，以《在细雨中呼喊》为分界点，'看'与'被看'的所
指发生了悄然的变化"，与此同时，从《在细雨中呼喊》到《兄
弟》，余华小说中永恒的孤独主题和小说叙述中越来越浓重的狂
欢色彩隐喻了一种个体的矛盾而复杂的存在状态，"'看'与'被
看'模式正是这种不确定的存在状态得以展现的条件，在人类认
识自我的意义上隐喻了现代文化带来的深刻困境"。② 还有论者
以现代性视域的"大文学史"观之，探讨余华作品与中国古典思
想及其美学间的关系，尤其是与"象数文化、庄子思想及循环史
观"有内在关联。③ 更有论者论及余华小说的"细部修辞"④"美学
及其艺术实践"⑤，以及叙述视角选择中的"性别立场"⑥。

　　论及国外影响力，在中国当代作家中，余华的地位是不言
而喻的。因而有部分论者投目于余华作品的译介及海外接受情
况的研究。但相对来说，此领域的研究尚有空隙，大部分论者
仅关注到余华某部或整体作品在某个别国家的译介与接受情况，

---

① 申霞艳:《凝视欲望深渊，重述"家人父子"——余华论》，载《南方文坛》，2019 年第
5 期。
② 张中驰:《"看"与"被看"模式下的孤独与狂欢——余华长篇小说的宏观结构》，载《安
徽大学学报（哲学社会科学版）》，2017 年第 4 期。
③ 杨辉:《余华与古典传统》，载《当代作家评论》，2018 年第 2 期。
④ 张学昕、贺与诤:《余华小说的"细部修辞"》，载《当代文坛》，2019 年第 4 期。
⑤ 王均江:《论余华的小说美学及其艺术实践》，载《小说评论》，2017 年第 4 期。
⑥ 朱中方:《论余华作品叙述视角选择的性别立场》，载《当代文坛》，2015 年第 3 期。

如美国、法国、俄罗斯、韩国、日本等。刘江凯《当代文学诡异"风景"的美学统一：余华的海外接受》一文是相关研究中较晚近的、论举也较全面的一篇。文章提出，余华最早的外文译本是 1992 年德译《活着》，而余华小说全面向外传播的扩张元年是 1994 年；并较详细、全面地罗列了余华被翻译作品的目录，进而分析指出，余华的外译作品语种规模已达 20 种，传播区域主要集中在欧洲和亚洲，传播特点表现为：首先从德语、法语、英语开始，由代表作《活着》牵头，然后逐渐扩展至其他语种，并且各部作品在不同国家的欢迎度也不同；同时考察了余华作品在海外"精英"与"大众"两个群体中各自的接受情况，也收集了截至 2011 年海外学者关于余华研究的主要学术论文信息，并尤以《兄弟》为例，探讨了海内外评论的差异。作者指出，包括莫言在内，中国当代文学在海外整体的接受特征依然是十分边缘化，但也认为，"余华三十多年的写作除了完成个人文学的经典化历程外，也给中国当代文学及其学术研究贡献了一些新的启发。从长远来看，当代作家这种缓慢的努力和积累，比莫言获得诺贝尔文学奖更有利于中国文学的海外传播事业"。① 正如该论者所言，"当代文学的'经典化'应该在历史化和国际化两个向度展开，并且这种历程不仅仅涉及文学作品，还应该包括

---

① 刘江凯：《当代文学诡异"风景"的美学统一：余华的海外接受》，载《当代作家评论》，2014 年第 6 期。

文学批评。在此格局中，不论是对国内创作与批评关系的分析，还是对国际文学品质的判断，都会帮助我们在一片喧哗声中看到某些被遮蔽的内容"。① 我也深以为然。

2021 年 3 月，余华长篇小说《文城》由北京十月文艺出版社出版，这是余华的第六部长篇小说，距上部长篇《第七天》的出版时隔八年。"令人惊叹的是，余华这部新作在图书市场上又创下了一次'传说'：在 2 月 22 日全网预售第一天，《文城》便登上'当当'新书销量榜第一，《活着》则是'京东'图书畅销总榜第一，还带着《许三观卖血记》《兄弟》等作品冲上畅销榜前列；《文城》首印 50 万册，预售第二天加印 10 万册；在'开卷'虚构类畅销书排行榜中，上市仅一个月的《文城》跻身榜单第二；在各大实体书店，蓝白相间的《文城》也妥妥占据了最醒目的 C 位。而在文学圈，'你看《文城》了吗？'成为一种招呼性用语，赞美与批评之声铺天盖地。在群聊里、在饭桌上、在文学脱口秀节目中，《文城》无处不在。毫不夸张地说，《文城》已成为 2021 年绕不过去的一大文学事件。"② 几乎与《文城》新书发布的同时，网络上也在广泛讨论余华为培训机构站台、教高中生写作文拿高分的新闻。在纯文学已经被严重边缘化的今天，这

① 刘江凯：《"经典化"的喧哗与遮蔽：余华小说创作及其批评》，载《文艺研究》，2015 年第 10 期。
② 罗昕：《余华〈文城〉：只要我还在写作就进不了"安全区"》，见"澎湃新闻"，2021 年 4 月 20 日。

种高曝光度和高关注度出现在一位纯文学作家身上，委实很"传奇"。而这种"传奇"性，也成为一种环绕在余华身上并且挥之不去的、带有批判倾向的话题。对此，批评家金理的观点或许可视为一种参考的视角："我们一方面经常会批评中国当代文学远离读者，指责当代文学的影响力日渐消失，但是另外一方面，难得有一个像余华这样赢得读者市场的作家，我们又急急忙忙地给出福柯所谓'下判决的那种批评'，不认真去辨析其创作经验。"①

据余华描述，《文城》断断续续写了21年，"最早开始写这部小说是1998年或者1999年，那时候20世纪快要结束了，我希望自己的写作能够触及整个20世纪。《活着》是从20世纪40年代开始写的，在这之前的故事，我没有写过。当时我有两个写作方向，一个是1996年写了开头两万多字放在那里的《兄弟》，《兄弟》在时间上是往前走的，另一个在时间上是往后退的，就是现在的《文城》。《兄弟》没有写下去，搁笔了，我在这时候开始写《文城》"。其间写写停停，还创作并出版了《第七天》，直到2020年疫情期间重新续笔，10月初完成，"删掉了十来万字，重写了十来万字，一次次地修改"。②

---

① 参见"澎湃新闻"记者对金理的专访：《余华是一位手艺纯熟的工匠》，见"澎湃新闻"，2021年4月21日。
② 罗昕：《余华〈文城〉：只要我还在写作就进不了"安全区"》，见"澎湃新闻"，2021年4月20日。

当然,《文城》也无例外地又一次在批评家与广大读者中引发热议,有人盛赞"那个让我们激动的余华又回来了"[1],也有人指出"好故事不等于好小说"[2],亦有折中的观点认为"余华像一个手艺非常纯熟的调色工匠,通过此前创作,他对普通读者和大众市场的口味形成了自己的把握,比如情感基调上的一些创作特征——暴力又温情、忧伤而不绝望,既有苦情戏,也有一点让人振奋的东西……他能够掌控好这些元素的合适比例。《文城》这部作品在我看来是一个不冒险的创作,他运用了自己非常纯熟的调色比例技巧"[3]。客观而论,"《文城》毕竟是新作品,比较严肃和成熟的长篇评论还需要时间积淀"[4]。就目前已有的批评文章来看,有专业批评家如丁帆、潘凯雄、南帆等学者的评论,也有媒体、书评人的即时短评。

非议的声音大抵分两类,一类是视《活着》为余华创作的巅峰,或以其此前的其他作品为标尺,将《文城》与之相提,直言"《文城》并未重返《活着》巅峰","比《第七天》好一些,但仍然很平庸"。[5] 对此类观点,余华的回应是:"《文城》的叙事

---

① 杨庆祥:《余华〈文城〉:文化想象和历史曲线》,载《文学报》,2021年3月3日。

② 李壮:《好故事不等于好小说:评余华〈文城〉》,见"凤凰网",2021年3月10日。

③ 参见"澎湃新闻"记者对金理的专访:《余华是一位手艺纯熟的工匠》,见"澎湃新闻",2021年4月21日。

④ 参见"澎湃新闻"记者对金理的专访:《余华是一位手艺纯熟的工匠》,见"澎湃新闻",2021年4月21日。

⑤ 思郁:《余华〈文城〉:并未重返〈活着〉巅峰,仍然很平庸》,载《新京报书评周刊》,2021年3月24日。

立场与《活着》不一样。《活着》是写实主义的叙述，《文城》是借助了传奇小说叙述方式，它的叙述是戏剧性的，这是传奇小说的特征……这是截然不同的两部小说，应该是无法比较的。"①第二类批评的声音基于小说的美学和叙事学立场，认为"余华的写作优势在于单线掘进、定向突破，在于把单薄的故事风干成历史标本，把毫不相干的人物命运铺演成群体命运寓言"，但是《文城》中"纵横南北空间、清末到民国初年的几十年时间"以及众多的人物线超出了余华的技法控制能力，使得小说"拖泥带水"，也失却了"余华式的简洁和克制"。②另有论者在阐析了"纯文学小说"与"故事"之概念异同的基础上，认为"以纯文学小说的标准来看，《文城》的人物形象扁平、情节设计单薄、逻辑动力不足……一字以蔽之，就是'假'"。进而做出"余华的新长篇《文城》，是个好故事，不是个好小说"的论断，并指出《文城》故事的"好读"已"近乎某种'纯文学爽文'。它更精致、更深沉，但内在机理与'爽文''爽剧'颇有相通"。但同时，论者也认为《文城》中散发出一种"温暖和希望"的气息，并对此及小说的结构、细节和语言持肯定态度。③而关于读者对《文城》中人物形象"扁平"之论，余华并不认同，他说："不同的作品

---

① 罗昕：《余华〈文城〉：只要我还在写作就进不了"安全区"》，见"澎湃新闻"，2021 年 4 月 20 日。

② 付如初：《现在的余华为谁写作》，载《经济观察报》，2021 年 3 月 22 日。

③ 李壮：《好故事不等于好小说：评余华〈文城〉》，见"凤凰网"，2021 年 3 月 10 日。

侧重是不一样的，莎士比亚作品强调的是戏剧性，当然他也是只写戏剧，他笔下的人物不复杂，托尔斯泰笔下的人物比莎士比亚笔下的人物复杂，陀思妥耶夫斯基笔下的人物更复杂。《文城》是一部传奇小说，我是这样定位的，这是一部倾向戏剧性的小说，不是一部专注于人物复杂性的小说。"①

丁帆、杨庆祥等学者的文章则对《文城》给予了较正面的评价。丁帆将《文城》定位为一部"浪漫史诗"型小说，并结合毛姆关于"什么是好小说"的理念，谈及《文城》中的"人性"命题。丁帆认为，"除了形式技巧外，'小说家使用的材料是人性，虽然在各种不同的环境中人性千变万化'。余华的小说，尤其是长篇小说之所以受到广泛的阅读，'人性的千变万化'才是他小说中最坚硬的基石"，而《文城》深蕴的"传奇性""浪漫性""史诗性"和"悲剧性"叙事元素，正是"围绕着江湖'人性'展开的，'人性'的呈现才是直取人心，击溃形式的巨大能量"。② 杨庆祥也认为《文城》证明了余华"依然是中国当代最会讲故事的作家之一"，并肯定了《文城》跨越"南北空间"叙事的意义，"'文城'作为一个虚化的地名，承载着主人公的希望和信念，以此余华扩大了他写作的地理，由北及南，又由南向北，其内

---

① 罗昕：《余华〈文城〉：只要我还在写作就进不了"安全区"》，见"澎湃新闻"，2021 年 4 月 20 日。
② 丁帆：《如诗如歌、如泣如诉的浪漫史诗——余华长篇小说〈文城〉读札》，载《小说评论》，2021 年第 2 期。

在精神的指向，却是超越了地域的一种民族共同性：坚韧、信守、重义、互助。这是《文城》的隐喻，也是一种文化生生不息的秘密"，"在南北合流的叙事中，余华建构了一种民族的共同体想象"。①

尤值一提的是南帆的文章。南帆很明确地表明："的确，曾经写出《活着》的余华又回来了。"他也注意到评论界关于《文城》"好故事"或"好小说"、人物性格是否"扁平化"及情节结构的争议。在南帆看来，"每一个成熟的作家无不按照自己的风格重构故事梗概"，而余华的叙事首先赋予《文城》"强烈的悲情"，"与《活着》相似，《文城》强烈的悲情很大程度地源于一个叙事策略：回避生活的复杂纹理"。因此，《文城》的绝大多数人物虽然性格始终如一，但却闪烁出愈来愈纯粹的"情义"光芒，"余华似乎不屑于考察剧烈冲突的夹缝里某些暧昧的暗角，那儿的善恶评判可能不那么清晰；也不屑于捕捉浮絮一般拂过内心的几丝嫉妒、怯懦、羞涩、贪婪，那些心思若有若无，幽暗不明。总之，故事周围种种毛糙的边角料被大方地裁掉了"。也就是说，如此人物性格的塑造是余华有意而为之，是一种叙事策略。这种叙事策略既表现在《文城》戏谑又不失幽默的语言上，也表现在"花开两朵，各表一枝"的补叙结构上。细言之，南帆

---

① 杨庆祥：《〈文城〉的文化想象和历史曲线》，载《文学报》，2021 年 3 月 3 日。

认为,《文城》的语言体现了一种"喜剧美学":"戏谑、幽默与描述的生活表象保持无形的距离;笑声隐含居高临下的俯视,这既是一种美学观念,也是一种生存姿态,没有必要那么认真地投入生活,丝丝入扣地找出情节的内在肌理,分析、思索、激情、愤怒仿佛过于严重,幽默与诙谐才是恰如其分地面对生活乃至面对苦难的方式。"同时,余华正是"以乐景写哀,以哀景写乐,倍增其哀乐","以平缓的语调写出令人战栗的情感细节"。从叙事结构上来说,《文城》中"两个部分的分叙各自保持单一的视角",既"保证了悲剧的纯度与悲情的递进积累",也填补了"单质叙事遗留的情节裂缝"。而这种叙事策略带来的成效是:展现了纪小美的多面性格,又使得人们无法对纪小美施以简单的道德评判,余华"放弃了现实主义对于复杂人性的探究"。南帆因此继而认为,"《文城》更倾向神话式叙事",让人物"试图追随文学浮出历史,认清一个宏大的坐标,继而根据这个坐标的指引横渡人生"。[①] 如是,南帆以此回应并否定了上述关于《文城》的诸种争议——显然,这与余华自己的阐释也达成了殊途同归的契合。

在极短的时间里,《文城》就让阅读界出现了众说纷纭、莫衷一是之势,而余华显然已了然于此并坦然面对:"只要我出版

---

① 南帆:《〈文城〉:悲情的重构》,载《文汇》,2021年4月22日。

新长篇小说，批评就会集中而来，无论我写下的是犀利的现实批判，还是探索的先锋小说，或者其他什么，批评都会找上门来。《兄弟》出版之后，让我习惯并且接受批评了，对《第七天》的批评更是多于对《兄弟》的批评，这次对《文城》的批评没有《兄弟》和《第七天》出版时那么多，而且相对温和。""只要我还在写作，我就进不了安全区，我会不断受到批评，批评将是我一生的朋友。"①

　　而《文城》给我的阅读感受是：长期以来，余华与现实的紧张关系正以某种方式渐得缓解。这个前溯至百年之外的怀旧故事，在余华的故事系谱中是罕见的。之前，我们讨论余华的小说，尤其是他的长篇小说时，那些通常必须在社会政治与历史意志的维度上强制进行的阐释意图，在面对《文城》时都似乎可以暂且悬搁。《文城》对之前缠绕在余华身上的种种巨型话语进行了松绑。之前的余华有定型的标签，作为一个小说家，他又总被期待为是一个犀利的批判者，以及一个在艺术上"永远先锋"的颠覆者。

　　十多年前，英语读者对《兄弟》的评论，常将余华与狄更斯相提并论。现在看来，这一评价切中肯綮，日见精辟。这不仅因为《兄弟》所展示的"艰难时世"以及在其中挣扎和奋斗的

---

① 罗昕：《余华〈文城〉：只要我还在写作就进不了"安全区"》，见"澎湃新闻"，2021 年 4 月 20 日。

平凡人物的命运，与狄更斯的诸多小说有深广的主题上的耦合，更重要的是，余华和狄更斯一样在卑微、琐碎和庸常中发现了诗意。用茨威格评论狄更斯的话来说，就是他们用文学、用诗意拯救了生活。狄更斯式的诗意，是余华叙事美学的核心，拉伯雷式的狂放、川端康成式的精细，只是余华"逢场作戏"时的修辞。

我把《文城》的故事内容概括为：在一个大厦将倾、纲纪废弛、民生忧苦的转型年代，一群乡绅和乡民对"仁义礼智信"的恪守与践行。这个故事里，"艰难时世"一如既往，被历史与命运的巨轮生生碾过的人们以特有的生命韧性，将人性的尊严和精神的光辉汇成文字、语言和叙述中的感人篇章。余华早年的《鲜血梅花》是一个寻仇未果的故事，《文城》的主干是一个寻亲未果的故事；前者最后陷入一个现代主义式的抽象玄思，而后者则结结实实地落在了诗意的感性之邦。我认为，后者的取向，是余华经过长年的经验累积以及深思熟虑后的审美抉择：他中年以后的写作，一直在表达着他对已然僵化的"先锋"标签的扬弃。写作《文城》的余华，与其说仍然是个批判者和颠覆者，毋宁说他是个抒情者。《文城》完美地呈现了他作为抒情者的形象，并使他蓄势已久的抒情气质得以充分发扬。《文城》在一段艰难时世中提炼了某种诗意，虽是悲怆之诗，但它确实以特定的方式拯救了悲怆的生活。它让我们真切地理解了狄更斯何以如此言说：这是一个最坏的时代，这是一个最好的时代。

余华自言手头还有几部长篇正在创作中，接下来的任务是将这些小说写完，并坦言："虽然我写得不多，至今出版的只有六部，但是我没有重复自己的写作，从这个意义上说，我写下的每一部长篇小说都是自己新的尝试。"① 那么，"这个时代能让余华充分展示他的才华，让他的想象力插上浪漫主义的翅膀飞翔起来吗？"② 我们拭目以待。

---

① 罗昕：《余华〈文城〉：只要我还在写作就进不了"安全区"》，见"澎湃新闻"，2021 年 4 月 20 日。
② 丁帆：《如诗如歌、如泣如诉的浪漫史诗——余华长篇小说〈文城〉读札》，载《小说评论》，2021 年第 2 期。

二

····

《兄弟》内外

　　《兄弟》的出版已有些年头了，但国内有关余华长篇小说《兄弟》的讨论仍然是一个在不同的文学场合会被不时提起的话题，可以佐证的是，2009 年度有关这部长篇小说的研究论文，其数量也仍然在余华研究中占有不小比重。只不过，彼时围绕这部小说而出现的那种剑拔弩张、冰炭两立的批评氛围已趋淡化。以如今出版业的"惊涛拍岸卷起千堆雪"的迅猛势头、读书界阅读热点与趣味的目不暇接的刷新速度，《兄弟》大约应该也"时过境迁"了——尽管我相信余华仍然处于读书界和出版界的隆重期待之中，因此，对于余华的关注就仍然是一个持续性的命题。但是，对于一个带有回顾性质的论题来说，"时过境迁"却意味着一个稍事驻足的、略作沉吟的时间节点。

　　除了这个时间节点，另一个维度——"世界文学"的维度——也适时地进入。作为最具全球知名度与影响力的中国当代作家，余华的写作与出版举动也紧张地牵引了华语之外的阅读神经。《兄弟》在国内出版之后的短短一两年时间里，就被译介到日本、韩国、法国、德国、意大利、英国、美国、西班牙以及越南、印度等东南亚国家，其他多个语种的译本也在陆续出版之中。从现有的外文评论来看，《兄弟》至少在日语、法语、英语、意大利语和德语世界受到了高度重视与热烈评价。参读这些评论，除了可以想象《兄弟》在这些国度引发的阅读热潮之外，我们可能还会意识到，国内针对《兄弟》而形成的批评格局，也将因为这一维度的进入而不自觉地发生变动。

一　严阵以待的文学裁判所与无知无畏的批评气度

虽然余华在回顾自己二十多年的写作历程时，也以"在批评中前进"自况，但毫无疑问，《兄弟》在国内批评界遭受的质疑第一次让余华面对如此巨大的信任危机。不过，从某种意义上讲，《兄弟》或余华遭受颠覆性的批评，是迟早的事。因为最近十年以来，中国当代文学批评中某种急于为文学立法的冲动，正趋于极端。不只是针对余华——否定性的结论接踵而来，通常这些结论只是为否定而否定。立法者横刀跃马，睥睨文坛；由于自认为可以生杀予夺，便天意垂怜式自炫地宣称曾"放了余华一马"①，而今《兄弟》不请自到，实在是正中下怀，于是就在他们的文学裁判所里潦草地过了一下堂②，即刻押赴刑场，就地正法。当然，如果余华能够阿Q一下，心里应该颇感欣慰：首先他曾被"特赦"；而今，至少他和《兄弟》不是如"十批判书"式地被群体示众，而是在专设的刑场里单独执行枪决。不妨把这视为一种待遇吧。

---

① 苍狼：《给余华"拔牙"》，见杜士纬等主编：《给余华拔牙：盘点余华的"兄弟"店》，北京：同心出版社，2006年，第20页，
② 余华的《兄弟》（上部）出版于2005年8月，《兄弟》（下部）出版于2006年3月，而杜士纬等编的《给余华拔牙》则出版于2006年6月，是可谓"潦草地过了一下堂"。

余华或《兄弟》当然是可以也应该批评的，因为世界上没有哪一个作家或哪一部作品是完美、完善、无可挑剔的；从某个特定的批评立场出发，甚至也是可以提出全然否定的结论的。窃以为，余华本人也是愿意"在批评中继续前进"的。但问题是，在诸多的批评声音中，一些粗蛮、低级的噪音干扰混淆了正常的视听，它不只是误导了对余华和《兄弟》的一般理解，同时还导致文学批评的庄严风格陷于低俗与滑稽。

比如在一篇发表在《文学评论》这样的权威学术期刊、题为《当代文学生产中的〈兄弟〉》的论文中，就将余华与上海文艺出版社签订出版合同一事理解为余华从此成为"签约作家"。所谓"签约作家"，大致与"签约歌手""签约演员"一样，是在文化产业与文化市场范畴里进行定位的一种个人身份。换句话说，作家从此将写作当成了一种生意，写作无非是市场化、产业化、商品化的文学生产流水线的一个环节而已。此论文的作者这样写道："《兄弟》产生过程中，余华的签约作家身份值得注意"，"它不仅是作者余华个人精神活动的结晶，很大程度上，是作者与出版方、市场博弈的结果"，"由此，在我看来，《兄弟》是出版社、作者和读者联手打造的成功的文化商品。它有着相当清晰的市场定位，有着较为务实的市场推广策略，也因其对转型期读者群生存心态与阅读兴趣的准确把握与迎合，制造了广泛的市场影响。"① 论文的作者显然注意到了市场与出版机制在当下文学生产中的巨大效力，其就此提问的视角也不乏意义。但如果无限地夸大这种效力，以致抹杀它与严肃作家作为独立创作个体之间的绝对界限，就会导致一种立足于商业化思维的、对于文学创作的严肃性以及对于文学性本身的虚无主义理解。相信这位已是博士生导师的作者也出版过个人著作，因此也理所当然地与出版社签过出版合同，并就版税、稿酬抑或是书号费等事宜与出版方有过或深或浅、或简或繁的谈判；相信这位作者的写作也一定考虑过读者的接受面（相信这位作者也是希望这个接受面越广越好的）；如果条件允许，相信这位作者也是愿意就著作的封面装帧、版式设计、定价码洋、是否分上下册分期出版、是否将自己此前此后的著作捆绑销售以及是否出席签售等营销活动事宜，参与到出版方的整体策划举措中的。那么，是否可以就此认定这位作者也是"签约作者"或者至少是乐意成为"签约作者"的？然后，我们是否可以就此认定这位作者的著作只是由其本人、出版方与市场机制联手打造的"文化商品"？假如"文化商品"只是一个不带贬义的中性词，用于指认当下文学生产的一种现实存在，我倒是认为这不失为一个可资讨论的话题。但此文作者的意图显然不是这样，而是另有所谋。我想

---

① 董丽敏：《当代文学生产中的〈兄弟〉》，载《文学评论》，2007 年第 2 期。

说，从市场、出版或"文学生产"的角度讨论问题确乎有益，但前提是，讨论者也确乎应该准备一些对于市场、出版或"签约"的基本了解与一般常识。

至于这位作者在文中提到的由余华参与的"首创'未完待续'的方式出版《兄弟》的上册"①的营销策略之说，根本不值一驳。这样的指责也一度充斥各种严肃或不严肃的媒体，甚至有声讨者一脸诧色地表示："我从来不知道，一部长篇小说竟然还可以人为地——非不可抗力地——被腰斩为两半而分次出版。"②只需要提醒一下，在《兄弟》之前有格非的《人面桃花》分册出版、与《兄弟》同时有阿来的《空山》分册出版，如果再提请回忆一下计划经济时代的《李自成》——一个问题就立刻不成其为问题了。

退一万步说，即使一个作家在完成其作品的创作后，将它全然托交给出版机构，任由所谓的市场化、商业化机制去运作处理，也是无可厚非的。现代以降，任何一种以写作为表达方式、以书籍为传播载体的话语或思想，都与市场脱不开干系，即便是被尊崇为宏大叙事的"启蒙"也概莫能外。著名的英国学者罗伯特·达恩顿在其名著《启蒙运动的生意:〈百科全书〉出版史（1775—1800）》中说:"启蒙运动存在于别处。它首先存在于

---

① 董丽敏:《当代文学生产中的〈兄弟〉》，载《文学评论》，2007年第2期。
② 金赫楠:《廿年之后看余华》，载《文学自由谈》，2006年第1期。

哲学家的沉思中，其次则存在于出版商的投机中。"① 达恩顿通过对《百科全书》传播史的研究发现，"启蒙运动是一场巨大的经济事业的一部分，它与结盟、商战、密谋和贿赂搅在一起"②。而当时以狄德罗为代表的启蒙知识分子，同样也体现着强烈的以拼命赚钱为特征的"原始资本主义"，当书商庞库克提议由狄德罗修订《百科全书》时，后者竟然开价 30 万里弗，而在另一封信中狄德罗说："如果你给我两万路易，我会迅速地满足你的需要，否则我将什么也不做。"引举上述事例，不是想全盘肯定市场或商业原则，也不是想为唯利是图的劣根性平反，而只是想提请注意并思考市场与启蒙之间深具历史渊源的辩证关系。以达恩顿的研究发现来推论，如果没有市场，应该就没有法国的启蒙运动，而没有启蒙运动，随后的法国大革命就会是一个悬而未决的历史难题。在中国，毫无疑问，如果没有市场，就不可能有现代鲁迅。市场并不天生与真正的文学为敌，它并不是文学危途的必然剪径者，也不是文学净地的必然亵渎者，相反，它虽可能催生畅销流行的伪文学，但它也可能使文学从此成为多元力量博弈的不定变局；它虽可能使流俗成为主潮，但它也可能使真正意义上的个人写作成为现实；它虽可能使严肃文学陷

---

① ［英］罗伯特·达恩顿：《启蒙运动的生意：〈百科全书〉出版史（1775—1800）》，叶桐、顾杭译，北京：生活·读书·新知三联书店，2005 年，第 3 页。
② 邱焕星：《"启蒙运动在于别处"》，载《读书》，2010 年第 1 期。

于门前冷落鞍马稀的边缘境地，它同时也大浪淘沙般地将曾经的投机分子从文学队伍中剔除出列，而一些如余华、莫言、王安忆、苏童等执着于文学理想的、真正有实力的作家则因此各就各位、各安其命地坐拥应有的价值空间。正是在这个意义上，我们有必要讨论，《兄弟》所获得的市场成功是否理所当然地可以成为对其进行口诛笔伐的充分理由？是否市场的成功就可判定作家是为市场而写作？是否"畅销"就一定"低俗"？是否市场的成功就一定无关乎"先锋性""启蒙性"或"批判性"，或者就意味着前述诸性的丧失？在针对《兄弟》的批评中，所谓"让市场回归市场，让文学回归文学"的论调，隐含的其实是以"市场"否定"文学"的绝对主义理路，这种理路可以是不加分析的理所当然吗？为什么一些每天生活在市场的复杂关系之中、呼吸着市场空气的批评家，在其批评思维中却可以无视市场的存在？市场真的可以和文学、和作家摘清关系吗？作家韩东曾在一场有关文学的辩论中谈到"市场"："在目前中国还轮不到批判市场。如果有一天市场一统天下，像某些西方资本主义国家一样，比如在实际操作中，成为宪法或者其他法规所维护的一个顺理成章的东西，就需要一些力量与它抗衡，需要我们去分析和批判。在当下中国这种格局中，市场仍是进步的因素。"①

---

① 黄兆晖等：《文学界反击思想界：不懂就别瞎说》，载《南都周刊》，2006年5月28日。

　　相同的论题，有一个观点值得重视和讨论。批评家张柠指出，《兄弟》的写作是"与通俗文艺产品的巧遇"。他认为，《兄弟》的结构是"葫芦串结构"：在笔直的"历史绳子"上悬挂的是通俗诱人的"故事"（屁股、斗殴、诱奸、人工处女膜等）；读者被"故事"所诱惑，"历史绳子"却无人问津。他同时还指出，尽管余华无疑不想跻身通俗小说式的畅销行列，但是，"18、19世纪，文学的审美价值和商品的使用价值在某种意义上是同构的。而今天，商品的展示价值（通过征用审美、利用虚构和幻想力而产生的符号商品），已经取代了'使用价值'的概念。针对这一事实，余华不是忽视了它，而是在故意利用它"①。起码，这位批评家讨论问题的方式体现了文学批评同样应该讲求的逻辑序列，其犀利的结论有着认真解读与严肃论证的前提。以我个人的理解，我也同意这位批评家所指出的、余华对于"通俗"叙事策略的"利用"。余华本人也在各种访谈中不止一次地提到过加西亚·马尔克斯对《基度山伯爵》的推崇，用以说明"纯文学"作家对于"通俗"所持有的某种态度。这同时也表露余华对"通俗"并不决然拒斥，相反，他对"纯文学"在某种程度上的雅俗交融表示认同，甚至认为是一种必须。他说："文学'趋俗'，这是一个时代的走向，是阅读的要求。"只是，当"通俗"作为一种

---

① 　张柠：《〈兄弟〉和当代文学批评的残局》，载《文艺报》，2006年4月27日。

负面意义加之于对《兄弟》（也包括自《活着》以来的写作）的理解时，他审慎地强调，并不是"小说吸引人就是通俗，拒人千里之外就是纯文学"，尤其是他为自己颇为自得的写"故事"的能力辩解道："你要是连个故事都写不好，你就根本不会写小说。" ① 余华自己高调介入这场针对《兄弟》的批评争议，别有一番意义。二十年前，他写下的《虚伪的作品》为当时的批评界探索"先锋文学"的迷宫插设了一个巨大而醒目的路标；二十年后，他自然应该更加信心满满地相信自己不会在有关文学的辩论赛中输给任何一个对手。的确，余华的每一次回应，都迅捷、机智、锐利和招法清晰，几乎都值得臧否双方重新审度已有的发言。具体到有关"通俗"的争议，余华的辩解并非无懈可击，毕竟，"故事"写得好尚不是成为"纯文学"的充分条件，"趋俗"也存在着牺牲"自我"的危险，而雅俗交融也面临一个无法量化的权重尺度，用以标识作品的终极品性。与此同时，我也希望就如下问题征询于张柠等批评家：是否存在一个超越历史的衡定文学价值的刚性标准，横亘在从18、19世纪直到21世纪的文学史上空，以至于"展示价值"仍不足以在21世纪的语境里作为文学性的构成因素被认可？不同时期雅俗的界线——18、19世纪以及21世纪——处于相同的刻度吗？在荷马时期，文学的

---

① 余华、严锋:《〈兄弟〉夜话》，载《小说界》，2006 年第 3 期。

审美价值与商品的使用价值"在某种意义上"是同构的吗？如果不同构，那么，既然允许18、19世纪文学的审美价值与商品的使用价值在某种意义上同构，为何不允许21世纪文学的审美价值与展示价值"在某种意义上"同构呢？"展示价值"真的那么不具备"纯文学"的合法性吗？

顺便想指出的是，《给余华拔牙》一书的某些加盟者与鼓噪者，是最没资格批评他人及其作品的所谓"低俗"或"媚俗"的。这本书中那些大量摘编、拼凑自网络论坛的、愚人节式自欺欺人的不靠谱言论，反映着编选者学术态度的不端与批评素养的低劣，它自反性地戳破了编选者视文学为神圣以及自命文学立法者的岸然道貌；而其中如苍狼或曰贺雄飞这般的标准书商，当他戮力指责作家取媚市场时，其言论的话语合法性何在[①]？这让我想起不久前京城某批评家兼书商批评"80后"作家写作的市场化倾向时，同样也招致话语合法性的究诘，以致招领韩寒蛇打七寸般要命的驳斥，最后不得不关闭博客，高挂免战牌，表面上是偃旗息鼓，鸣金收兵，实际上是丢盔弃甲，落荒而逃。是可谓自取其辱。如果要我谈论《给余华拔牙》这本书的直观印象，我首先想说的、也是最想说的是——相似的话在这本书里

---

① 已有论者指出，"像《给余华拔牙》这样一本书，究竟是真正出于批判的动机，还是出于商业的考虑"，实在是"无法轻易分辨的"。杨小滨：《欲望主体与精神残渣：对〈兄弟〉的心理—政治解读》，载《上海文化》，2009年第6期。

被洋洋得意地引用过，如今正好回奉给它——中国的文学批评真是人满为患①。

还是针对"市场化"，针对《兄弟》惊人的销售业绩，另一位有着令人肃然起敬的学院背景的批评家在《"先锋余华"的顺势之作》一文中，干脆极而言之，认为《兄弟》"是'先锋余华'凭借他多年来积累的象征资本向大众兑取经济资本的一次提款"②。也许，从这位批评家所谓的"纯文学"的尺度出发，《兄弟》是一部失败之作。的确，谁能保证一个优秀作家的每一部作品都能成为时代的扛鼎之作？加西亚·马尔克斯在《百年孤独》（请注意，这也是一部畅销书，无论是在哥伦比亚本土，还是在哥伦比亚之外的世界）之后就再难重返巅峰状态。巴尔扎克虽然高产并水平整齐，但也不是每一部都可列为经典。诸如此类，文学史上俯拾皆是。如果《兄弟》确是一部失败之作，我们可以用一种真正学理的方式给出有说服力的论证，尤其是，我们可以像这位批评家对"纯文学"的再三强调那样，以"纯文学"的方式讨论《兄弟》的成败。甚至我们也可以姑且接受这位批评家所认为的《兄弟》是顺"大众"之势而写作的说法，承认《兄弟》是背离"纯文学"的、为"大众"而写的煽情文学；但是，"提款"

---

① 在为《给余华拔牙》撰写的《代序》中，苍狼引用莱默的话来说明"批评作为一种事业已蔚为大观了"。其实，其所引莱默的原话为："在上个世纪，意大利的批评家人满为患。"
② 邵燕君：《"先锋余华"的顺势之作》，载《当代文坛》，2007年第1期。

之说，却涉及作家的文学动机，并且，毫无疑问，这个动机显然是非文学的。如此一来，余华对于文学的基本真诚就值得怀疑。但是，一个二十多年来一直处于中国当代文学核心地带的作家，一个引领过时代文学风潮并几乎可谓一个时代的"纯文学"标尺的作家，一个创作过《现实一种》《活着》《许三观卖血记》以及大量体现其高超艺术悟性的随笔的作家，他对于文学的基本真诚，需要怀疑吗？该如何去怀疑？可以用"提款"这样的恶诬来轻率否定吗？其实不消多说，离开文学，余华什么都不是。文学是他安身立命的家园，是他的出发地和停泊地；也许文学让余华斩获颇多，或如这位批评家所说，余华个人已"搭上了现代化的快车"，但离开了文学，他仍然有可能被从快车上赶下来，置身于渺无人烟的荒原或瀚海，成为身无长物的、彻底的孤独者。在最近的一次访谈中，余华面对"为何写作"的提问时回答道："可以说，从我写长篇小说开始，我就一直想写人的疼痛和一个国家的疼痛"[①]。也许，这样的表白会被某些批评家视为对"提款"动机的掩饰。那么，不妨立此存照，让明眼人来甄别一番，究竟哪种声音更贴近文学的本义，更符合事实的本相。

此外，我想说的是，尽管这位批评家有着与"拔牙派"相对明显的分野，但这位批评家在批评实践中表现出来的轻率与

[①] 王侃、余华：《我想写出一个国家的疼痛——对话余华》，载《东吴学术》，2010年创刊号。

极端，以及行文中时见的"春秋笔法""微言大义"，却有着与"拔牙派"相同的动机基础，即一种急于为文学立法的极端冲动。"立法"本身没什么错，文学需要立法；但如果一个批评家迈不过自私的沟坎，或者只着眼于与作家争夺文学和文学史话语权的功利算计，这样的"立法"就是对批评伦理的冒犯，就是一种相对于批评法度的莫大悖谬。有意思的是，由对《兄弟》的批评争议开始，引发了对所谓学院派文学批评"症候"的批评与反批评①。依我所见，如果要诊断当下的学院派文学批评有什么"症候"的话，前述这位批评家的批评文本或许可引作临床病例，举为一隅。

或曰，批评一部作品永远比创作一部作品容易。其实未必尽然。批评也是一种智力角逐；当一个批评家的知识储备与阅读经验尚不足以与一个作家或一部作品抗衡时，批评的智力运作就会变得异常艰难。何谓"批评家"？批评家不唯是眼下所谓的"专业读者"，他或她更应该是"专业读者"中的"专业读者"，是德国天才作家诺瓦里斯所谓的"真正的读者"。诺瓦里斯说：

---

① 参见张丽军：《"消费时代的儿子"——对余华〈兄弟〉"上海复旦声音"的批评》，载《文艺争鸣》，2008年第2期；张崇员等：《批评的声音与姿态——〈兄弟〉批评之批评》，载《当代文坛》，2008年第1期；杨光祖：《〈兄弟〉的恶俗与学院批评的症候》，载《当代文坛》，2008年第1期；张柠：《〈兄弟〉和当代文学批评的残局》，载《文艺报》，2006年4月27日；栾梅健：《"独下断语"与"曲到无遗"——对〈兄弟〉"复旦声音"批评的回应》，载《文艺争鸣》，2008年第6期。

"真正的读者必须是眼界更高的作者。他是上级法庭，受理下级法庭预审过的案件。"① 如果依从此说，文学批评应当是被视为畏途的事业，因为成为一个真正的批评家远比成为一个作家要困难得多。因此，当我们发现中国当代文学批评"人满为患"的时候，便只能以"滑稽"这样的"美学范畴"来形容眼前的"美学现象"。与此同时，批评活动也是批评家的人格与境界的袒露；当我们强调文学批评的学术品格时，其实就是强调文学批评是公器，是公域，而参与其中的每个人都必须自觉尊重和遵循建构话语交互行为的理性、民主、平等、自由的原则，万不可无视原则，凌驾原则，发起自我感动式的"圣战"，借立法之名行凌迟施虐、恶诬构陷之实，终致以不端人格与不良境界践踏批评的尊严。

二 写在纸上的东西是不会改变的（一）：有关"粗俗"

真正严肃的、有见地的批评，是文学永远的必需。这样的批评，对于余华，对于《兄弟》，意义也是如此。这样的批评，哪怕提供的是一些冰炭两立的价值评判，最终都有助于拓展我们的视野，以对作品或作家建立多角度、多层面的理解和把握。

---

① ［德］诺瓦里斯：《夜颂中的革命和宗教——诺瓦里斯选集卷一》，刘小枫编，林克等译，北京：华夏出版社，2007年，第76页。

针对《兄弟》的两极化评判，就使得这部小说处于充满断裂感
的、跨度巨大的阐释与接受维度中。见仁见智的批评使对这部
作品的解读效果趋向最大化。两极化的批评也使这部作品被拉
伸和放大，这同时也是在考验着作品的质地和张力、刚性和韧
度，它有助于我们清晰而准确地发现作品的长处与缺陷、风格
与局限。不过，这些批评也使我们意识到当下中国文学批评的
一个基本事实：我们都知道，余华曾经是被中国文学批评界的绝
大多数人所推崇的作家，而针对《兄弟》出现的巨大的、不可调
和的批评差异，却不仅提供了对于余华的全然不同的评价结论，
同时也在解构着我们曾有的文学共识；《兄弟》在某个路口让我
们看到了壮观的分道扬镳的文学旗帜。卡夫卡在《诉讼》中借约
瑟夫·K 之名说："写在纸上的东西是不会改变的，不同的看法往
往反映的是人们的困惑。"① 我相信，针对《兄弟》出现的批评差
异，反映的正是《兄弟》给中国当代文学造成的困惑。这种困惑
也许无法交给当代文学和当代批评去解决，但这种困惑对于当
下批评思维的搅动，却有着积极意义。至少，从一个更为超拔
的角度看去，文学批评的议会大厅里有了泾渭分明的席位分布，
并发生着严正的质询和激烈的辩驳，而我们可以借此表明，中
国当代文学批评并非像外界所说的那样"缺席"了。

---

① ［奥］卡夫卡：《诉讼》，《卡夫卡全集·卷三》，叶廷芳主编，石家庄：河北教育出版社，
1996 年，第 175 页。

　　莫言20年前谈论余华的一句话曾被相关的研究文章广为引用。莫言如此描述余华："如果让他画一棵树，他只画树的倒影。"[①] 这句话是对"先锋文学"时期余华创作风格与艺术思维的概括，颇为传神。以我的理解，所谓"只画倒影"，是指余华在叙述中表现出来的迂回风格和对曲笔的刻意运用，以及对于通常处于正面的"常识"的有意规避。进一步地，"倒影"一说还形象地反映了余华对"虚伪"的直接认同，同时还在另一个层面上反映了余华小说基本的美学特征，即它是抽象的和写意的而非工笔的和写实的，是象征主义和表现主义的而非古典主义和现实主义的。虽然余华也会使用精确细致的笔触勾勒出"倒影"的轮廓边界，以使对"倒影"的联想与对"树"的而非"猫"的想象发生链接，但整体而言，余华的小说富于简约的符号性和有机的寓言性。从此出发去理解和把握"先锋余华"的创作，大致是没有错的，甚至，从此出发去理解和把握20世纪90年代发生"转型"的余华也是大致适合的。但是，《兄弟》是余华在叙事上的一个重大调整，是余华自认为的又一次"转型"，因为这是余华"第一次正面去写时代"[②]，即所谓的"正面强攻"。之所以选择"正面强攻"，是因为余华意识到，其他的任何角度都"肯定

---

① 莫言:《清醒的说梦者——关于余华及其小说的杂感》，载《当代作家评论》，1991年第2期。
② 余华、张英:《余华:〈兄弟〉这十年》，载《作家》，2005年第11期。

没有正面写那么有力量"。不仅如此，余华还同时强调"《兄弟》
的强度叙述是大部分十九世纪小说的传统"，"用的是十九世纪
小说那样的正面叙述"。① 也就是说，这一次，在"树"与"倒影"
之间他毫不犹豫地摒弃了后者，摒弃了迂回和曲笔，同时还向
古典主义和现实主义传统致敬。姑且撇开《兄弟》的成败不论，
很显然，余华所做的叙事调整像车辆疾驰中突然发生的大幅度
漂移，结果令一些人深感兴奋，高喊刺激，极述"经验"的"新
奇"；而另一些人则顿觉不适，气血翻腾，直呼恶心反胃。争议，
便由此开始。

　　争议的起始焦点，是《兄弟》的"粗鄙"（或曰"粗俗"）。这
个问题又表现在两个层面：一是叙述语言的"粗"，二是叙事内
容的"俗"。余华自己倒是爽快地承认《兄弟》的"粗俗"，只不
过他从积极的向度出发，将其视为一种相对于以往自己的崭新
风格。在他看来，因为"《兄弟》用的是19世纪小说那样的正
面叙述，什么都不能回避，它也就不能那么纯洁了"，他同时认
为，"大的小说，叙述只能是粗糙的。……《许三观卖血记》的
语言是收的，《兄弟》的语言是放的"。② 诚然，余华以往的小
说语言优雅、精致而富于节制，在他的叙述中，语言的行进有
时会自觉或不自觉地导向诗性，措辞考究，语调优美，精妙的

---

① 　余华、严锋：《〈兄弟〉夜话》，载《小说界》，2006 年第 3 期。
② 　余华、严锋：《〈兄弟〉夜话》，载《小说界》，2006 年第 3 期。

喻象不绝如缕,常有令人击节拍案之处。他以简示繁的语言风格,也常让人在简与繁的张力处流连。但《兄弟》连篇累牍地使用了大量不能入"诗"的语素与语象:两个时代的政治、文化或日常生活的流行语,逻辑混乱、缺乏规整的街头俚语,关乎"风化"的污言秽语,以及"屁股"之类难以入"诗"的且不经喻象修辞的俗名俗物。与此同时,叙述语言也明显变得粗糙,优雅的语调退隐了,"屁股"在排比句似的整段整节的推土机式的叙述推进中毫无节制没羞没耻地亮相,那些显然不事雕琢的语言组织在文本中触目皆是,像烧窑工棚里四处堆放的粗泥毛坯。比喻仍然被繁复地使用,但通常都是明喻,喻体和本体之间有着直扑扑的、粗粝的镜像关系,在以往小说中那种常与通感、借代等手法并举的、机智幽微的隐喻修辞已基本失去了位置。当然,更为主要的是,诸如少年李光头摩擦电线杆叫唤"我有高潮了"的描写,以及以"厕所偷窥"和"处美人大赛"为典型场景的狂欢叙事,都是批评者指认《兄弟》为"低俗"作品的核心证据。的确,《兄弟》让不少人苦等十年的期待落空,仅是"粗俗"一项,便引发了很多的失望、抱怨和愤怒。毕竟,"漂移"是危险举动,也确有不少人因此要求下车,拒绝阅读《兄弟》(下部),拒绝继续未竟的载乘旅程。

如果对余华的小说稍事回顾,可以肯定的是,"粗"和"俗"在余华的小说中不是到了《兄弟》中才第一次出现。《许三观卖血记》中有关"眉毛"和"屌毛"之消长关系的村夫野言就曾让人忍俊不禁;在《活着》中,福贵的父亲就是死在污秽不堪的粪缸里的,福贵在风月场上的纨绔习气,也与李光头一样有着子承父业式的血统遗传;在《在细雨中呼喊》里,板凳上的性交,露天电影院里的肉体试探,以及以"性"为"苦闷象征"的段落,四处散见。只不过,在以往那些整体风格呈现"诗性"的文本里,局部的"粗"和"俗"通常反倒会呈现出戏谑、反讽和黑色幽默的意味,它们不但被大多数读者乐意接受,某些细节还因其意味深长而令人记忆深刻。可以说,"粗俗"是深嵌在"诗性"果肉里的一颗种子,更像是长期蹲踞在优雅的余式建筑里运思黑暗知识的撒旦,突然有一天起身而立,夺"窄门"而去。不用说,讶异或震惊,将是人们遭遇或目击撒旦时的唯一表情。

很快,就有批评家以"荒唐"而非"荒诞","油滑"而非"反讽"来抨击《兄弟》的"叙事语言"。[1] 也有人说:"作者的叙述愈来愈没有节制,这种如脱缰之马的狂放恣肆……将整部作品变成了一部矫情夸张、充斥着无厘头幽默的恶俗之作。"[2] 更有细致而具阅读的"谱系感"的批评家指出:"这部作品现在的形态,是否泄露出余华以往就曾有过的、叙述语言把握方面的不

---

[1]　张柠:《〈兄弟〉和当代文学批评的残局》,载《文艺报》,2006 年 4 月 27 日。
[2]　王宏图:《〈兄弟〉的里里外外》,载《扬子江评论》,2006 年创刊号。

节制和失控？"①相似的评论很多，意见的指向却高度统一，即《兄弟》的语言或叙述是有失水准的，不仅如此，它甚至是不及格的。仅就"语言"这项指标，余华的文学能力就已饱受质疑。

　　严格地说，余华在辩解中所谓"大的小说只能是粗糙"的说法有失周密，因为相反的例子可以举出很多。《包法利夫人》在因风化问题被法庭追究时，公诉人即以"污言秽语"来指控福楼拜在叙述"勾引"细节时所使用的语言方式："小说作者无遮无掩地将一切作纯自然的赤裸的描写，粗鄙不堪。"②而实际上，从文学的而非"风化"的角度看，福楼拜的叙事语言堪称精致。相同的例子，可以从王尔德、劳伦斯一直说到纳博科夫，而相反的例子，比如拉伯雷，毕竟只是一个极端，一个在援引时难免以偏概全的例外。但余华的另一个说法却不无道理："当描写的事物是优美时，语言也会优美；当描写的事物是粗俗时，语言也会粗俗；当描写的事物是肮脏时，语言就很难干净。这就是'正面小说'的叙述。"③这个说法，强调了语言、叙述与对象之间的一一对应关系，强调与对象平视的叙事位置，以及由对象来决

---

① 张学昕、刘江凯：《压抑的，或自由的——评余华的长篇小说〈兄弟〉》，载《文艺评论》，2006 年第 6 期。

② 转引自［南非］安德烈·布克林《小说的语言和叙事：从塞万提斯到卡尔维诺》，汪洪章等译，上海：上海人民出版社，2010 年，第 130 页。

③ 余华、洪治纲：《回到现实，回到存在——关于长篇小说〈兄弟〉的对话》，载《南方文坛》，2006 年第 3 期。

定叙述和语言属性的叙事态度。这种转变，其实在余华写作《活着》时便已发生，即从"先锋"时期强调对叙事对象（题材）进行抽象化剥离与"虚伪化"变形，发展到由叙事对象（题材）来决定叙述调式、叙述方向与叙述进程。张新颖对此提出的看法是，"《兄弟》好就好在，它跟这个时代没有距离"，"从这个意义上来讲，我觉得它是一个'内在于'这个时代的作品"。因为"内在于"，因为"没有距离"，因此，余华就"直接"把现实放到作品里面，而这个"直接"就导致了"文学化"过程被省略。张新颖进一步指出："我说余华放弃了'文学化'过程，是说余华放弃了按照未经质疑的'文学'观念来'改造'现实的过程，并不是说余华的小说就没有文学的处理方式。"他认为，"文学化"的"另一种可能方式是，现实带着它自身的形状进入文学，此时当然也有文学的处理，但文学尊重现实本身的性质和样态，文学不强求现实服从于既定的文学观念和处理方式，因而，不仅是现实本身得以呈现，而且可能因此构建出一种不同于既定文学观念和处理方式的文学，这样也就使现实真正成为文学的资源，反而成就了文学"。由此，张新颖认为，《兄弟》包括其语言在内的粗俗风格，是对既定文学成规的"冒犯"，当然，张新颖同样认为"这种'冒犯'是很好的一个东西"。① 张新颖的结论下得可

① 张新颖、刘志荣：《"内在于"时代的实感经验及其"冒犯"性》，载《文艺争鸣》，2007年第2期。

能过于匆忙，因为《兄弟》的文学"处理方式"同样是未经质疑的（实际上《兄弟》正饱受质疑），至少是有待检验的，在此之前所得出的结论都不免有失偏颇。孰是孰非，我不想轻下断语。关键在于，"粗俗"的语言是否是作品思想表达的一种必须？如果是一种必须，"粗俗"的语言就有其合法性，否则就反然。这个问题可以留待下文讨论。在这里，首先可以肯定的是，《兄弟》催动了对于文学观念的新一轮的探讨，使对某种文学观念的判断又濒临楚河汉界的争端。至少从这个意义上说，《兄弟》的"冒犯""是很好的一个东西"。

有关"粗俗"，真正的争论焦点还是在以"厕所偷窥"和"处美人大赛"等为核心情节的叙事内容。十多年前，批评界同仇敌忾地对90年代以来的中国当代文学"粗鄙化"倾向施以批判的口号声，今犹在抱。而今，余华抡出了"屁股""处女膜""高潮""结扎""丰胸"，以"冒犯"的姿态宣布"粗鄙"/"粗俗"作为文学风格的合法性。在这一点上，也许可以看出余华"顶风作案"的叛逆性格，以及对粗俗风格的"有意为之"。而对《兄弟》之粗俗叙事内容的批评，也可谓是风潮如涌。除了那些将小说人物的色情动机视同作者本人的色情动机，从而将《兄弟》视如"诲淫"之作的无聊批评，严肃的批评仍然对《兄弟》的粗俗叙事内容持有保留或批判，直至表示愤怒。比如，有人认为，正是余华对欲望叙事的"有意为之"，以至于让林红从男性的意淫对象（上部）发展至男性的手淫对象（下部）。他质疑道："林红是谁？是一个'意淫'中的良家妇女？还是一个用于'手淫'的'屁股'？"[①]诸如此类的批评，可谓多矣。毫无疑问，这些批评最终会对余华在"厕所偷窥"等核心情节上使用的"强度叙述"做出否定结论。进一步地，这些批评还会对以这样的核心情节支撑的小说的叙事取向、文本结构及其话语蕴涵持有否定。不能说这样的批评只是一种（狭隘的）道德批评；何况我也认为，针对文学所做的道德评判可以延宕，但一定不能缺席。回到众多带有"道德洁癖"（此处不带贬义）的批评指责，我们可以这样来设问："粗俗"是否可以是一种文学风格？如果可以，"粗俗"又如何才能成为文学风格？我的意思是，"粗俗"是不可能直接成为文学风格的，它必须经过一个由文学来裁定的合法性过程方可成为一种风格标识。落实到余华的作品，我们的设问是：《兄弟》的"粗俗"是否是文学意义上的粗俗？

老实说，虽然为《兄弟》辩护的文章不在少数，但笔力不逮或言不及义的居多。特别是对其"粗俗"风格的正面阐述，鲜见有说服力的文章。比如，严锋在《〈兄弟〉夜话》中以"鼠屎"来为"粗俗"之文学风格设喻，虽然很形象，但严格地说，是不恰当的。一颗鼠屎虽然坏了一锅粥，但一锅鼠屎则已经改变了粥的

[①]　房伟:《破裂的概念：在先锋死亡"伪宏大叙事"年代——来自〈兄弟〉的语境症候分析》，载《文艺争鸣》，2008 年第 2 期。

属性，论题也就相应地被转换了。毕竟，我们讨论的终极论题是"粥"而不是"鼠屎"，是"文学"而不是"粗俗"。恰当的比喻应该是：一颗绿豆尚不足以让一锅粥被命名为"绿豆粥"，但一百颗绿豆则足以让前述命名成立。当然，如果是一千颗绿豆，如果绿豆与白米的数量比例发生了严重倒置，其加工后的成品恐怕只能命名为"白米绿豆羹"了，事物的基本属性也因之发生根本转换了。因此，"粗俗"必须是坚持文学性前提的"粗俗"，是经过文学的合法性许可的，是不以改变"文学性"为讨论起点的。有关于此，陈思和的《我对〈兄弟〉的解读》[①]一文很值得一读。这篇论文不仅将"粗俗"视为一种当然的文学风格，同时还将其视为一种久遭遮蔽的"文学传统"，与此同时，《兄弟》的"粗俗"也在陈思和的解读、阐释中获得了文学意义上的合法性论证。

陈思和在这篇文章中首先认为，"围绕着这部小说而发生的是一场美学上的讨论"，"是文学审美领域的自我审视与自我清理"。他借用巴赫金在《拉伯雷的创作与中世纪和文艺复兴时期的民间文化》一书中对"民间性"的阐述，认为《兄弟》是一部以"降低，自我降低"为基本特点的怪诞现实主义作品。"降低"作为与"启蒙"潜在对立的审美走向，自然会采取民间性的、拉伯雷式的粗俗风格。这种风格，不仅表明余华"完成了脱胎换骨的

---

① 陈思和：《我对〈兄弟〉的解读》，载《文艺争鸣》，2007 年第 2 期。

美学模子的转换"，也是对当下习以为常的审美口味的反叛和对主流读者之阅读自尊的挑战。因此，"《兄弟》是当代的一部奇书"。在做了这样的肯定性预设之后，陈思和对《兄弟》的核心情节进行了细微的解读。他首先认为，《兄弟》的叙事文本中潜藏着一个"隐形文本结构"，这个"隐形文本"即哈姆雷特式的叙事原型。如果《兄弟》确乎存在一个与《哈姆雷特》对应的叙事模型，那么"厕所偷窥"的细节就变得异常重要，因为正是宋凡平的无意间闯入，导致正实施偷窥的刘山峰失足溺死，以哈姆雷特式的"复仇"为动力的情节叙事自此启动；而李光头十四岁时的偷窥，则作为一种象征性的成人仪式，宣告了刘山峰精血的复活，宣告了复仇主角的出场。陈思和说，"当我们把这个隐性的文本结构全部展开以后，就不难看到，偷窥事件作为其中的一个关键性细节，承担了整个文本的纲目"，因为"无论是李光头、林红，还是尚未出场的宋钢，在这个事件中都已经被展示了未来的命运。李光头以无意识的报复为终结，宋钢以殉难似的死亡为终结，林红以被侮辱的堕落为终结，一切都有了预兆和报应"。其次，陈思和认为，《兄弟》中以"处美人大赛"为代表的核心叙事，是民间叙事的粗鄙修辞的集中体现，特别是，"处美人大赛"与"厕所偷窥"在文本结构上形成了一种对应关系，是偷窥事件的扩大和对照，因此，粗鄙修辞或粗鄙形态就成为这部小说的"结构性需要"。经过这一系列精微、细致而

具说服力的解读之后，陈思和自然而然地有了这样的结论："我
毫不掩饰地说《兄弟》是一部好作品。……我觉得余华走到了理
论的前面，他给我们描述了另一种传统。……《兄弟》里的这个
新的美学范畴，有可能使得中国文学在长期被政治、被意识形
态、被知识分子话语异化的情况下，重新还原到中国民间传统
之下。"① 陈思和在接受采访时坚持认为，"《兄弟》有一种宏大的
震撼力"，"是近年中国文坛难得的作品"，其创作水平和文学成
就比之余华前期作品如《活着》《在细雨中呼喊》，"又跳跃了好
几倍"。同时，他也坚持认为，"余华把改革开放30年的发展历
程叙述得如此怪诞，超出了一般批评家的期待"。②

　　陈思和的文章也招致一些批评。主要意见有二：一是认为
陈思和对《兄弟》的解读方式"不是从作品出发，而是从既定的
观念出发（巴赫金的观念和他已经成型的诸多观念，如'隐形文
本结构'等）"，故而"陈思和说《兄弟》是一部好作品，主要原
因在于这部作品符合了他观念的需要"③；二是认为陈思和对巴赫
金的"民间性"与"狂欢理论"、对拉伯雷《巨人传》的粗鄙风格
有"双重误读"④。

---

① 陈思和在"余华小说《兄弟》讨论会"上的发言，见《"李光头是一个民间英雄"——余华〈兄弟〉座谈会纪要》，载《文艺争鸣》，2007年第2期。
② 参见王研：《传统文学已经走到了临界点？》，载《辽宁日报》，2010年4月9日。
③ 赵勇：《〈兄弟〉·读者·80年代》，载《文艺争鸣》，2008年第11期。
④ 杨光祖：《〈兄弟〉的恶俗与学院批评的症候》，载《当代文坛》，2008年第1期。

不过，这些批评意见都经不起推敲。就上述第一点而言，只要读过《我对〈兄弟〉的解读》一文的人都能分辨出，陈思和对作品的解读与"新批评"所倡导的"细读"几无二致，相反，在绝大多数对《兄弟》持否定意见的批评文章里却看不到这样的文本细读功夫。如果一定要说陈思和的解读是"从既定的观念出发"，那么，哪个专业批评家的批评实践是不带有"既定观念"的？那些认为《兄弟》与媚俗艺术"眉来眼去，秋波频送"（赵勇语）的刻薄讥讽，认为《兄弟》"典型地体现了虚无主义/犬儒主义"（王宏图语）的凛然断语，认为《兄弟》是"流氓文化的呈现"（杨光祖语）的愤怒呵斥，以及诸如"提款机"之类的无聊结论，哪一个不是从"既定观念"出发的？相反，我更倾向于认为，《兄弟》也如陈思和所言，挑战过他自己的审美趣味和阅读自尊，而陈思和在挑战之下适时地调适甚至部分放弃了曾经主导其批评思维的"既定观念"（可以马上推想的是，批评者立刻会因此指责陈思和"丧失立场"，进一步地，会对陈思和的"批评操守"提出质疑乃至表示否定），在文本细读中重新发现了阐释的路径，并在这个路径终端发现了《兄弟》的别有洞天①。

至于前述第二点，则显然是批评者对陈思和的误读。这种

---

① 陈思和自己说："余华的小说《兄弟》，我第一次读的感觉是不像大家说的那么坏，后来一直逐渐读这部作品。""逐渐"二字当能说明陈思和阅读的用心与细致。见《"李光头"是一个民间英雄——余华〈兄弟〉座谈会纪要》。

误读，要么是因为阅读陈思和文章时眼力粗疏，要么是顾左右而言他式的言不及义或别有所图。当批评者连篇累牍、不厌其烦地援引巴赫金，以说明巴赫金的狂欢理论之"精髓"是"颠覆专制、蔑视权威"，是"在否定的同时又有再生和更新"时，他全然不顾陈思和的文章开篇即将论题限定在"美学问题"，而非"思想意识"。这种罔顾论题的限域而胡侃一气的批评作风，以及那种通过大段理论引述来自诩权威的霸道（也许采取批评者在文中频用的"痞子""无赖"或"流氓"等字眼更合适）习气，作为一种"症候"，不知当如何命名之？当然，《兄弟》的"思想意识"是必须要论及的，也是本文的题中之义。这里仅就"美学问题"而论。试问，《兄弟》的叙事与修辞，不能借用巴赫金或拉伯雷的"狂欢"与"粗鄙"吗？

陈思和的文章，除了巴赫金而外，还不着痕迹地使用了新批评、结构主义、原型批评、精神分析及叙事学、修辞学等多种方法，其学养、视野、见识与阐释技巧皆属非凡。也许我们有理由批评陈思和在援引巴赫金或拉伯雷时没有更周全地考量其在中国语境中的适用度，也有理由批评他在对《兄弟》的解读中有因过于主观而导致的某些生硬与极端。但是，这种生硬和极端，尤其是对中国语境的有欠考量，在那些轻薄为文的批评者身上不是"灵魂附体"般更为严重地发作着吗？

三　写在纸上的东西是不会改变的（二）："真正的发现"

　　李敬泽在批评《兄弟》（上）时说："《兄弟》在更大的尺度上模糊了世界的真相，据说余华立志要'正面强攻'我们的时代，但结果却是，过去四十年中国人百感交集的复杂经验被简化成了一场善与恶的斗争，一套人性的迷失与复归的庞大隐喻。"① 李敬泽的批评也许不无道理，至少他相当准确而简约地说出了很多人对《兄弟》的阅读直感。但余华的回应有力且直奔命门，他说："有批评说上部把'文革'的经历就写成了善与恶，说我不善于表达人类的复杂经验。这两句话在逻辑上是成立的，但以文学的标准来衡量却是不成立的。莎士比亚一生就写了善与恶，但他还是伟大。写善与恶有伟大的作品。写人类复杂经验的作品有的很伟大，但这不能否定其他作品就不好。再说什么是人类复杂的经验？这个标准如何衡量？我觉得这些批评家就如米兰·昆德拉在巴黎索邦大学说，那些大学生说的都是

---

①　李敬泽：《张弘、李敬泽点评〈兄弟〉》，载《广西文学》，2006 年第 3 期。李敬泽的批评文章《被宽阔的大门所迷惑——我读〈兄弟〉》最早见于 2005 年 8 月 20 日的《文汇报》，其后迅速被诸如《羊城晚报》等影响力不一的媒体广为转载或转摘。我在这里所引的《广西文学》即为一例。由此可见，对于《兄弟》的批评声音是如何被放大的。我想说的是，统计自《兄弟》出版以来的各种相关批评文章，可以清楚地发现，对《兄弟》持否定性批评的"专业批评"至少在数量上不占有多数，只是因为媒体口味的偏好，这些批评声音在广泛、反复的转载与转摘中被放大。这样的统计工作很容易做到，有不以为然者不妨一试。

空话、大话，没有道理。"^① 在另一处，余华则援引列夫·托尔斯泰："什么是人类复杂的经验？标准是什么？《安娜·卡列尼娜》可以说表达了最复杂也最单纯的经验。"^②

余华与批评家的这次过招，明显胜出，而且干净利落。由此引发了同行批评家如南帆的以下慨议："用'虚怀若谷'或者'从善如流'这些老话告诫余华没有多少意义。他肯定有自己的想法。对于《兄弟》持有异议的批评家必须与这些想法正面交锋。譬如，余华正在神情狡黠地反问：单纯的经验又有什么不好？这显然是一个无法躲避的挑战。对于文学来说，简单或者复杂，清晰或者朦胧，深奥或者通俗——这些评语很难说褒义还是贬义。在纷杂的世间万象之中找到某种普遍的社会公式，简单即是震撼；从众所周知的故事背后破译出隐蔽的密码，复杂就意味了深刻。换言之，简单或复杂并不证明价值所在，重要的是——文学是否带来了真正的发现？'真正的发现'是文学赢得虚构特权的资格。"^③ 的确，文学——至少是小说——有义务提供有关历史与现实的"真正的发现"。在米兰·昆德拉看来，作家是"存在的勘探者"，而提供"真正的发现"是小说最核心的"叙事伦理"："小说唯一存在的理由就是去发现唯有小说才能发现

---

① 甘丹：《余华回应各界质疑坚称〈兄弟〉让自己最满意》，载《新京报》，2006 年 4 月 4 日。

② 陈洁：《众评家"正面强攻"，余华毫不退让》，载《中华读书报》，2006 年 4 月 26 日。

③ 南帆：《夸张的效果》，载《当代作家评论》，2006 年第 4 期。

的东西。一部不去发现迄今为止尚未为人所知的存在的构成的小说是不道德的，认识是小说唯一的道德。^①" 我完全认同此说。因此，我个人认为，顺着南帆的提议，争论才有可能进入实质性阶段，才有可能进入"专业"层面，才不至于陷入痴人说梦般自说自话的喧哗与骚动、无关战局痛痒的散点式火力交接以及战略目标不明晰的错位式交锋。

那么，《兄弟》是否有"真正的发现"？如果有，那是什么样的"真正的发现"？对这个问题的回答，同样是为了论证《兄弟》的"粗俗"是否具有合法性，是为了论证《兄弟》的"粗俗"是否是真正文学意义（而非伦理学或纯技术层面）上的粗俗。只不过，对这个问题的讨论，这一次要落实到"思想意识"的层面上来了。的确，如果《兄弟》在"思想意识"上没有"真的发现"，它的"粗"与"俗"就会沦为笑柄，徒具滑稽^②，而不只是意味着一种风格尝试上的失败，至少悲壮。

不用说，否定者当然认为《兄弟》没有为我们、为时代提供"真的发现"。王达敏撰文说："《兄弟》对两个时代及其特征的叙写是共识叙述、常识叙述……是一部缺乏思想深度和精神超越

---

① ［捷］米兰·昆德拉：《小说的艺术》，艾晓明等编译《小说的智慧》，长春：时代文艺出版社，1992年，第151页。

② 王宏图就曾如此激烈而尖刻地评价余华："在这声嘶力竭的表演中，他失去的不仅仅是艺术，还有作为艺术家的尊严，最后变成一个喋喋不休的丑角。"见《〈兄弟〉的里里外外》，载《扬子江评论》，2006年创刊号。

的小说。"其结论之一是，《兄弟》"说明余华思想的后退和创造力的下降"。^①邵燕君则以其惯有的极端风格一竿子横扫："思想能力的薄弱是'先锋作家'的'先天不足'"，"'先锋余华'的先锋性仅表现在当年文学变革中的形式追求，在精神上一直不具有知识分子的独立思考和批判的意识"。^②张学昕等认为，《兄弟》（尤其是下部）"失去了审视现实的高度，并没有从中抽离出深刻生命体验或人生哲学来"^③。南帆的意见则更为尖刻，他说："《兄弟》提供了哪些发现？这个问题令人茫然。"在南帆看来，"巨大的社会转折不仅是咄咄逼人的声势，而且深入到每一个角落，拨动每一根神经。历史卷面上出现了许多难题，人们正在等待文学的真知灼见。……令人失望的是，《兄弟》不想对历史说些什么。历史不过是一个简单的舞台布景。余华专心致志地让悲剧更可悲，喜剧更可笑；由于夸张的修辞策略，人物与历史内部的巨大冲突脱节了。这时，他们的故事不可能提供历史的启迪，历史也不可能给这些性格注入深刻的内涵"。他的结论之一是："尽管'戏说'、周星驰、无厘头幽默、赵本山们的小品以及铺天盖地的手机段子正在共同生产笑声，但是，对于写过《在

① 王达敏：《〈兄弟〉：岂止是遗憾》，载《文艺争鸣》，2006年第3期。
② 邵燕君：《"先锋余华"的顺势之作——由〈兄弟〉反思"纯文学"的"先天不足"》，载《当代文坛》，2007年第1期。
③ 张学昕、刘江凯：《压抑的，或自由的——评余华的长篇小说〈兄弟〉》，载《文艺评论》，2006年第6期。

细雨中呼喊》和《活着》的余华说来，加入这个队伍并且动用喜
剧风格处理这个时代，这仍然是一个耐人寻味的事情。"①

　　不止如此。不只是没有"真的发现"，在更多的批评者那
里，《兄弟》还一无是处地充满了严重的精神病相与可怕的价值
缺陷。王宏图就认为，余华作品的"思想意识"，在《活着》是活
命哲学，在《兄弟》中则是混世哲学："一种沾染着恶作剧色彩、
匪气十足、但骨子里又认同现实秩序的犬儒主义的混世哲学构
成了全书的主体基调……这种犬儒主义的混世哲学是他在上世
纪90年代创作的广为人知的《活着》《许三观卖血记》中表露的
活命哲学的合乎逻辑的发展"②。《兄弟》在"思想意识"上的前述
症结，最后会归咎于余华作为创作主体的精神生态的恶化，
因此，在王宏图看来，尽管余华雄心勃勃地试图史诗性地再现
中国四十年来激烈的社会变迁，"然而，人们并没有看到作家主
体精神对这纷繁复杂的现实做有穿透力的解析，人们看到的只
是一长串漫画化的图景。……全书散溢出对权势与金钱的十足
膜拜"③。同样是指斥余华精神生态的恶化，周冰心给出了相似的

---

① 南帆:《夸张的效果》，载《当代作家评论》，2006年第4期。
② 王宏图:《〈兄弟〉的里里外外》，载《扬子江评论》，2006年创刊号。想顺便一提的是，同样是援引巴赫金和拉伯雷，相对于陈思和将《兄弟》认同于"民间叙事"，王宏图则在这篇文章里认为《兄弟》只不过是对"民间叙事"的戏仿，并且，"由于内在精神的溃散和伦理的解体，民间叙事在《兄弟》的文本中已沦为一副僵死的外壳，一种罗可可式轻巧的装饰"。
③ 王宏图:《文学的颓势与作家的精神资源》，载《当代文坛》，2007年第3期。

结论："《兄弟》不过是其失去根性生活背景和更深意旨思考后的惯性作品"①。房伟的文章《破裂的概念：在先锋死亡"伪宏大叙事"年代》重在"艺术分析"，在"艺术分析"中并行着对《兄弟》"思想意识"的判断，他认为，《兄弟》是"一部被时代'淹没'了的作品"，"《兄弟》的困窘，不仅表现为对先锋艺术否定性的放弃，也表现为作家对现实复杂性认知的放弃"，"是一种以取消现实否定性为代价的'现实主义'创作，是一部与时代妥协的作品。而这种对现实否定性的取消，一方面表现为作家对当代文化图景的无原则认同；另一方面，也表现为一个新的'伪宏大叙事'，企图整合各种艺术资源的虚妄努力"。②

行文至此，我不由得首先想起莫言对同行余华的评价。莫言在评析了余华的成名作《十八岁出门远行》之后，引述了余华在《虚伪的形式》中最具思辨的一个小段落。余华的小说连同他关于经验、逻辑、常识、现实以及虚伪、真实的精辟论述引发了莫言这样的感叹："其实，当代小说的突破早已不是形式上的突

---

① 周冰心：《当代中国文学载道理想断想——近年来惯性、惰性、消极性叙事考察》，载《南方文坛》，2006年第1期。在这篇文章中，周冰心认为，包括余华在内的中国当代作家之所以陷入"惯性化、惰性化、消极化"写作，原因是"他们普遍缺乏独立自由表述的勇气、对民族内心灾难的省察意识、当代苦难经验的回望能力，还缺乏宽宏的历史民族意识、虔诚的宗教忏悔思维、强烈的代言人身份意识，以至于不能深刻思考中国人普遍面对的经验场和肉体'驯化'过程的荒诞性。"这段话看上去很有趣，也很"宏大"，且有道德标高，有圣战姿态，实际上都是耳熟能详的、拾人牙慧的、没有"根性"的套话。

② 房伟：《破裂的概念：在先锋死亡"伪宏大叙事"年代——来自〈兄弟〉的语境症候分析》，载《文艺争鸣》，2008年第2期。

破，而是哲学上的突破。余华用清醒的思辨来设计自己的方向，这是令我钦佩的，自然也是望尘莫及的。"① 莫言固然是自谦，但他的话对于余华却也不是礼节性的吹捧。用"哲学上的突破"来形容"先锋余华"，不仅对那些认为"先锋余华"徒具形式意义的批评是一个提醒，同时也强调余华的"思想能力"和"批判意识"是同侪中之翘楚，至少是令莫言"钦佩"的。当今天的批评家还在说余华"在精神上一直不具有知识分子的独立思考和批判意识"时，她或他可能早忘了余华从来不曾视自己为"知识分子"，他从来不喜欢把自己置放在所谓的"知识分子立场"②，并且辛辣地嘲讽说"我不喜欢中国的知识分子"③。他用《十八岁出门远行》的存在体验、《一九八六年》的历史认知以及《现实一种》的人性勘探，震动文坛之余，也构建了他自成一体的批判体系。那期间，即便是最苛刻的批评家也对余华抱有热切期待。也正是在这个意义上，即在其"思想能力"和"批判意识"的层面上，人们

---

① 莫言:《清醒的说梦者——关于余华及其小说的杂感》，载《当代作家评论》，1991 年第 2 期。

② 余华说:"我觉得作为一个作家来说，尤其是我们这种不在大学里当教授的作家，最重要的一点就是必须放下自己所谓'知识分子'的身份，这是非常重要的。不要认为你高人一等。有的人跟我说，最近有一本书写得怎么好，是嘲笑小市民的。我一听就反感，不愿读，因为觉得这是个立场问题。我觉得现在我把自己放在起码不是'知识分子'的立场，这种状态挺好。"见《余华: 别太把自己当成"知识分子"》，http://www.cyol.net/gb/news/2000—12/27/content_138047.htm。

③ 余华:《"我不喜欢中国的知识分子"——答意大利〈团结报〉记者问》，见《我能否相信自己》，北京: 人民日报出版社，1998 年，第 229 页。

开始注意到他与鲁迅之间的传承关系①。注意到他们的殊途同归，注意到百年新文学史上两个渐渐靠近的身影。而当有人指责余华在"先锋之后"便"顺势而下"时，余华则毫不犹豫地将"先锋时期"视为自己的"学徒阶段"②以示自己的不断进步，同时回击那种试图将他钉死在一种风格版式上的批评企图。

当然，昙花一现式的作家比比皆是。那些在蓦然绽放后便迅速委顿的作家，十倍量地足够支撑另一种文学史。也有逐渐委顿的，其作品的"思想能力"和"批判意识"在这过程中也渐渐被敛去光芒，直至形容枯槁，难以卒读。余华与《兄弟》，或也在此列？至少，认为《兄弟》只是"常识叙述"、并无"真的发现"的人们是这样认为的。但是，何谓"真的发现"？批评者也没有明说，估计说了也会语焉不详。当然，这不能怪他们，因为他们也是希望通过阅读而在《兄弟》中寻找到"真的发现"。不过，但凡寻找，都是有价值期待的：或渴望淘到金，或极慕求到经。但问题就出在这里：淘金者可能寻到了经，而求经者可能觅着了金；他们的价值期待落空，而他们之所得却被自己视为粪

① 可查阅张梦阳、张清华等人对余华的评论文章。当然也有王彬彬从相反角度提出的批评。王彬彬的批评从另一个方面说明了当下文学批评中将鲁迅和余华进行类比的研究事实。
② 余华在接受采访时表示，"之前的作品可以说是本科毕业，而《兄弟》就是一部可以代表研究生毕业的作品"。见余华、张英《余华：〈兄弟〉这十年》，载《作家》，2005年第11期。相同的意见在和王侃的对话《我想写出一个国家的疼痛》中是这样表述的："对先锋文学的所有批评都是一种高估。"见《东吴学术》，2010年创刊号。

土。所得与所慕发生了错位。余华就清醒地看到这一点，他说："对我感到失望的那些朋友们，我想主要是感觉到我没有达到他们的期待。"但他同时又说："当一个作家和你的期待不一致时，恰恰是要受到重视而不是轻易地否定。"① 余华想说的是，那些认为《兄弟》不具备"真的发现"的批评，只不过是淘金者不意摸到了经，求经者迎面撞上了金。正因为此，轻易地抛弃将是一种冒失的举动，其结果将犹如敦煌道士焚经煮饭般地令人扼腕。

余华在介入这场论争时的表现，一度被一些批评家认为是独力而为的车轮大战。他的回击，举隅精当，寸劲十足，即使在车轮大战的局面中也丝毫看不出他招架不支的败象。如果有心读一读他在《兄弟》出版后写的博客文章就会发现，他完全不失此前人们对他的文学智慧的期待：他总是能迅速找到对手的破绽，然后迅速使出最合理的回击招数。只不过，以中国人的伦理思维，一个作家如此这般地为自己的作品辩护，不免有卖瓜之嫌，并有失谦逊的风度。但是，面对一些显而易见的误读，面对一些方法粗疏的批评，除了挺身而出，余华还有别的选择吗？

很快，他就不必一个人战斗了。同样是在"思想意识"层面，同样是探讨"真的发现"，支持者和赞扬者以这些年少见的热情洋溢给予《兄弟》高度肯定。

---

① 余华、张清华：《"混乱"与我们时代的美学》，载《上海文学》，2007年第3期。

比如，张业松认为，《兄弟》对当代中国两个历史阶段的书写，"充满了世俗的热情和超然的慧黠，入乎其内而又出乎其外，在一定程度上复活了文学作为探求和把握未知世界的知识手段和知识类型的功能，也提供了当代中国的跨时代、大尺度的文化想象，体现出当代中国的文化自信"。"《兄弟》是书写时代而受到时代欢迎的真正意义上的'时代文学'的代表作"①。

相对于有人批评余华"失去根性生活背景"，张新颖则认为《兄弟》写出了"内在于时代的实感经验"。与此同时，张新颖进一步说："我说这个小说是'内在于'时代的方式，并不是说他认可这个时代。"因为《兄弟》的叙述语调是谐谑式的，"为什么会出现谐谑的语调？如果你在精神上完全认同这个东西，就不会出现谐谑的语调；但是，你也不是义正词严地去批判它，因为你并不外在于它，你和它有千丝万缕的联系，甚至于它就是你，你就是它"②。如果我没理解错，张新颖显然不会赞同以"犬儒主义"或"混世哲学"来理解余华在《兄弟》中的精神立场，相反，在他看来，余华以"经验"入乎时代其内，又以"谐谑"出乎时代其外，他以文学的方式修辞性地展露其批判锋芒。

杨小滨的解读则不愿意停留在《兄弟》是否具有"批判性"

① 张业松：《如何评价〈兄弟〉》，载《文艺争鸣》，2007年第2期。
② 张新颖、刘志荣：《"内在于"时代的实感经验及其"冒犯"性——谈〈兄弟〉触及的一些基本问题》，载《文艺争鸣》，2007年第2期。

的空洞论证，他则更直接地指出《兄弟》所提供的批判的政治走向："小说《兄弟》具有的不是现实批判，而是意识形态批判的鲜明色彩"。杨的文章术语繁多、行文艰涩，但理路与判断却并不含糊。针对有人将《兄弟》视为"成长小说"的说法，杨小滨认为《兄弟》却是对诸如《三家巷》《青春之歌》《家》《欧阳海之歌》《财主底儿女们》等中国现当代经典的"成长小说"的戏拟和解构。在他看来，李光头与父亲的关系是一种变奏式的复制或重复，因此，李光头是一个"对线性发展历史的阻遏式符号"——"李光头的历史否认了进化论式的现代性历史，而是体现了弗洛伊德式的重复"。因此，李光头的"主体性"有别于传统成长小说的现代主体，他是分裂的，也是失败的。即使在他成为一个企业的领袖，几乎成为乔光朴式改革英雄的翻版，一步步走向历史主体所必须占据的那个地位时，"（乔）光朴的现代性历史主体最终无法压制（李）光头的闹剧式历史主体的无限增殖……《兄弟》展示出这种主体作为现代性历史主人的荒谬与病态"。而追根溯源，这样的主体性生成毫无疑问地与"文革"这段创伤性历史紧密相关。因此，"从根本意义上说，李光头对违反道德禁忌的'不以为耻反以为荣'感又的确是'文革'时期'造反有理'哲学的合理延伸"。① 这正如余华在谈到他自

---

① 杨小滨:《欲望主体与精神残渣：对〈兄弟〉的心理—政治解读》，载《上海文化》，2009年第6期。

己对当代中国两个时代的理解时所说："它们实际上是同一块钱币的两面。今天社会的很多极端现象是'文化大革命'时代的极端现象反弹出来的……这两个时代本身是紧密相连的。"① 也因此，杨小滨认为："李光头的个体成长充分体现了历史发展的必然……揭示出了现代性历史本身的迷乱与迷途……历史的整一化外观与其创伤性内核之间的冲突被推到了前台，社会经济发展的逻辑被肉体腐败的逻辑所扰乱。"②

张清华的评论则带有文学史的尺度，并在一定意义上回答了《兄弟》的"思想意识"是否只是一种"常识叙述"，是否具有"真的发现"。他说："我确信《兄弟》是一部关于'窥视'和'围观'两个主题的书……是否可以这样认为：'围观'在一定意义上是一个启蒙主义的命题，而'窥视'则是一个现代主义或者存在主义意义上的命题？但同时，它们又是一个东西的两个方面，源于同样的集体无意识？在这样的意义上，《兄弟》获得了一样复合性的主题，这大约正是其匠心和深意所在……我相信在新文学产生以来，除了鲁迅，还没有哪个作家能够这样以哲学家的深度，这样尖锐、逼真、形象和入木三分地同时写到这样两个主题。""这样集中和综合地将窥视作为一个文化与人性批判

---

① ［德］马克·西蒙：《巨大欲望的时代——与作家余华关于"文化大革命"对当代中国的影响的对话》，载《法兰克福汇报》，2006 年 4 月 21 日。

② 杨小滨：《欲望主体与精神残渣：对〈兄弟〉的心理—政治解读》，载《上海文化》，2009年第 6 期。

的命题，《兄弟》是无人可比的。""《兄弟》显然承续了余华以往对'暴力主题'的叙述嗜好，但不同在于他将这暴力'历史化'了——放在了更加广阔、具体和真实的历史情境之中。"①

这样的引述就此打住。相似的引述在下文将再次出现：那是来自拉伯雷、狄更斯与歌德的故乡的文学判断，并有可能更具震撼力，它至少会说明，究竟是谁对拉伯雷或《巨人传》等存有误读。

对于《兄弟》，我个人的意见倾向自不待言。我在这里想说的是，像余华这样其才华已获普遍公认并已获得世界声誉的作家，当其新作与我们自己的阅读期待相左时，至少应该在江郎才尽的可能性之外考虑到其图谋转型的努力。余华不是一个将自己的作品谱系作线性拉伸的作家，他迄今为止的写作都在试图拓宽其作品体系所覆盖的扇面。若干年前张清华就指出过："如果不是余华，而是另外一个没有先锋实验小说履历和背景的作家写出了《活着》和《许三观卖血记》，是否还会得到读者（特别是国内读者）如此的'高看'呢？反过来，如果余华没有写出《活着》和《许三观卖血记》，人们会不会已经像对待马原、洪峰那样，把他早期那些绞尽脑汁的叙事实验置之脑后，而不再给予认真的关注了呢……我们已经充分地知道了余华的能力，并

① 张清华：《窄门以里和深渊以下——关于〈兄弟〉（上）的阅读笔记》，载《当代作家评论》，2006 年第 4 期。

将这种了解作为解读余华的前提。也就是说，某种意义上余华具有自己证明自己的能力……"①而今《兄弟》也面临对其"解读前提"的重新认识，对它的价值厘定也需要像当年评价《活着》和《许三观卖血记》一样将其置入余华的作品体系中加以考量。孤立地评价《兄弟》，就像孤立地评价《活着》和《许三观卖血记》一样，将有可能导出片面的结论。而我相信，国内外对于《兄弟》已有的赞誉，将再次表明余华具有自己证明自己的能力。

现在，可以回头对前文所涉的一些问题作结：如果你认可《兄弟》在"思想意识"层面上具有"真的发现"，那么，这部小说所呈现的"粗俗"内容与风格就自有其合理合法性；如果你仍然认为《兄弟》没有"真的发现"且病相重重，那么，你有理由对它弃如敝屣。说到底，文学批评的任务不是为了消弭分歧，而只是为了展示各自立场的必要性。

最后，想对所谓"真的发现"说明一点意见。文学或小说固然需要有"真的发现"，或者如米兰·昆德拉所说，"认识是小说唯一的道德"，但我们必须要同时注意到昆德拉的强调，即小说的"发现"必须是"小说的"，必须以"小说"的形态呈现。就本质而言，小说不是用来解决历史、现实和人性难题的，相反，小说是用来见证历史、现实和人性的。小说当然也应该具备批判性，但这种批判性应当是一种见证式的批判。与此同时，当

① 张清华：《文学的减法——论余华》，载《南方文坛》，2002年第4期。

我们在强调小说的"批判性"时，不能让其陷入"谴责小说"的类型窠臼，毕竟，"谴责小说"不是小说的上品，"谴责小说"在更大的程度上实际是工具理性的文学面具。文学需要理性，需要深度，但毫无疑问，文学更需要丰富的感性，更需要表象的叙述。有关于此，余华通过对自己的写作经验的总结，有过如下表述——尽管他并不反对文学写作的"概念先行"，但他仍然认为——一粒纽扣掉在地上时的声响和它滚动的姿态，对于他来说，比死去一位总统重要得多①。

此外，文学中的"真的发现"，同样需要尊重"共识"或"常识"。文学的发现，并不总是矗立在出人意料之处。文学的发现，更多的时候是为了引发共鸣，是为了使我们的人生经验中积淀和潜藏的思想与情感在某个过程中发生涌动、发生激荡。所以余华说："如同殊途同归，伟大的作家都以自己独特的姿态走上了自己独特的文学道路，然后汇集到了爱与恨、生与死、战争与和平等等这些人类共同的主题之上。所以文学的存在不是为了让人们彼此陌生，而是为了让人们相互熟悉……什么是文学天才？那就是让读者在阅读自己的作品时，从独特出发，抵达普遍。"②

---

① 余华:《我能否相信自己》，见《我能否相信自己——余华随笔选》，北京：人民日报出版社，1998年，第8页。
② 余华:《伊恩·麦克尤恩后遗症》，载《作家》，2008年第8期。

四　写在纸上的东西改变了（一）：域外评论或"海外之音"

《兄弟》在中国问世后不久，即进入了多个语种的翻译与出版程序中。除韩文版与越南文版外①，自 2008 年始，陆续有法文、德文、日文、意大利文、英文、西班牙文版本推出。传统意义上的"西方世界"正在全面地译介、接受和消化这部"大河小说"。外媒对《兄弟》的评论可谓热烈。兹举一例：英译版《兄弟》2009 年由美国兰登书屋和英国麦克米伦公司先后隆重推出，立刻引起了英语世界的轰动。美国《纽约时报》《洛杉矶时报》《时代》周刊和《新闻周刊》，加拿大《国家邮报》以及英国《泰晤士报》等北美和英国主流媒体热评如潮。其中《纽约时报》周末杂志用六个版面介绍了《兄弟》和作者余华，称《兄弟》"可以说是中国成功出口的第一本文学作品"。美国全国公共广播电台（NPR）广受欢迎的 "Fresh Air" 广播了美国著名评论家莫琳·科里根的评论，将余华誉为"中国的狄更斯"，并称因为《兄弟》这样的"优秀作品"，2009 年"不仅是牛年，更应该是余华年"②。实际上，英译版《兄弟》在美国上市之前，2008 年末，《兄弟》

---

① 目前韩国与越南媒体对《兄弟》的反应尚不详。
② 莫琳·科里根：《〈兄弟〉是一个巨大的讽刺》，美国全国广播公司，2009 年 2 月 9 日。译文可见《上海文化》，2009 年第 6 期同名文章。

已获作为英国布克文学奖的姊妹奖的曼氏亚洲文学奖提名，成为最终入围决选的四部作品之一。

2008 年年底，我参与译校了一组有关《兄弟》的法语评论。这组评论的一部分，整理后发表在《文艺争鸣》2009 年第 2 期。我为这组评论写过一小段"按语"，发表时颇多删改，不妨重新抄录如下：

在动手写这篇按语时，获悉余华的《兄弟》在法国获首届"国际信使外国小说奖"（Prix Courrier International）。《国际信使》是在法国知识界影响颇巨的杂志；据悉有 130 余部 2007 年 10 月 1 日至 2008 年 9 月 30 日在法国出版的外国小说参与角逐该奖项，几经筛选，最后由评审团评出一部获奖小说，就是《兄弟》。这与《兄弟》在今年国内某文学大奖的评选中首轮出局的情状形成了比照。

获奖可视为一种结论。在获奖评语中，法国人毫不吝啬地用"伟大"来形容《兄弟》的成功。自今年春天以来，《兄弟》在法语世界掀起的热潮至今未歇，一些重要的媒体用罕见的篇幅和力度向法语世界推荐一位中国作家和一部中国小说。在对数量众多的法语评论的紧张翻译后，我读到了一个文学大国对这个作家和这部小说的众口一词的赞誉。

当然，未能获奖也是一种结论。自《兄弟》出版以来，余华在国内遭受了前所未有的质疑甚至嘲讽。尽管有人预见式地用拉伯雷和《巨人传》为《兄弟》辩护，但两年前《兄弟》在国内读书界掀起的热潮，多半反映着不利于余华的信任危机。在结论处，诸多的批评与《兄弟》的未能获奖，有着一脉相承的逻辑。

阅读来自拉伯雷和《巨人传》的故乡的声音，会发现其中与我们区别明显的文学取义和阐释取径。这种区别，一方面提醒我们，在中国之外有着其他的对当代汉语文学理解不一的阅读人群，另一方面，也提供给我们在进行文学批评时或有必要参考的"世界文学"的维度。

当然，国内也有人对《兄弟》在法国的获奖不以为然。他们认为，法国的文学奖项名目繁多，层次错乱，趣味混杂。这些人和这些说法，看似对法国的文学奖项颇为了解，其实又未必尽然。这种无视具体奖项，而只在宽泛层面上对文学奖项一概否定的态度，仍然是一种极端主义的批评心态、一种为批评而批评的诡辩思维，某种意义上还透出一种无知。事实上，据南京大学外国语学院许钧（法语翻译家，《不能承受的生命之轻》的译者）与其弟子杭零对《兄弟》的法语译者、法国的媒体评论、《兄弟》在法国的出版与接受状况的访谈、调查、研究和分析，结论是，尽管"中国当代文学在法国是一种相对边缘的外国文学"，但"《兄弟》的出版将余华从汉学界的小圈子一下推到了主流阅读群面前，在主流媒体掀起了一阵评论热潮，还获得了文学奖项，这无论是对于余华个人而言还是对于中国当代文学而言都是不常见的现象"①。

就《兄弟》在法语世界引发的热潮而言，可以举例的除了《国际信使》给予的奖项外，比利时《晚报》也将其列为 2008 年度最佳图书。此外，2009 年 11 月 28 日，瑞士《时报》的文学评论家评出自 2000 年以来 10 年间最为重要的 15 部文学作品（其中 5 部为瑞士国内的文学作品），《兄弟》名列其中。《时报》给《兄弟》的入选评语中称其为"中国的《失乐园》"②。同时入选的作品包括菲利普·罗斯的《现场》（又译《污点》），奥尔罕·帕慕克的《雪》、托妮·莫里森的《宠儿》以及村上春树的《海边的卡夫卡》。而《时报》在列出入选作品名单前写的简短引语同样耐人寻味："在这 10 年里，20 世纪的故事大张旗鼓地在小说中扎根，作者们深刻地反映了这个世界。文学变得全球化，变得更为错综复杂。"这句评语，对于余华，对于《兄弟》都不失精当。

---

① 杭零、许钧：《〈兄弟〉的不同诠释与接受——余华在法兰西文化语境中的译介》，载《文艺争鸣》，2010 年第 4 期。杭零、许钧另有两篇文章也谈论中国当代作家、作品在法语中的译介情况及其接受问题，也可作为余华及其《兄弟》在法语世界译介论题的一个参照性理解，见《从"市民作家"到女性知识精英——池莉在法国的形象流变》，载《文艺争鸣》，2010 年第 2 期；《翻译与中国当代文学的接受——从两部苏童小说法译本谈起》，载《文艺争鸣》，2010 年第 6 期。
② 见瑞士《时报》，2009 年 11 月 28 日。

　　在进入更为深入的讨论之前，还是先大致介绍一下"西方世界"对于《兄弟》的具体评论。不过，尽管西方文论中的"形式主义批评"与"意识形态批评"都异常发达，但它们的媒体书评却并不依着我们国内的惯例将论题切割为"美学层面"与"思想意识层面"①。因此，很难以这样的"两分法"来归纳外媒对《兄弟》的评论意见。思之再三，一种简便的做法是，按语种对这些评论意见进行归类。为节省篇幅，我选取法语、德语和英语三个语种的评论，择其要点依次罗列②。同时，限于篇幅，略去这些评论中的那些展开式的论述，只撷取若干结论性的句段。

1. 法语

　　《世界报》发表题为《余华：历史逆境中的生活》："《兄弟》不是一部历史小说，确切地说，是对被抛弃于历史逆境中的两个人物的实地研究。……性竞争是该小说的中心，这部小说围绕着刘镇最美丽的姑娘林红的臀部展开叙述，以隐喻的方

---

① 西方国家见诸媒体的文学批评与国内的当代文学专业批评有很大差异。这与批评家所置身其中的生存机制、批评文章所面向的接受对象以及媒体宏观运作的效率和方式等因素都有极大关系。这一方面的知识，可另文再述。

② 有关《兄弟》的外文（英、法、德、意、西、日）评论原文，可在 http://yuhua.zjnu.cn 的"外文资料"一栏中查阅。由于可以理解的原因，译文中的一些语句和段落，在我这篇文章的引述中，或被省略，或略事修饰。各语种译文的全文，也请在前述网站中查阅。另，本文所引述的译文，译者分别为：蔡丽娟、朱志红（法语），蔡文倩、谢凤丽、徐夏萍、楼刚（德语）、郭建玲（英语）。

式，将 80 年代个人主义的出现，归结为拥有这个令人着迷的女人。……余华导演了价值和力量关系的倒置，他轻松地把小说从滑稽变成了悲剧，从讽刺变成戏剧。"评论者同时认为，"这本小说催生了一个新的余华"。

《解放报》发表题为《中国更富裕了，生活比我想象的还要夸张》："书的整体是相当拉伯雷式的（放纵的）。""《兄弟》的作者具有很突出的才能，他用惊讶但又不失关怀的目光看待世界，读他的作品我们的情绪经历了从冷笑到泪水，从滑稽到悲剧，从'文革'时的野蛮到今天全球化的转变。这也是从手推车到高速火车的进步。""《兄弟》可能是余华所有书中最异类的。毛主席语录经常穿插其中……他所有的小说都讲述生活朝夕之间可以逆转，任何事都会发生在所有他所熟悉的中国人身上。"

《读书》2008 年 5 月号发表安德烈·克拉韦尔的题为《从毛主义整肃到野蛮资本主义》的评论文章，称"在《兄弟》这部不朽的小说中，余华找回了他的讽刺激情，《兄弟》的两大主人公'在深受打击的世界中深受打击'……"。

《文学评论》2008 年 5 月号发表弗雷德里克·科勒的题为《中国且笑且哭》的评论文章，如此评价《兄弟》："这是一部大河小说，因为它编织了数十人的生活，从 1960 年延伸至今。它也是一部休克小说，因为它描述了西方人不可想象的动荡突变……最后，它还是一部具有流浪文学色彩和滑稽文风的小说……《兄弟》让读者身临于刘镇，让读者能看见全景，就像史诗般，一幅且笑且哭、全方位的壮观景象，而它的复杂主题便是：当代中国。"

相似的评论在2008年5月29日《十字报》发表的、由珍妮芙撰写的评论中出现："这是一部大河小说，是一部流浪小说，也是一部荒诞小说，有着宏伟的编制。这为了解2008年前的中国慷慨地打开了一道门。"特别提请留意的是，珍妮芙强调，小说的开场有关厕所偷窥的描写，"余华并不是玩弄诱惑，这是他的实力所在。前几页中不适宜的话语和公然的挑衅宣告了中国最近40年现实中的一个具有英雄气概的骑士的诞生"。

《费加罗报》2008年7月5日发表伊丽莎白·巴利列的题为《从前，在中国》的评论文章，称"《兄弟》在温柔和垃圾之间，在闹剧和道德之间，仿佛驶向了地狱。《兄弟》讲述了中国四十年来经历了从狂热的'文化大革命'到开放状态的市场经济，在道德压制到欲望释放的背景下，一个道德风尚者和一个唯利是图者的复杂命运"。评论者认为，"《兄弟》尖刻而深远"，因此，"需要一个天才才能在这样两个叙述中保持平衡"。

《自由比利时日报》2008年5月30日发表盖伊·杜居的题为《裸露的中国》的评论文章："在七百余页里，余华用一个极具流浪文学色彩、拉伯雷式的庞大的叙述，向我们展开了他们的故事。"但在这位评论者看来，这部小说"没有闹剧，没有庸俗，没有伟大的情感，没有粗俗淫秽，也没有诗情画意，因为它超越了一切，使之成为一部伟大的小说，而这是动荡中国引发的景象"。

《卢森堡之声》2008年6月25日发表让雷米·巴朗的题为《中国的传奇之旅——从毛时代到奥运会》的评论文章："这部七百多页的小说恢宏庞大、雄心勃勃，这部杰作在其讲述中包含一代人的全部希望：战胜饥饿，根除暴力，完成经济转型以及命运转换。《兄弟》以一种惊心动魄的美，形象地展现了粗俗而慷慨的李光头和愚钝而忠诚的宋钢……小说无法用平面方式来展现现实，而作者的优势是相信文学想象力的强大。令人惊讶的是，在《许三观卖血记》之后十二年，创造性地写出两个时代的这部小说，交替悲剧与滑稽章节，将故事转化为预言，是名副其实的一次从毛时代到奥运会时期的中国传奇之旅。"

《电视全览》2008年5月21日发表马里那·朗德罗的题为《泪浸水稻①》的评论文章："他的文风无比平稳，但他叙述故事的语调充满政治愤慨，不断谴责质询：质问同胞的爱国情感、质问盲目的服从对尊严的摧残。突然间，会爆出令人易怒的啰唆话，最后，他咽下愤慨，留下爱与诗意的写作，对那些动荡的人物饱含深情。余华用血与泪、背叛与团结设计了这样一个情

---

① 法语中有"泪浸面包"一说，表示极度悲伤。这里置换成"水稻"，应是体现中国特色的意思。（译注）

节，它是无人敢去做的。这是一个斗篷下的伟大黑色幽默。"

《书店报》2008年6—7月号的"外国文学"专栏发表安托尼·佛伦的题为《〈兄弟〉：现代中国的史诗》的评论，文章认为："尽管有很多小说家皆已涉及毛泽东时代和'文革'时期……但在探索当代中国历史的文学中，这本书（《兄弟》）标志着一个新的台阶。"评论者同时认为，这部小说"想象力无穷无尽，滑稽、荒唐和拉伯雷式的粗鄙玩笑伴随着尖锐的悲剧色彩，掺拌着多愁善感与相当简约的诗意"。

《文学杂志》2008年5月号发表艾芙琳·布洛克－达诺题为《兄弟》的评论文章，认为："《兄弟》融合了故事讲述的所有色调：悲剧、怜悯、抒情、现实、讽刺或滑稽。"

《义务报》（加拿大魁北克省蒙特利尔市）2008年7月12日发表朱尔·纳多的题为《异国故事——在一个中国淫荡者身上的谵妄故事》的评论，认为："从未有过这么一个家庭故事如此构思得当、如此谵妄狂热、完全不敬，可以把人逗趣到且笑且哭，也从未有这样一部小说向我们传达过这样一个中国。……经过十年的沉默，余华这个以孩子王式的淘气而闻名的作家，交付给公众一本拉伯雷式的鸿篇巨制。"

2. 德语

北德广播电台于2009年8月12日在"文化"节目中播发由

Johannes Kaiser 撰写的评论文章。文章称"余华对新旧中国进行清算，其中的讽刺会咬人，冷嘲热讽中充满苦楚。这是一本令人震惊、令人惘然的书，是一部了不起的小说"。北德广播电台在同年 10 月 13 日的"本周图书"节目中再次播发关于《兄弟》的评论，作者弗兰克·迈克，文章称："小说充满了夸张和粗俗。小说时而极端残忍，时而天真可笑。欧洲读者需要很强的适应力。然而没有一部作品能像这本书一样，如此深入地看到新中国历史极端的那一面。"

德国目前最大的文化网站"采珠人"① 在其影响巨大的"文化杂志"栏目中给《兄弟》的评语是："《兄弟》不仅给评论家们留下了非同一般的、布登勃洛克式的时代小说印象，同时，怪异也是他们对这部小说的认识……汉斯·克里斯多夫·布赫对该书的丰富感到惊讶。这本不羁作品中随意的'放屁、撒尿、性交'是有意对美德进行的攻击。"

《新苏黎世报》评论家安德里亚·布赖滕施泰因称赞这部稀世作品，称它是"多层次的、有价值的，而且是一部包含着'激烈讽刺、深刻情感和玩笑的戏谑之作'"。

《焦点》杂志于 2009 年 8 月 21 日在向德语读者推荐《兄弟》时称，"《兄弟》一书就其所有的笑话和所有粗糙的诙谐来

① "采珠人"的文化杂志专栏独树一帜，全部为市场现有的文化出版信息以及书评。每天上午 9 时上网的文化杂志，是德国众多文化人的必读。

说，是一部非常悲伤的作品"，"余华，毫无疑问是中国文坛的一颗新星，他描述了'文革'期间的社会仿佛倒退回欧洲中世纪……"。

《纽伦堡新闻》于2009年10月14日介绍"来自中国的杰作《兄弟》"时认为："余华的小说有一种令人折服的魅力，就如同今天为止《金瓶梅》仍然有阅读价值，使人感到愉快。令人难以置信的是粗鲁与精巧的构思，粗俗的艺术与感人的场景混合在一起；庸俗的行为同完全出乎意料的人性化及人情味相角逐，人们几乎想对小说进行一次彻底的清理……但这本小说不仅仅是粗野的、讽刺的、夸张的、幽默而悲伤的，它包含了中国式的酸甜和浓烈，还促进了一种有影响的阅读。这部作品很有意思，人们以又笑又哭的状态废寝忘食地阅读它，相反，从没有人会抱怨这本小说长达750页的长度……这是一部伟大的小说，毋庸置疑有着世界文学的突出水平。"

HR-ONLINE在2009年10月5日的"在线评论报道"中以《神奇尖锐，壮丽肮脏》为题推出署名罗曼·哈夫曼的评论文章。在谈论这部小说的"粗俗"时，哈夫曼说："这本书里余华用到了很多粗话。不言而喻，读者看到这些粗俗的词语肯定会时不时觉得不舒服，但是最后人们也会把这些粗陋的词语当作是一种修辞手法，作者用这种修辞手法和其他所有干净的、精心护理的、正直的事物形成了鲜明的对比……"同时，评论者进一步认为："事实上余华的这部作品在中国取得的成就可以和《铁皮鼓》在德国的地位媲美：作品在时代允许的情况下，尽其嘲笑之能事地讨论了中国人的精神状态。"

《世界报》在 2009 年 9 月 26 日以《中国的〈铁皮鼓〉》为题介绍余华的这部长篇小说，并将这部小说在中国的遭遇与半个世纪前君特·格拉斯的《铁皮鼓》出版之初在德国的遭遇做了类比："余华的小说致力于'挖掘深刻的荒唐和憎恶'，这也是五十年前《铁皮鼓》不受欢迎的特点"。这篇文章认为，"对于小说的象征内容不应有任何质疑"，因为《兄弟》是一部"规模宏大的社会小说"，它"粗粝，挖苦，富有戏剧性，充斥着无法调和的矛盾"，"余华从最初的先锋派，逐渐转变为叙述描写的力量派"。

《时代》周报 2009 年 8 月 13 日发表汉斯·克里斯托芬·布彻的评论文章认为："余华的《兄弟》是一部具有划时代意义的小说，像托马斯·曼的《布登勃洛克》或拉什迪的《午夜的孩子》……可这本小说并不是用微妙的文字写成的，而是混乱、重复的，庸俗、淫秽的，血腥、阿谀的，是一种全新的风格……余华的小说是针对端方的行为准则和良好品味的攻击。据我所知，没有哪个现代文本当中有那么多的打嗝和放屁，撒尿和性交，而不令人感到尴尬。恰恰相反，作者吸收了民间的语言，粪便语言并非有失体统，因为从它可以看出这页受压抑的历史的真相。"

　　《新苏黎世报》2009 年 8 月 15 日发表 Andreas Breitentein
撰写的题为《一个闪烁着微弱光芒的诙谐童话——余华惊人的中
国时代全景和世界戏剧〈兄弟〉》的长文，如此介绍这部小说：
"余华的《兄弟》向那些对中国当代文学还不了解的人们提供了
一个很好的切入口。这部叙事小说以一种毫不掩饰的方式讲述
了自……'文化大革命'至……改革开放这段中国现代历史中的
过激行为。人们很少有机会可以这样地笑，这样地震惊，这样
地感动"，"余华的小说之所以如此突出，还由于它不只是一部
讽刺作品。它的艺术性在于，迂回在两种歇斯底里的极端之间，
从而呈现出它们正是社会问题的两个方面"，"《兄弟》显示了
人类情感的全景——从庸俗、狂热、机会主义到爱和内心的伟
大，几乎全部包容在内。作者的叙述融合了史诗、戏剧、诗歌，
有对话，有描写，有情节。既有深深的悲哀和难以名状的残酷，
令人捧腹的闹剧和怪诞离奇的幽默，也有直刺人心的嘲讽和让
人解脱的欣喜，崇高细腻的爱和动人的同情。在这个小宇宙中，
没有人是孤立的，也没有任何隐私可言，求爱和耻辱、痛苦或
死亡的故事都公开地发生在大街上，这使小说本身成为世界剧
场"，"像今天的中国一样，小说本身也包含了四射的活力。通
过对昨天的思想狂热和今天的物质主义的对比，余华调动了矛
盾心理的力量。幽默和恐怖，乐观和绝望，粗鲁和柔情，殴打
和诡诈在逗趣中融合在一起。很少有悲剧像《兄弟》这样滑稽，

也很少有喜剧像《兄弟》这样令人悲伤"。

3. 英语

美国全国公共广播电台（NPR）广受欢迎的 "Fresh Air" 于 2009 年 2 月 9 日广播了美国著名评论家莫琳·科里根对《兄弟》的评论，称余华"使用一种缓慢的、仪式般的叙事来讲述这个近乎史诗的故事"，因此，"这部长达 600 多页的反讽作品具有席卷一切的强大震撼力"；称余华拥有"神奇的狄更斯天赋"，因此，"读完《兄弟》的最后一页时，余华笔下的'反英雄'人物李光头已和大卫·科波菲尔、尤赖亚·希普、艾瑟·萨莫森等狄更斯笔下的文学人物一样，拥有了独立于小说作品之外的永恒生命力"。其结论是，"不论从风格、历史跨度还是叙事技巧来看，《兄弟》都称得上是一部宏伟作品"，"面对如此伟大的文学作品，我想，今年不仅仅是牛年，更应该是余华年"。

《波士顿环球报》2009 年 2 月 4 日发表自由撰稿人芮妮·格雷厄姆的题为《对中国铺张的讽刺，有点轻佻有点甜》的书评，认为"余华的《兄弟》是新的一年伟大的文学成就，是一首闪耀着生命的悲欢与不幸的史诗"。有意思的是，这篇文章还特别指出，"余华笔下的中国骚动不安，沉重压抑……不足为奇，这一颠覆性的描写激怒了许多重视民族形象的中国官员和学者"。

《洛杉矶时报》2009 年 2 月 1 日发表的作家兼评论家本·海

伦瑞奇的评论文章中也指出，"中国的批评家们不满于余华故事的荒诞和形式的粗糙……《兄弟》有着平民主义的情怀，它一点也不轻松搞笑，充满了对整个社会辛辣与深刻的嘲讽"。

美国著名书评家唐娜·里夫金德在 2009 年 3 月 13 日的《巴恩斯－诺贝尔书评》撰文称："我确信，即使你不会讲汉语，对中国近四十年来发生的重大事件知之甚少，也会毫无障碍地读懂这部融色情、暴力和优美于一体，内容丰富、风格幽默的作品，并为之深深打动。它是一个让人发笑的悲剧，让人悚然的喜剧。由于作者激动人心的叙述和译者妙笔生花的译文，它的魅力是不会有国界的。"在论及《兄弟》内容的"怪诞"与"粗俗"时，作者认为："环境虽极为荒谬，人物却很真实，这是余华《兄弟》最大的亮点之一。他们在最让人不堪的场合设法展现出卓别林式的高贵，正是这些感人的片段，使粗鄙的闹剧转化成了正剧。"

《科克斯评论》发表书评称："这是一部恢宏的小说，在生机勃勃和无以复加的细节中描述了两个性情迥异、誓死爱护对方的继兄弟的命运交叠……小说滑稽粗俗，淫秽下流，直白夸张，不过，尽管长达六百多页，却引人入胜，扣人心弦……这是一部污迹斑斑的伟大作品，无可置疑地堪与左拉、路易－费迪南·赛利纳和拉伯雷的杰作比肩。"

《读书人》于 2009 年 2 月 28 日发表书评称："我们的确被

《兄弟》给深深迷住了。小说所特有的余华式的幽默和深刻一定会给西方读者留下难以磨灭的印象⋯⋯《兄弟》以耸人听闻的荒诞、不加修饰的幽默和直率坦诚的眼光,为我们提供了对异国文化的审视,堪称 2009 年最精彩的作品之一。"

《台北时报》2009 年 2 月 8 日发表布拉德·温特顿的题为《余华,面对中国特色放声大笑》的文章,认为:"《兄弟》的风格接近《许三观卖血记》,但给人印象更为深刻。事实上,无论用什么标准来衡量,《兄弟》都堪称一个重大的成就。"

英国《金融时报》2009 年 5 月 25 日发表何依霖(玛格丽特·希伦布兰德)撰写的文章,称"余华的《兄弟》是献给那些曾卷入政治狂热的漩涡而今被甩出中心的一代人的"。

而卢卡斯·克莱因在题为《苦乐交集和"文化大革命"》(《鲍威尔斯书店每日书评》2009 年 6 月 7 日)的文章中表达了这样的理解:"中国传统向来关心家庭生活,但是通过表现家庭的毁灭,兄弟的失和,余华抨击了中国过去半个世纪的发展根基。⋯⋯但这并不意味着小说意图轮廓鲜明或忧心忡忡地做社会分析,余华不屑于此。《兄弟》沿袭了近代话本小说的传统,表现中国人向来关注的话题,借此表现中国当前的现代化建设,因此,余华奉献给读者的是这样一本小说:过去还在影响着现在,并将影响我们将来的痛苦和快乐。"

纽约大学英语文学教授、作家舒克赫德夫·桑德胡拜在加拿

大 *The National*（2009 年 5 月 21 日）上以《往事与刑罚》为题发表书评，认为:《兄弟》表明了一种在未来几年将代表某种审美转向的思考问题的方式。余华请中国的青年作家们回首悲惨的往事，即使面对荒诞，除了泪水，不妨大笑几声。并不是所有的中国作家（或群众）都是举止优雅、精神高尚、庄重严肃的。一件含讥带讽、机智狡黠、貌似庸俗的艺术品具有化腐朽为神奇的力量，可以将腐臭鄙俗的历史往事化为光彩夺目的文学奇迹。

冗长的引述就此打住。就此可以概括的是：一、外媒也注意到了《兄弟》惊人的销量，但却没有人因此将之视为向大众"提款"的市场行为，也并不神情凝重如临大敌般地讨论作家、出版社与市场合谋后的所谓"文学生产"，当然更没有人认为《兄弟》有与媚俗艺术"眉来眼去、秋波频送"的写作动机，相反，却认为《兄弟》表现了余华"对当代中国生活坚持不懈的批评"，他是一位"深刻的讽刺作家"。二、外媒评论相对集中地在"美学层面"认定了《兄弟》的文学成就。不少评论用"史诗"这一范畴来估定《兄弟》的文学价值。在西方的文学传统内，"史诗"是一种庄严的文学体裁，因此，《兄弟》在叙事方式与叙事内容中所涉"粗俗"，只是一个美学层面的修辞学问题，它服务于更高的文学理想，粗俗是其表，庄严是其里，粗俗的背后有着庄严的认定，滑稽的表象下有着"卓别林式的高贵"。当中国的批评家不适于、不屑于余华用一种喜剧式的夸张来叙述历史时，外媒则恰恰认为余华的含讽带讥、貌似庸俗有着化腐朽为神奇的力量，并创造了一个"光彩夺目的文学奇迹"。与此同时，在西方的批评传统里，"史诗"不仅意味着宏大的时代跨度、庞杂的历史背景，还意味着它是"人类情感的全景"，以及对尽可能多的艺术表现手法的容纳与展示，而正是在"史诗"的这个意义上，《兄弟》被称为是一个几乎无所不包的"世界剧场"。三、外媒就《兄弟》在"思想意识"层面所抵达的高度或深度所做的评论，一目了然，在此已无须赘述，"尖刻而深远"，当是外媒对《兄弟》在这一方面成就的一个简洁概括。

用"伟大""重大""鸿篇巨制"等形容词来评定一部文学作品的价值，并非一种礼节性的轻淡奉承，如果我们中国的批评家们有兴趣、有机会、有能力阅读到外媒对其他中国当代作家的评论，就能体会到大多数外媒的文学批评之苛刻、之严厉。实际上，由于话语自由度的差异所致，西方的批评界比之中国，有更为专业和更为纯粹的"批评精神"。我们可以质疑他们的批评结论，却没有理由否定他们的专业精神。

五　写在纸上的东西改变了（二）：语言、翻译及其他

余华在西方世界受到赞誉，并不是从《兄弟》开始的。早在十多年前，因为《活着》在西方批评界受到的推崇，已使余华成

为一个具有世界声誉的当代华语作家。国内有人含讥带讽、夹枪带棍地称余华为"诺奖种子选手"，倒也不是空穴来风毫无来由。但随之便有人提醒国人要警惕"迷乱的海外之音"。有一篇文章①，为了说明"海外之音"尽为胡说，大段引用另一位批评家李建军的相关发言，不妨也摘录如下：

> 我在南京的一个作家的讨论会上，批评某些当代作家和批评界过分看重西方的某些汉学家对中国文学的评价，这是不正常的。因为，在我看来，西方人的观点虽然也有价值，但是，从根本上讲，他们要深刻地理解中国的文化和中国的文学，是很难的。这是因为，首先，他们要把自己的汉语水平提高到足以使他们能够真正理解中国文化的程度，就是一个极其艰难的过程，因为，汉语是一种"深度语言"，没有口诵心惟、日积月累的慢功夫，是不可能掌握它的……其次，就是他们缺乏刻骨铭心的中国体验和沉郁悲凉的中国心情，因此，他们不可能真正认识到那些真正的中国作家的价值……他们奖赏的是那些符合他们对中国的想象的作品……他们奖赏的是那些用西方的技巧表达西方人熟悉的情绪和体验的作家，像残雪、余华和莫言等，

① 蒋泥：《诺贝尔"种子选手"何为》，见《给余华拔牙》，北京：同心出版社，2006年。

某些西方"汉学家"却给了他们高得怕人的评价……一个中国人说这种话（指"高得怕人的评价"），我们完全可以吐到他脸上，但一个外国人，由于种种的阻隔和困难，说出这种话，是毫不奇怪的，因此，我们要给人家胡说的自由和权利。问题是我们自己要有自知之明，不能因为几句不着边际的好听话，就不知道自己几斤几两了。然而，令人遗憾的是，我们似乎缺乏自我认知的自信和冷静。①

这段话，如果在一个很狭隘的语境里讨论，可能没什么大的问题。但发言者、讨论者为自己设置的语境却很大，语境一大，这段话就破绽百出。比如，中国人该如何认定莎士比亚和托尔斯泰的经典价值？英语和俄语，毫无疑问地也是"深度语言"，每个中国读者是否必须有对英语或俄语的口诵心惟、日积月累的慢功夫，并且必须有对英国体验或俄国体验、英国心情或俄国心情的深切体悟，方可讨论莎翁和托翁的经典意义？我不知道李建军的俄语水平是否有着前述所谓的"慢功夫"，也不知他是否有过深切的俄国体验，但李建军以肖霍洛夫的《静静的顿河》为正面参照，来批评陈忠实《白鹿原》的负面缺陷，想必

---

① 被李建军称为"小兄弟"的蒋泥即使在照抄李的这段话时也是随心信手，因为错漏，而给人思路毛糙、下笔不靠谱的顽劣印象。他所抄引的这段文字的错讹处，我已在查阅李的原文后订正之。见李建军：《武夷山交锋记》，载《文学自由谈》，2006 年第 2 期。

他的俄语功夫与俄国体验一定是很到家的。但问诸从事俄国文学研究的专家，却并不听晓国内在此领域有李某此公。如果李建军认为外国人（他所指的"外国人"还是多少谙熟中文的"汉学家"）说中国人的事是谓"胡说"，那么，希望尔等从前不曾以中国人的立场说过外国人的事，从今以后也不再对托尔斯泰、肖霍洛夫以及俄国文学置喙[1]。此外，余华或莫言，其外语水平不是一般的不好，可谓羞与人表，在其成名前，当然也没有哪怕是粗浅的西方生活体验，不知李建军为何认定他们都写出并表达了"西方人熟悉的情绪和体验"[2]？其中的吊诡处，不知李建军是如何理解并该如何解释的？能解释得通吗？

我相信，即使我不通英语，即使我不曾在英国有过哪怕一分钟的滞留，我仍然能通过朱生豪或梁实秋的译本，接近莎士比亚的文学核心。不懂英语以及缺乏英国体验造成的理解局限当然是存在的，但我同样相信，一个优秀的译本会扎实地保留原著的精华部分，以使一个中文读者对莎士比亚的理解不致太

[1] 李建军曾撰文指斥贾平凹小说对《红楼梦》的模拟是一种逆时而动的"反现代性写作"（且不论这当中以进化论思维讨论艺术问题的幼稚可笑），后来却又在另一篇文章中"正面"地讨论了《红楼梦》对茹志鹃《百合花》的影响，认为《百合花》的成功盖源于其"是对《红楼梦》的一次遥远的回应，是对其中古典文学精神的庄严致敬"。如斯立论，是可谓朝秦暮楚。批评的枪法如此之乱，殊不知批评者的诚信已甩落何方？
[2] 与李建军的观点相反，海外的评论一般地认为余华、莫言的文学提供了醒目的"中国经验"。如英国《金融时报》（2009年5月25日）的评论说："《兄弟》的流浪汉题材和夸饰的风格使西方读者很容易将之归入拉伯雷的传统，但实际上它是地道的中国式的。"

过偏离。这种信任，其实基于对人类普遍情感的信任，基于对跨语言、跨文化的文学阅读中可通约部分的信任。莎翁、托翁这样的世界性经典作家，其所以在全球读者中备受认可，便在于文学中的可通约部分可以轻易地穿越语言的屏障，带给我们可以共鸣的情感与可以共享的经验。余华倒是说过：文学是更早的全球化。在莎翁和托翁的著作里，中国读者一样能发现为中国人所熟悉的"情绪和体验"，正如余华或莫言也可以写出让"西方人熟悉的情绪和体验"。这是"文学全球化"的前提和意义所在。这不是什么秘密，而是文学常识。假如置这样的常识于不顾，偏执于对本土语言与本土经验的狭隘化、绝对化理解，实际上是一种文化遗老式的自恋与自大，依其思路和逻辑，世界范围内的文学交流还有意义、有必要、有可能吗？之前已然发生过的交流岂不荒谬？

中国当代文学在其"全球化"过程中，会引发"海外之音"，是很自然的现象。海外之音或有迷乱之处，据理驳之即可。只不过，凡事要有一个理性分析的态度：既不可将饱含赞誉的海外之音一概视为"迷乱"，也不可将含带讥嘲的海外之音统统视为"至理"。我向来反对，莎士比亚、托尔斯泰或卡夫卡这些名字在我们的文学批评中只被视为偶像，用以使我们的文学产生自我矮化的心理效应。这样的批评心态，已显而易见地导致了这样的境况：一旦我们的作家被与左拉、拉伯雷、狄更斯、君特·格拉斯相提并论时，我们的某些批评家便立时心理失衡，仿佛裁判所的权杖不意一时易手，导致旧案重审，结论新下，使其既惶然又愤然。

其实，一部已然出版的作品受到推崇或贬损，在何时何处受到何种程度的推崇或贬损，并不是作家本人可以控制的，也非他本人可以预想的。作家本人的主观努力固然是一个方面，但另一方面，有太多外在的客观因素制约着作品的成败。当有的批评家指斥当下这个"文学权力严重异化的时代"，喝问此一时代"谁是最有权力的人？"时，却把枪口对准了如余华、莫言等"那些享有巨大声望资源的人"，"那些获得巨大市场号召力的人"[1]。每个时代的文学，都有享有巨大声望资源的人，有拥有巨大市场号召力的人，比如备受李建军推崇、认为其水准不亚于任何"诺奖"得主的鲁迅和张爱玲。是不是可以就此认为，鲁迅或张爱玲（将这两个姓名并举，感觉就是别扭，不知道有些人这样做时为何不别扭）也是一个让文学权力产生严重异化的魁首？其实，在李建军那篇《武夷山交锋记》里不难发现，一个"享有巨大声望资源的"、被李建军直斥为最具"文学权力"的当代作家，在与李建军这样一个枪法混乱的批评家短兵相接时，丝毫看不出前者有什么得之于权力的强硬，倒是后者全方位的

---

[1] 李建军:《武夷山交锋记》，载《文学自由谈》，2006 年第 2 期。

"理直气壮"让人产生了"秀才遇到兵"的错觉。实际上，在这个"文学权力严重异化的时代"里，作家个人仍然是脆弱的；真正强大的，是制约着作家个人成败的客观机制，是传媒、市场、体制、受众以及其他种种意识形态机器。在"交锋记"这样的文字里，除了能读到与作家一争高下的权力心态，以及俨然已经严重异化了的"立法"冲动外，我感受更多的是某些义正词严的批评家怯于挑战意识形态机器的色厉内荏。

关于《兄弟》的域外评论，有一个问题倒是需要认真面对的，在前面有关"语言"的讨论中，这个问题已显端倪。那就是翻译问题。因为语言转译，"写在纸上的东西改变了"。

实际上，海外的有关中国当代文学的批评，如对《兄弟》的批评，并不源自对中文原著的阅读，大多数的海外评论者不需要那种对于中文的口诵心惟、日积月累的慢功夫。海外评论者自有已转译成其母语的版本可供凭借。我估摸着，这和中译本《静静的顿河》之于李建军，其阅读模式并无二致。虽然不精研于外语，但这并不意味着只读中译本的中国读者无权、无力对《静静的顿河》做出文学判断与文学批评。尤其是，我们还清楚地知道，百年以来，诸多中译本的外国文学经典，一直是我们的文学批评操练中醒目的参照，是我们的批评话语中左右逢源的知识谱系。同样，海外批评界一样可以凭借英译、德译、法译本来对《兄弟》进行批评言说。

　　问题的关键在于译本的优劣以及由此造成的意义转达的有
效性和相对可靠性。译本与原著之间不会是一对一的正确尺寸
与恰当形象。在翻译学所能包容的合理尺度内指责转译时出现
的某种走样、变形，是没有意义的。试想，即使是当下中国，
同在中文背景之下，某些南方人也未必尽能参透王朔小说里的
京片子。而所谓文学翻译的优劣及其意义转达的有效性、可靠
性，最终总是指向语言修为与诗学规范、审美习惯与文化差异
等诸多元素的博弈：一方面，译者有义务准确地把握并再现原著
作者的写作意图和写作方式，使原著在内容和形式上的特殊性
得以呈现在他国读者面前；另一方面，译者有必要将原著语言的
异质性控制在他国主流诗学规范可以接受的范围内，使译本能
够被他国大多数读者所接受。这样的局面并不容易达到。翻译
曾经是，现在仍然是，将来也永远是一个棘手的难题。

　　就我的阅读所及，目前国内只有两篇文章论及《兄弟》的
译文优劣。一是杭零、许钧的《〈兄弟〉的不同诠释与接受——
余华在法兰西文化语境中的译介》①，二是郭建玲的论文《异域的
眼光:〈兄弟〉在英语世界的翻译与接受》②。两篇文章通过对《兄
弟》法译本与英译本的研究，不约而同地表达了一个相同的看

---

①　杭零、许钧:《〈兄弟〉的不同诠释与接受——余华在法兰西文化语境中的译介》，载
《文艺争鸣》，2010 年第 4 期。
②　郭建玲:《异域的眼光:〈兄弟〉在英语世界的翻译与接受》，载《文艺争鸣》，2010 年第
12 期。

法:《兄弟》的法译和英译，都是成功的译本。

　　杭零、许钧的文章称，《兄弟》的法译本是一个"高质量的译本，为《兄弟》在法国的接受奠定了基础"。译者何碧玉（Isabelle Rabut）、安必诺（Angel Pino）夫妇是法国最为活跃的中国现当代文学翻译家，他们的译本"一向以高质量著称，这无疑与他们扎实的汉语功底、良好的文学修养和严谨的译风有着密不可分的关系"。由于译者对余华的长期关注与研究，他们"对原作叙述方式准确的理解和作品翻译难点的清醒认识，使得余华的语言风格和语言的隐喻意义在译本中有可能得到最大程度的再现"。同时，由于"在翻译过程中能够充分重视原作中特有的文学因素和其中裹挟的文化因素的传递，因此也就在很大程度上保证了译文在语言和风格上的忠实性，以及翻译作品所应具有的文化间性"。① 在另一篇文章中，杭零等再次强调，余华的《兄弟》、莫言的《丰乳肥臀》之所以在法国取得不俗反响，"就与汉学家何碧玉、安必诺以及杜特莱夫妇精良的译本不无关系"②。

　　郭建玲的文章称，由分别执教于哈佛大学、佛罗里达大学的周成荫、卡洛斯·罗杰斯夫妇担纲翻译的英译本《兄弟》"得到了主流媒体的广泛称赞，并入选 2008 年曼氏亚洲文学奖……译

① 杭零、许钧：《〈兄弟〉的不同诠释与接受——余华在法兰西文化语境中的译介》，载《文艺争鸣》，2010 年第 4 期。
② 杭零、许钧：《翻译与中国当代文学的接受》，载《文艺争鸣》，2010 年第 6 期。

者准确地把握了余华的语言风格和叙事特点，译笔'熟悉灵活'，整体风格'健朗活泼'，'出色地保留了原文的美感和嬉笑怒骂的闹剧风格'"；"英译本较为成功地保持了叙述的流畅，'不仅叙述者诙谐活泼，跃然纸上，语调一致，而且译者还压缩了原文的长句，以符合英语的习惯，同时又不失原句的节奏和原著松散的风格'"；"周氏夫妇的翻译较好地保留了《兄弟》原著的文学旨趣，维持了批判锋芒与文学叙述的原有张力，将作家的社会批判始终控制在文学的现实和审美语境之内，而没有直露地戳穿语言的表面，使之沦为次等的谴责文学，这无疑为西方读书界从文学层面接受和评价《兄弟》提供了可靠的文本"。

至少，就《兄弟》的法译本和英译本而言，当是有效的、可靠的译本，它们对于向读者传达原作者的写作意图与写作方式，对于向读者呈现原著在内容和形式上的特殊性，有着让人心里踏实的保障。换句话说，我们不必太过担心《兄弟》会被法、英读者曲解，也不必义愤填膺地抱怨评论《兄弟》的"海外之音"尽是"胡说"。

当然，话要说回来：因为文化、政治、审美等方面的差异，翻译与跨语言、跨文化接受中的曲解与错位总是相伴相随的。比如杭零等就发现，虽然"中法两国的主流审美范式之间并非没有共通之处，但它们之间的差异使得那些不被中国主流审美标准所认可的叙事内容、叙事立场和叙事方式能够得到从另一个角度出发的理解"。比如，在国内饱受争议的"粗俗"，在法语读者中则是另一种遭遇："我们可以看到，法国评论者并非对粗鄙性事物有某种偏好，但他们不会因为作品中粗鄙性因素的大量存在而断然否认其文学性，这是他们与某些中国评论者的区别，特别是当他们认定作者实际上是在采用一种'粗鄙修辞'以服务于某个严肃的文学目的时，他们对这种粗鄙化的倾向反而会表现出一种赞扬的态度"①。在英语评论中也有着将《兄弟》中的"处美人大赛"与北京奥运会进行联想式比照的"过度阐释"②。但诸如此类的曲解甚至"误读"，在比较文学的范畴里都属应有之义。某种意义上——比如在"新批评"看来，曲解（意图的迷误）和误读（意义的迷误）有可能反过来证明文学文本的开放性与丰富性。至少，如前面文字所示，也许正是这种曲解和"误读"提醒我们，在中国之外有着其他的对于当代汉语文学理解不一的阅读人群，同时也提供给我们在进行文学批评时或有必要参考的"世界文学"的维度。

余华曾寄希望于用时间来证明《兄弟》的价值，他为之预设的时间段落是"五十年"。我不知道他这样的提法，是以退为进，还是仅属招架。毕竟，五十年后，参与《兄弟》论争的当事人大

---

① 杭零、许钧:《〈兄弟〉的不同诠释与接受——余华在法兰西文化语境中的译介》，载《文艺争鸣》，2010 年第 4 期。
② 法国《解放报》报记者就北京奥运会问题向余华征询时，余华曾如此诚恳作答："我从来没想过这是一起政治事件。应该把奥运会还给体育。"

多仙去。一个让大多数人无法亲历的结果，既虚且憾。

德国《世界报》2009年9月26日的评论里，劈头写道：

> 1959年是德国战后文学的"奇迹年"，同年，君特·格拉斯的《铁皮鼓》出版时，引发的读者热情并不一致。一方面人们谈论"令人着迷的时代讽刺文学"，甚至"天才时代"（美国《里士满时事派遣报》的评论家们很快公布了诺贝尔奖提名），另一方面读者却对其显示了极大的反对和厌恶。《铁皮鼓》被称为"迟钝的反抗"，小说被认为是"抑郁的色情文学"，并最终上升到"荒唐和恶心的程度"。
>
> 半个世纪后，中国产生了类似的反响。同样一组评论家聚在一起，像他们自己所说，是为了打消知名作家余华（曾经以牙医为生）的希望。一个"黄色"的希望，因为余华的小说《兄弟》被看作色情的；一个错误的希望，因为作者破坏了可能性的所有规定；一个被破坏的希望，因为这本书政治上是错误的；也是一个"黑色"的希望，因为它不同于所有文学作品具有使人向善的作用，败坏了道德。

但真正有意思的是，这篇评论认为，"余华的小说致力于'挖掘深刻的荒唐和憎恶'，这也是五十年前《铁皮鼓》不受欢迎的特点"。

我想，无论是余华和《兄弟》曾在中国陷入过的处境，还是余华为《兄弟》的未来预设的许诺，都表明：历史就是这样，经常会在循环中回到相似的起点。

此时，关于《兄弟》的"海外之音"突然也让我想起文学史上的另一段相似情景。博尔赫斯的英文译者乔瓦尼曾回忆：当年，阿根廷国内的文学批评界大肆地攻讦博尔赫斯，指责其作品不过是欧洲现代主义的拙劣赝品；博尔赫斯忍无可忍地大声回击道：不，恰恰相反，我在欧洲早已拥有不计其数的追随者。

不信，你可以听听那些响亮的"海外之音"。

三

· · · ·

余华小说的张力叙事

一

"张力"一词原为力学术语，指"一种与物体伸长或扩张相联系的弹性力"①。具体地说，张力是指物体内部方向相反又相互作用的两股力量。物体在张力的作用下形成某种"势"，这种"势"显示了物体内部诸结构要素的紧张关系。"张力"作为诗学概念，是新批评派对康德"二律背反"命题在文学批评中的一次创造性运用。因此，作为一种艺术思维与批评手段，它主要得益于辩证法的思想方法，亦即福勒（Fowler）所谓"一般而论，凡是存在着对立而又相互联系的力量、冲动或意义的地方，都存在着张力"。②因而，在"张力诗学"看来，张力存在于美丑之间、善恶之间、正反之间、虚实之间、现实与模仿之间、外延与内涵之间、肯定与否定之间、有限与无限之间、刻板与随意之间……一切相互对峙而又相互作用的原则、意义、情感、修辞、语词，都可产生张力。诗歌内部诸种能动的二元对立所产生的张力，使诗歌内部诸要素精确地落位于某种美学序列中，形成某种"势"，这种"势"被新批评派称为"有机的形式"。卡西尔（Cassirer）曾有言："一切时代的伟大艺术都来自两种对立

① 参见许国保主编:《简明物理学词典》，上海：上海辞书出版社，1987年，第350页。
② 参见王先霈等主编:《文学批评术语词典》，上海：上海文艺出版社，1999年，第287页。

力量的相互渗透。"①

概而言之，所谓"张力"或"张力诗学"，首先是指存在一个二项式，然后对立、冲突的两极在撕扯、抵牾、拉伸中造成诗歌文本内部的某种紧张，并通过悖论式的逻辑达成某种出人意料的语义或意境。在中国，南朝王籍《入若耶溪》中的"蝉噪林逾静，鸟鸣山更幽"句便是"张力诗学"的典范。此句中，"蝉噪／林静""鸟鸣／山幽"分别是一个"动／静"二项式，"动""静"之间语义背离，形成两极，但两极间的相互作用却相辅相成，营造出一个动中有静的新的意境。清代诗论家吴雷发由此进一步发挥道："真中有幻，动中有静，寂处有音，冷处有神，味外有味，诗之绝类离群者也。"② 在西方，波德莱尔的《恶之花》也是"张力诗学"的杰出范本。以"恶"示"美"式的张力，是《恶之花》基本的诗学或修辞。甚至有人认为，文体与目的不一致也是《恶之花》的张力之一："诗歌是由于赞美而形成的优美文体形式……用诗来描写丑陋的东西，则是文体与目的不一致的一种表现。波德莱尔的《恶之花》就是这种现象的最典型的代表。"③

由于存在于心理、社会以及作为其表达手段的语言结构之内的张力不断地被认识和发现，"张力诗学"或张力论不断地被

① ［德］恩斯特·卡西尔：《人论》，甘阳译，上海：上海译文出版社，1986年，第207页。
② ［清］吴雷发：《说诗菅蒯》，转引自胡经之主编《中国古典美学丛编》（上），北京：中华书局，1988年，第264页。
③ 董小英：《叙述学》，北京：社会科学文献出版社，2001年，第344—345页。

引申，并越出了诗歌理论的边界，在文学批评的众多领域中得到广泛应用。例如它被用来分析古典主义与浪漫主义的对立，用来分析散文风格与诗歌风格的差异。最后，它不可避免地被用于叙事文学，尤其是小说的张力分析，成为叙事学理论的组成部分。

20世纪80年代以后的现代汉语小说，在寻求叙事突破的集体焦虑中进入了关于叙事方式或叙事技法（"怎么写"）的争鸣与实验，直接导致了先锋小说及其他种种小说实验文本的涌现，小说的叙事形态进入了一个令人目不暇接的阶段，并致使"小说形态学"一度成为理论热门。自然，张力叙事作为小说叙事的某种"深层语法"在当代汉语小说的叙事实践/实验中生成了诸多的可谓异彩纷呈的变体。仅就中国当代晚近小说来看，张力叙事就被自发或自觉地大量采用，不仅造就了摇曳多姿的文本景观，还造就了杰出的艺术范本。

毫无疑问，作为近20年来最具代表性的当代中国作家，余华以其极富张力的叙事艺术为当代中国叙事文学提供了样板，丰富和深化了中国当代文学批评对于张力叙事的认识。在晚近的评论中，已有论者精辟地阐述了余华小说中"叙述的辩证法"，阐述了"多与少、简与繁、轻与重、悲与喜，甚至智与愚"以及"自私与高尚，虚伪和真诚"等张力元素的分布与运作。[①] 这些

---

① 参见张清华：《文学的减法——论余华》，载《南方文坛》，2002年第4期。

分析都表明，余华谙熟张力的诸种结构，并能驾轻就熟地将叙述置放于诸种张力关系的某个最佳节点上，使文本张力最大化，由此跻身经典。

二

1987 年，余华发表《十八岁出门远行》。对于这部成名作，余华有过如此回忆："我写出了《十八岁出门远行》，当时我很兴奋，发现写出一篇让自己都感到意外的小说……就将小说拿给李陀看，李陀看完后非常喜欢，他告诉我，说我已经走到了中国当代文学的最前列了。李陀的这句话我一辈子都忘不了。"[①]时任《北京文学》副主编的李陀，作为当代重要的文学批评家，被余华认为是"在我们文学界是 一个非常重要的人物，年轻人都希望被他提拔一下"。[②]这些信息表明这样一种可能：至少从《十八岁出门远行》起，余华已将自己的写作视为是面向文学史的写作。或者说，余华意识到自己将以某种方式和某种形态进入文学史。这使得他开始对文学史（文学传统及形成公论的文学规律与文学标准）进行清理与反思，

---

① 余华、杨绍斌：《"我只要写作，就是回家"——与作家杨绍斌的谈话》，载《当代作家评论》，1999 年第 1 期。
② 余华：《我的文学道路》，载《当代作家评论》，2002 年第 4 期。

以《虚伪的作品》为代表和为起点的一系列文论式随笔可视为这种清理与反思的成果。

笼罩着余华的文学成规说起来并不新鲜：它就是以意识形态推论下的"真实"和"典型"为命题的现实主义传统。现实主义尽管在自现代以来的中国小说史上有着若干变体，有着某些阶段性属性，但"现实主义"本身却一直是现代以来中国小说主导的创作原则，其核心部分有着定型的质的规定性。由现实主义传统形成的叙事成规，正是余华在《虚伪的作品》中所试图展开批判和颠覆的逻辑起点。在余华的认知中，20世纪的现代主义文学是为中国的文学传统所排斥的异端邪说，[①] 而作为先锋作家余华所做的努力则是为了使小说"更为接近现代"，接近"来自卡夫卡的传统"。因为先锋派一般地被理解为是现代主义的激进形式，是"一种更为明显的疏远现实主义，一种对现实主义更为有力的清算"。[②] 与此同时，他进一步将自己的"努力"做出这样的定位："这种接近现代的努力将具体体现在叙述方式、语言和结构、时间和人物处理上，就是如何寻求更为真实的表现形式。"[③] 可以说，余华以基于作家个体想象的、超越常识和日常经

---

① 参见余华：《两个问题》，见《我能否相信自己》，北京：人民日报出版社，1998年，第174页。
② ［英］理查德·墨菲：《先锋派散论》，朱进东译，南京：南京大学出版社，2007年，第10页。
③ 余华：《虚伪的作品》，载《上海文论》，1989年第5期。

验的"虚伪的形式"开始了面向文学史的写作。对于形式实验的强调，使余华及其所代表的先锋派与文学史、文学传统、现实主义形成对峙，他及他们由此成为文学史张力的一维。

这里的问题是，这样的张力更多地外在于余华的作品，正如文学史外在于余华本人。当"先锋"也成为"传统"之后，"先锋艺术"本身也成为艺术体制之后，便是其外在的张力也消失了。余华显然意识到了这个问题。他对鲁迅的重读与对以巴尔扎克、托尔斯泰为代表的 19 世纪欧洲文学的审度和重估 ①，都能说明他此刻的紧张。如何真正摆脱叙事成规的围追堵截，如何缓释"影响的焦虑"，此时，哈罗德·布鲁姆的"修正比"理论也许是最好的出路。

以《活着》为标志，余华为自己找到了一个完美的"修正比"。詹姆逊认为，现实主义对于相沿成习的有关生活的假定进行了一种"系统的潜在损毁和非神秘化，一种还圣为俗的'解码'工作"。而现代主义则正好相反。② 我把余华在《活着》以后的写作称为寻找"圣""俗"之间的修正比，也就是说，他将现代主义与现实主义之间的某种张力以适当的修正比来驱动他的叙事。于是外部的张力开始迁徙，开始成为他写作中的内在力

---

① 余华曾说："阅读 19 世纪的小说更容易令人激动，因为它的叙述强度明显高于 20 世纪的小说，托尔斯泰、狄更斯、陀思妥耶夫斯基是那个时代的代表，他们朴素而伟大。"参见余华：《越成熟越不要技巧》，载《东方早报》，2005 年 8 月 5 日。
② 参见马丁·华莱士：《当代叙事学》，伍晓明译，北京：北京大学出版社，1990 年，第 61 页。

量，开始内在于他的文本，成为他的一种文本形态。

先锋小说最初是一场面向叙事成规的叙事革命。余华说："就我个人而言，在最初的写作的时候，我感到一位真正的小说家应该精通现代叙述里的各种技巧，就像是一位手艺工人精通自己的工作一样。我便像一位在手艺上精益求精的工人，从事自己的写作。就这样，我被认为是先锋派的作家。"① 由此可以看到，先锋派时期的余华，对于文学的态度主要是一种技术的态度，汪晖称其为是一种依塞亚·柏林所谓的"法国态度"，按照这种态度，艺术家的唯一义务就是生产好的作品，至于他的道德和日常趣味与他是否是一位伟大的艺术家毫无关系。② 这一时期，余华以"背离了现状世界提供给我的秩序和逻辑"的"虚伪的形式"来试图抵达其所谓的"本质的真实"③。其《四月三日事件》《现实一种》等小说无不如此。总体而言，这一时期的余华惯用现代叙事技法来表达某种现代主题，以夸张、变形来放大死亡、暴力等令人骇讶的情状。他的技法与主题对于当时的阅读经验来说，都是陌生的。

进入 20 世纪 90 年代以后，余华在坚称自己是"永远的先锋"的同时，又称自己是"现实主义作家"。很显然，写于 90 年

① 余华:《两个问题》，见《我能否相信自己》，北京: 人民日报出版社，1998 年，第 179 页。
② 汪晖:《无边的写作——〈我能否相信自己——余华随笔选〉序》，载《当代作家评论》，1999 年第 3 期。
③ 余华:《虚伪的作品》，载《上海文论》，1989 年第 5 期。

代的《活着》和《许三观卖血记》里揉进了柏林所谓的"俄国态度"，即一种关注社会问题的现实主义。余华在这两部小说杰作中，设置和沿用了这样的张力结构：他用一种与现实主义成规相吻合的叙事外表，包容了非现实主义的主题。具体地说，他在《活着》等小说中滤去了某些他惯用的特殊技巧，以高度的写实来主导叙事行为，设立全知视角，使用线性时间，描述日常经验，"还圣为俗"，并让"非本质性细节"看似不经意地充满文本的各个角落。与他早期小说的那种封闭、抽象相比，此时的小说是敞开的、自然的、朴素的，体现着现实主义叙事对于生活或存在的"祛魅"和"解码"作用。但小说在精神主题上却是现代主义的，有形而上学的气质。如《活着》的主题之一便是"讲述了人是为了活着本身而活着的"，与西西弗斯式的关于存在意义之究诘的现代主义命题异曲同工。这就使小说主题有了哲学抽象。加缪曾说："陀思妥耶夫斯基的所有主人公都在问自己生活的意义是什么，这样他们都是现代主义的。现代情趣与古典情趣的区别就在于后者依赖道德问题为生，前者则依赖形而上学的问题。"[①] 这样，小说最后在总体上成为一个完备的象征文本，成为一个巨型象征，具有了寓言性质，从现实主义的语义或阐释框架中脱轨而出。这一次的张力结构概括起来是这样的：

---

① 转引自［美］欧·豪《现代主义概念》，见《现代主义文学研究》（上），北京：中国社会科学出版社，1989年，第177页。

以现实主义的技法（写实、祛魅、解码、相对于我们的阅读经验是熟稔的）抵达现代主义题旨（寓言、返魅、构码、相对于我们的阅读经验依然是陌生的）。现实主义的叙事成规在此成为张力介质。

有必要指出的是，《活着》等小说尽管外表质朴，但如前所述，它很显然蕴涵了高难度的技巧，是余华的"法国态度"的延伸。汪晖曾指出余华的写作一直有着"法国态度"与"俄国态度"的对立统一。①实际上，很明显，直到90年代以后，"俄国态度"才在余华小说里上升为一种可与"法国态度"相颉颃的叙事力量。但正是"法国态度"与"俄国态度"的二元互峙产生的原发性的、深层的张力关系，才使余华超越了自己，让《活着》《许三观卖血记》攀上了新的艺术高度。相反，一些与余华同时起步的先锋作家，在革命/实验的动力耗散之后仍固守技术主义的"法国态度"这一极，便很快失去了自我突破的契机，直至锈迹斑斑。这也从另一面说明了张力叙事在一部作品、一种文学现象，乃至一段文学史中的某种功能性地位。

---

① 汪晖：《〈我能否相信自己〉序》，载《我能否相信自己》，人民日报出版社，1998年，第1页。

三

实际上，由于在现实主义和现代主义的张力结构中寻找到了一个适度的修正比，余华才在之后的写作中得以展开以"多与少、简与繁、轻与重、悲与喜，甚至智与愚"以及"自私与高尚，虚伪和真诚"等为张力元素的"叙述的辩证法"。

最明显的一个方面就是余华在《活着》之后着力发展的黑色幽默式的叙事修辞。黑色幽默的出现，使原来分属于不同畛域的喜剧和悲剧同时并置于一个张力结构中，也就是说，喜剧和悲剧间原来泾渭分明的界限被穿透，悲剧内涵得以用喜剧的方式展现。余华早期的写作尽管也常设置一些怪诞变形的人物和戏剧性场景，会运用反讽的叙述调式和调侃的句式，但却并不具有黑色幽默的性质。正如有论者指出的："余华早期的小说文本因为过于直接地设定一个与传统文学常规迥然不同的怪异景象，常常使某些黑色幽默的因子被许多恐怖叙事所埋没。余华早期小说中暴力动作的叠加，窒息了他的小说中潜在的黑色幽默叙事语境的展开。"① 但在《活着》以后，当人物和场景的设置越来越符合现实主义的叙事要求、越来越趋于朴素与常态时，

---

① 余岱宗：《论余华小说的黑色幽默》，载《福建论坛》，1998 年第 3 期。

悲／喜互峙的黑色幽默就越来越成为余华小说的重要的叙事力量，发展成为他这一时期的醒目的叙事风格。在《许三观卖血记》中，一个又一个的喜剧场景组成了一个悲剧故事，苦难的生活与荒谬的事实都在欢笑或平静这样一些不相称的反应中被打量：卖血能挣钱，并被理解为可以使"身子骨结实"；卖完一次血的感觉被比附为好像"从女人身上下来"；卖完血后可以有喝黄酒吃爆炒猪肝的奢侈享受；为许玉兰的"妓女"身份而在家庭内部召开的煞有其事的批斗会；在极度的饥饿中"用嘴炒菜"的经典段落……苦难与荒谬的皱褶在喜剧化的叙述中被抻平。《兄弟》作为一个悲情故事，同样在黑色幽默的叙事修辞中展开：七岁李光头的"性高潮"与用偷窥屁股的视觉经验换取若干碗阳春面的情节、捡破烂致富的发家史、结扎、丰胸、处美人大赛等同样构成了喜剧化的另一根链条。余华本人在为《兄弟》日文版撰写的自序中，将这一上下两卷的大部头小说称作"情绪失控的作品"，是"一部将极端的悲剧和极端的喜剧熔于一炉的作品"，并称日译者历时两年的翻译是"又哭又笑的翻译"。① 毫无疑问，余华对贯穿于自己写作中的张力结构有着清醒的意识。当批评界越来越多地将许三观的"典型性"与阿Q进行比较分析时，其实意味着《许三观卖血记》在阐释中越来越逼近《阿Q正传》的

---

① 参见余华《兄弟》日文版自序，泉京鹿译，文艺春秋出版社，2008年。

经典性。在《阿Q正传》中，鲁迅正是运用了"悲/喜"互峙的张力结构，即以表层的、外部的喜剧方式来表达深层的、内在的悲剧内涵。且不说在叙述过程中抖落的"儿子打老子"式的"精神胜利法"笑料，即使在小说尾部阿Q临刑时，鲁迅仍然运用了戏谑的调式叙写阿Q的个人悲剧命运及由阿Q所象征的悲剧命运，并将这一节命名为皆大欢喜式的"大团圆"。某种意义上说，正是悲/喜互峙的张力结构成就了《阿Q正传》的经典性。而正是在这一点上，余华以自己对"修正比"的卓越把握，使《许三观卖血记》成为继《阿Q正传》后的又一杰作。

柏拉图的《会饮》结尾录有苏格拉底的话：悲剧家必定也是喜剧家。埃米尔·施塔格尔（Staiger）就将"悲/喜"互峙式的张力结构视为以"紧张"为表征的"戏剧化风格"，并就前述苏格拉底的话进一步阐发道："这番话的意思必定是：悲剧家只能把他的工作一直做到毁灭性的结局，这样他最后才不至于掉进虚无的深渊，而是掉在喜剧式的土地上，并使那样的人发出原始的笑，响彻他的世界的虚墟上空。"[①]苏格拉底及施塔格尔的这番话显然可以用作对余华《许三观卖血记》等作品之"悲/喜"互峙式张力叙事的某种精辟诠释。

其次，虚/实之间的修正比在《活着》以后的小说中有了新

[①]［瑞士］埃米尔·施塔格尔：《诗学的基本概念》，胡其鼎译，北京：中国社会科学出版社，1992年，第171页。

的配方。众所周知，"虚"或"虚伪"是余华创作思维中的重要概念。"虚"在余华那里有本体论意味，因为这是他借以诠释世界的态度与路径。《虚伪的作品》是他对自己此前一系列先锋小说的一个总结；关于这个总结，另有论者总结道：在余华看来，"虚的总比实的真理性更强"①。借助"虚"或"虚伪的形式"，余华"背离了现状世界提供给我的秩序和逻辑，然而却使我自由地接近了真实"。究其根本而言，余华对"虚"的标举，其意在抵制被"大众"和"常识"所肯定了的"实"。因此，余华的凭借"虚"而"自由地接近了"的"真实"，是个人的和偏离常识的。在这样的创作思维推动下，《十八岁出门远行》和《现实一种》的醒目处便是"对常理的破坏"；《世事如烟》"采用了并置、错位的结构方式"，"人与人，人与物，物与物；情节与情节，细节与细节的连接都显得若即若离，时隐时现"；《此文献给少女杨柳》则"使用时间分离、时间重叠、时间错位等方法"；② 人物性格同样也是不重要的，因此在《世事如烟》里用于标示人物的便是一连串的阿拉伯数字。"虚伪的作品"由此而生。

平心而论，余华是个富有"细节感"的作家，并有着不凡的写实功力，他的《一九八六年》和《死亡叙述》中那些惊心动魄的暴力场景的纤毫毕露的自然主义笔法足以证明这一点。但这

---

① 赵毅衡：《非语义化的凯旋——细读余华》，载《当代作家评论》，1991 年第 2 期。
② 余华：《虚伪的作品》，载《上海文论》，1989 年第 5 期。

些叙述因为破坏了"常理"而只能被认定为是具有余华个人标记的、想象中的现实，以余华本人喜欢的说法便是"强劲的想象产生事实"。说到底，它们仍然是"虚"的。

"纯虚"的写作，从《活着》开始才被修正。在写于1999年的《温暖和百感交集的旅程》中，余华从一个崭新的角度重新审读了卡夫卡。他以卡夫卡的小说《在流放地》为例，试图说明"一个作家叙述时产生的力量的支点在什么地方"，他写道："《在流放地》清晰地展示了卡夫卡叙述中伸展出去的枝叶，在对那架杀人机器细致入微的描写里，这位作家表达出了和巴尔扎克同样准确的现实感，这样的现实感也在故事的其他部分不断涌现，正是这些拥有了现实依据的描述，才构造了卡夫卡的故事的地基。事实上他所有的作品都是如此。"[①]

四

有一位德国学生来信，就余华的《活着》向我询问如下问题：1.自余华的《活着》出版以来，其销量如何？其读者来自哪个社会群体（年龄段、性别、职业等）？ 2.《活着》出版16年以来，读者对这本书的感受是否随着时代的不同而改变？

---

① 余华：《温暖和百感交集的旅程》，载《读书》，1999年第7期。

相比于《许三观卖血记》,《活着》也许不是余华最杰出的作品。但对上述两个问题的答复却使《活着》别具意义。

据不完全统计,《活着》的单行本在出版后的 10 年里发行了 100 多万册。这不包括最初发表《活着》的文学杂志的发行量,不包括《活着》发表后被各种文学期刊转载的发行量,也不包括《活着》收入其中的余华小说选本的发行量,不包括《活着》在中国台湾和中国香港的出版发行量。仅就这个 100 万册,仍然是一个让出版界震撼的数字。有趣的是,"1993 年至 1997 年该书发行量还不到 1 万册"①,尽管期间曾有张艺谋、巩俐、葛优将其改拍为电影并在戛纳获奖的广告效应。

中国的当代作家基本上有其相对固定的读者群,如王蒙之于中老年知识分子,王安忆之于高校职业读者,韩寒之于"80后"。但余华的读者群体基本上没有边界,他是中国当代为数不多的拥有"跨界"(跨越年龄/职业/性别/身份的界线)读者群的作家之一。余华小说在中国具备阅读能力的任何一个群体中几乎都拥有读者。这一点从《活着》的发行量上就可以多少说明。从这一点上说,余华是当下中国最具影响力的作家。

《活着》发表后,非常有意思的是,中国的读者给予这部小说众口一词的好评,为数甚微的批评意见并不构成对这部小说

---

① 徐林正:《先锋余华》,杭州:浙江文艺出版社,2003 年,第 34 页。

的否定性力量。在"中国学术期刊网"（CNKI）上以"活着"为关键词进行搜索，可看到有关《活着》的学术论文达133篇，其中，1993年至1999年的论文数量仅为9篇，其余皆为2000年至2007年间发表（其中2006年至2007年间发表的论文最多，分别为39篇和19篇）。可见，对于《活着》的研究，在这8年里达到一个高潮。也可见，中国的文学批评界对余华及其《活着》的关注程度越来越高。如果说这十几年来中国读者对《活着》的阅读感受有何变化的话，那就是对《活着》的肯定程度越来越高。

以上统计信息，可用来说明这样一些问题：1.正如有论者指出的那样，《活着》"这部小说在其问世伊始并没有立即获得后来这样巨大的声誉，原因只是人们只能'逐渐地看到'它在简单外表下所潜藏着的巨大丰富的潜文本。为什么没有一下子发现？是因为它已然简化到了一个近乎单纯的程度"。[①]"简化""单纯"对应着"巨大""丰富"；简与繁之间的张力结构作为潜藏于《活着》文本之中的诸种张力结构的代表，说明了这部小说成功的根本因素。由于张力点的跨度遥远，致使对《活着》的阐释与接受也需要一个相对漫长的时间跨度来对应。这样的跨度只用来说明一部作品的杰出。2.在诸如"现实主义/现代主义""悲/

---

① 张清华:《文学的减法——论余华》，载《南方文坛》，2002年第4期。

喜""虚 / 实""简 / 繁""巧 / 拙"等等多种张力结构共同作用下所形成的幅员壮观、力量饱绽的张力面,理所当然地覆盖了尽可能多的读者群体。不同的群体在这个张力面的不同层次和不同区域中获得深浅不一、多寡不一的意义共鸣与价值认同。所谓"仁者见仁、智者见智",说到底,也是用以形容作品的杰出。

有意思的是,在余华迄今为止的作品谱系中,前期后期的风格反差也构成了余华自身的张力。不过,不管怎么说,当一种张力结构在写作中被凝固,在阐释中被指认,在接受中成为定势,这就意味着作家必须要开始对另一种张力结构的寻找了。

四

· · · ·

永远的化蛹为蝶

在中国，"余华"之于"先锋"，几为一对互为表里的称谓。自余华成名以来，"先锋"就为"余华"进行了及时的定义，"余华"也为"先锋"提供了完美的注解。2014年3月，在北京师范大学国际写作中心为余华举办的一个研讨会上，其议题就直接将余华的三十年创作经历命名为"先锋的道路"①。一直以来，存在着对"先锋"的两种理解：一是，取其作为舶来语之本义，重视其"前卫""探索""一往无前"的艺术精神，强调其与一切传统、一切陈规决裂的、革命性的艺术形象，这个"先锋"，是一种气质象征：孤绝、峻洁、遗世独立；二是，取其狭义，特指20世纪80年代发生在中国大陆的"先锋文学"运动。关于余华，当有人称其为"永远的先锋"时，或将其三十年的创作命名为"先锋的道路"时，即取义前者，强调余华的"先锋气质"，且这种"气质"有旗帜鲜明、坚定锐利、一以贯之、咄咄逼人的强势。当我们谈论"先锋文学"时，则取义后者，这时余华的名字常与马原、格非、苏童等并举——多数时候，人们都是在这个范畴里讨论余华或"先锋"。但是，有意味的是，在谈论"永远的先锋"时，能与余华名字并举的，却罕有他人。

流行的文学史著已纷纷给予"先锋文学"盖棺定论式的评价，这些评价通常都给这场文学运动以各种溢美之词辞，以确

---

① 2014年3月14日，北京师范大学国际写作中心举行了驻校作家余华的入校仪式，随即召开题为"先锋的道路：余华创作三十年"研讨会。

立其在文学史版图上的里程碑意义。比如陈思和主编的《中国当代文学史教程》便认为，先锋小说甫一发端便"在叙事革命、语言实验、生存状态三个层面上同时进行"，随着先锋作家在这三个层面上的努力推进，不过区区数年，先锋小说"对以后文学创作的影响之大，是不应该低估的"，因为"先锋文学的出现，……使得极端个人化的写作成为可能。……经由这个途径，文学（方才）进入 90 年代的个人写作与个体叙事的无名状态"。[1] 如果我没理解错，陈思和与他的团队认为，先锋文学在形式实验与思想建构两方面都建树颇丰（在"形式"与"思想"两个向度上同时发动革命、并颇多斩获的文学运动，堪称"完美风暴"。关于先锋文学的"思想建构"，可参考莫言在评论余华时的说法，他认为："其实，当代小说的突破早已不是形式上的突破，而是哲学上的突破。"[2]），因此它具有深远的文学史意义。毫无疑问，先锋文学运动中的先锋作家们自然也纷纷获得了"里程碑"式的赞誉，其中杰出者如余华，甚至早在 1988 年便获得了"大师"的褒奖，并被与鲁迅相提并论："在新潮小说创作，甚至在整个中国文学中，余华是一个最有代表性的鲁迅

---

[1] 陈思和主编：《中国当代文学史教程》，上海：复旦大学出版社，1999 年，第 291、294、295 页。
[2] 莫言：《清醒的说梦者——关于余华及其小说的杂感》，载《当代作家评论》，1991 年第 2 期。

精神继承者和发扬者。"① 不多久，顺理成章的评价是："理解鲁迅为解读余华提供了钥匙，理解余华则为鲁迅研究提供了全新的角度。"②——尽管余华自己坦承，"30多岁以后我才与鲁迅的小说亲近"③。

　　总体上看，上述种种有力地铸就了对于"先锋文学"的认知与评价的基本定势。由于这样一种基本定势的存在，这些年，评论界有关"纯文学"的讨论再次反复提及"先锋文学"——它被毫无疑问地视为"纯文学"的塔尖。而这次有关"纯文学""先锋文学"的讨论，则赋予了它更多的意识形态色彩，换句话说，"先锋文学"不只被视为形式变革，视为对僵化的反映论的突破，而且它同时是——而且可能首先是话语革命、文化弑父和意识形态对峙。"先锋文学"被赋予了更多的文学史内涵，对于它的历史评价也到了一个令人窒息的高度。余华作为一名小说家的个人形象，被许多人定格在"先锋文学"时期，这些人认为"先锋时期"是余华个人文学成就的巅峰，因此，当这些人在对余华的所谓"转型"感到失望时，批评的口径都几乎是相同的——他们不约而同地认为余华后来的"失败"盖因其背叛了"先锋时期"的文学信念，从而丧失了"批判意识"和"批判立场"。在这种批

① 李劼:《论中国当代新潮小说》，载《钟山》，1988年第5期。李劼此文将余华称为"语言大师"。
② 赵毅衡:《非语义化的凯旋——细读余华》，载《当代作家评论》，1991年第2期。
③ 余华:《三十岁后读鲁迅》，载《青年作家》，2007年第1期。

评结论里，只有"先锋时期"的余华方才值得肯定和推崇。

当然，也有相左的意见。比如，有论者认为，先锋文学是"中国当代文学六十年来第一次形成规模的'去政治化'而'工具化'的文学思潮"，质疑先锋文学"究竟是模仿西方现代派形式主义而推动了中国文学的审美品位呢，还是对几十年'极左'思潮畏惧妥协的结果呢"①。论者从思想启蒙的角度出发，认为先锋文学不具备思想启蒙的意义，最多也只有文学启蒙的意义，并且正是由于它在形式和语言实验中的某种表演性冲淡了它的启蒙性。此外，也有对将"先锋时期"的余华与鲁迅并提感到不屑与愤怒的②。但是，这些质疑和批评，表面上是一种否定，却暗含了对先锋文学和先锋作家的某种期许。

然而，有趣的是，先锋作家却并不都这样"高看"自己。苏童就坚持认为，容易被归类、被贴上群属标签的作家一定不是最优秀的作家，因为最优秀的作家一定是独一无二的。苏童此言就是想否定"先锋文学"或"先锋作家"这样的称谓对于自己的圈定。而余华更直接，他认为"对先锋文学的所有批评，其实都是对先锋文学的一种高估"，他说："别说是思想启蒙，称先锋文学是文学启蒙，我都认为是给先锋文学贴金了。先锋文学没

① 丁帆:《八十年代：文学思潮中启蒙与反启蒙的再思考》，载《当代作家评论》，2010年第1期。
② 王彬彬:《残雪、余华："真的恶声"？——残雪、余华与鲁迅的一种比较研究》，载《当代作家评论》，1992年第1期。

那么了不起，它还是个学徒阶段。"[①] "先锋作家"如此这般的自我否定，让批评界不免心生尴尬：他们不仅嘲笑了批评界一直以来的自以为是，让我们发现一直以来（可能）对他们臧否失宜，更甚者，是我们不难发现，当下的文学批评或已在他们心中失去了重量。

余华曾用"永远的先锋""真正的先锋"来表达过某种自我期许，每当这时候，都能看出他对"先锋"这一字眼的器重、珍爱。正因如此，他更愿意用"实验小说"来替代批评界对"先锋小说"的命名："我认为，'实验小说'的提法比'先锋小说'更为准确。"无疑，"实验"的语义接近于余华所认为的"见习""学徒"的含义。这种"差评"，是余华对自己文学起步阶段的写作成就的自我评定，有一种自我约束式的谦逊；这同时也是余华对"先锋"旗下作家群体的一个概括式评价，有一种不加粉饰的直率。他说："一些先锋作家，如马原、残雪、莫言、苏童等，他们的作品，或者在思想启蒙性上，或者在艺术启蒙性上，都是高于同时代的其他作家和作品的。不过，这个'高于'究竟有多高，我看也并没有多高。……所以，从'伤痕'到'先锋'，这十年间，我们只是完成了一个学徒阶段。"[②]

我曾认真思忖过余华对先锋文学的否定式评价。我认为，

---

① 王侃、余华：《我想写出一个国家的疼痛》，载《东吴学术》，2010 年创刊号。
② 王侃、余华：《我想写出一个国家的疼痛》，载《东吴学术》，2010 年创刊号。

这不是余华的谦虚，相反，他说出了一种文学史事实。一直以来，我们在谈论余华时所谓的"先锋性""批判性"都是批评界的一种认定，对于作家来说，它们都是从外部套加的命名。有资料表明，20世纪80年代的先锋文学在关键处得力于人为，得力于文学杂志的精心策划，得力于文学批评这一背后推手。① 时值青年的余华正为厌医羡文、弃医从文、从文后努力从一个小地方去到大地方等一连串的世俗理想而奋斗，我们有理由相信，那时的余华并不对"先锋性""批判性"持有自觉意识。毋宁说"先锋性""批判性"之于余华更多的是一种下意识，是直觉式的。在余华那时的文学思维中，"思想性"多半是伴生的，是无目的而合目的的。我们过高地评论了那个时期余华的思想气质，而相对地忽略了他的美学气质。比如，当他写"暴力"时，我们提升了"暴力"的意义层次，并在这个被抬升的层次上频繁讨论，而忽略了余华浪漫、忧郁的美学面向——那个时期的余华，更多地让我联想到一个男孩，一个在十八岁出门远行时因为一场人性的狙击而不得不止步于青春期、永远停留在黄昏里的男孩：他敏感而无助，细腻而脆弱，他是世界的旁观者而非见证人、局外人而非参与者，他无法用明晰的思想去洞悉、解释和统驭他所目击的纷繁世相，世相的碎片只能以纤毫毕现的细

---

① 有关于此，可参见《一个人的文学史（1983—2007）》中程永新与余华等先锋作家的通信。《一个人的文学史（1983—2007）》，程永新著，天津：天津人民出版社，2007年。

节保存在他的记忆里，直到他日后掌握了一种精确的叙述能力，逐一将它们统统付之文字。余华在这个时期的写作，仿佛一个举着火把的孩子不意间步入了人性的黑洞，他对于暴力、死亡等黑暗质素的认知，更多的是通过战栗、惊悚、恐惧等诉诸感官的途径加以表现，而非抽象的思辨。那种"感官的"或"感性的"的方式，是典型的青春期写作：

　　　　柏油马路起伏不止，马路像是贴在海浪上。我走在这条山区公路上，我像一条船。
　　　　我就这样从早晨里穿过，现在走进了下午的尾声，而且还看到了黄昏的头发。

　　　　　　　　　　　　　　　　——《十八岁出门远行》

　　这样的行文，与其说在写小说，毋宁说是在写诗歌。如果我们还记得，在高中阶段，不通音律的余华凭着对音乐简谱的直观认识，进行过他一生中唯一的一次音乐写作——"我记得我曾经将鲁迅的《狂人日记》谱写成音乐……我差不多写下了这个世界上最长的一首歌，而且是一首无人能够演奏，也无人有幸聆听的歌。……接下来我又将语文课本里其他的一些内容也打发进了音乐的简谱，我在那个时期的巅峰之作是将数学方程

式和化学反应也都谱写成了歌曲。"①——我们应该明白，这无疑
是一种多半在青春期才会发生的浪漫举动，一种对浪漫体验的
内在追逐，并且，我更愿意指出，当他说出这是"一首无人能够
演奏，也无人有幸聆听的歌"时汩汩而出、一览无余的零余气
质：孤独、伤感的黄昏形象，嘤咛其声却无心求和的寡欢境况。
我想强调的是，就审美而言，浪漫、忧郁是余华文学的基本面。
但长期以来，由于人们一直在那个被抬升了的意义层次上讨论
余华和"先锋文学"，"批判性""思想性"在这样的讨论中逐渐
凝固为关键词，以致余华文学的基本面被忽略了，而且是完全
被忽略。因此，当这种有着残酷青春之气质的浪漫、忧郁，终
于在《在细雨中呼喊》里有了集束式的爆发，我们的批评界却说
余华开始"转型"了。

　　我想简略地谈论一下余华发表于 1988 年的《死亡叙述》。
选择这个文本的原因之一，是因为它有着直接聚焦于"死亡"和
"暴力"的典型的余华式叙述。这个小说的主题很容易提炼，它
呈现了诚实、良知（文明）如何在野蛮面前瞬间失效的题旨，
如果用余华在此间写作的著名的《虚伪的形式》一文中的话来
说，就是："在暴力和混乱面前，文明只是一个口号，秩序成为
了装饰。"② 这样的主题算不得高超，因为"文明与野蛮的冲突"

---

① 余华:《音乐影响了我的写作》，上海：上海文艺出版社，2004 年，第 4 页。
② 余华:《虚伪的形式》，载《上海文论》，1989 年第 5 期。

被多数人认为是贯穿整个 80 年代的写作主题，是宏大叙事，也是主流叙事，因此，若以"思想性"苛责之，这个小说大约可算是乏善可陈的。这个小说唯一让人震炫的，是它对一个血腥骇人的暴力杀戮过程或场面的细致入微的叙写。余华的语言能力在这次叙写中有着令人叹为观止的极致发挥，他用文字调动了读者的感官经验，使一场纸上的杀戮产生了触目惊心的视听效果：

　　……当我转身准备走的时候，有一个人朝我的脸上打了一拳，这一拳让我感到好像是打在一只沙袋上，发出的声音很沉闷。于是我又重新转回身去，重新看着那幢房屋。那个十来岁的男孩从里面蹿出来。他手里举着一把亮闪闪的镰刀。他扑过来时镰刀也挥了下来，镰刀砍进了我的腹部。那过程十分简单，镰刀像是砍穿了一张纸一样砍穿了我的皮肤，然后就砍断了我的盲肠。接着镰刀拔了出去，镰刀拔出去时不仅又划断了我的直肠，而且还在我腹部划了一道长长的口子，于是里面的肠子一涌而出。当我还来不及用手去捂住肠子时，那个女人挥着一把锄头朝我的脑袋劈下来，我赶紧歪了一下脑袋，锄头劈在了肩胛上，像是砍柴一样地将我的肩胛骨砍成了两半。我听到肩胛断裂时发出的"吱呀"一声，像是打开一扇门的声音。大汉是第三个蹿过来的，他手里挥着的是一把铁搭。那女人的锄头还没有拔出来时，铁搭的四个刺已经砍入了我的胸膛。中间的两个铁刺分别砍断了肺动脉和主动脉，动脉里的血"哗"地一片涌出来，像是倒出去的一盆洗脚水似的。两旁的铁刺则插入了心脏。随后那大汉一用手劲，铁搭被拔了出去，铁搭拔出去后我的两个肺也随之荡到了胸膛外面去了。然后我才倒在地上，我仰脸躺在那里，我的鲜血往四周爬去。我的鲜血很像一棵百年老树隆出地面的根须。我死了。

——《死亡叙述》

这是《死亡叙述》的结尾段落，也是全文的精粹所在。甚至，我们可以如小说题目所示，直接略过"文明与野蛮冲突"的主题线索，只需留意这一段关于死亡的"叙述"。因此，某种意义上说，余华并不真的留心于主题或"思想性"，而是倾心于一种技术性的叙述行为：语言、修辞、视角、节奏、调式……凡此种种，才是他真正着眼并发力之所在——至少就《死亡叙述》来说是这样。用当时评论界讨论先锋文学时常说的一句话来讲，那就是：它的叙述是"自我指涉"的，是非语义化的，因此也是空洞的，因为它并不真正想去追逐"思想性"（语义）。可以说，《死亡叙述》是部炫技之作，语气、措辞、句式都充满了技术性的表演感，余华或叙述者越在叙述过程中显得客观、克制、无我、"零度"、冷静，则越能说明其表演感的强度与表演效果，这就像相声演员在抖落包袱笑翻众生时，自己的表情却必须站在笑的对面。

如果考虑到《十八岁出门远行》《一九八六年》（1987 年）、《现实一种》《河边的错误》《世事如烟》《难逃劫数》《古典爱情》（1988 年）、《往事与刑罚》《鲜血梅花》《爱情故事》《此文献给少女杨柳》以及被广为援引的《虚伪的作品》（1989 年）等作品与《死亡叙述》其实是在同一个写作周期内完成和发表的，我们是否可以据此认为这一批作品具有一定程度的同质性或同一性？实际上，如果我们细加比对，这样的结论应该可以成立，即这一批作品是《死亡叙述》的扩展版、加强版或升级版，《死亡叙述》是它们共同的圆心或底本。这是我将《死亡叙述》作为一个分析样本提出的原因之二：经由这样一个统计学式的分析，我们有理由相信，对于余华来说，进而对于"先锋文学"来说，这个尚醉心于招式，技痒时喜于炫示人前的幼稚阶段，确实是一个"学徒阶段"。

我们还可以追加一些样本的分析，比如《虚伪的作品》《文学中的现实》等随笔或创作谈。这两篇文章的核心内容都谈及"文学"与"现实"的关系。通过阅读可以发现，在很长一段时间里（《文学中的现实》①迟至 2003 年 10 月才写就），在余华那里，"现实"一直是与"文学"并举的，也就是说，在余华多年的谈论中，"现实"一直只是一个美学范畴——和"文学"一样，而非一个政治学的、社会学的、经济学的、文化学的或其他思想领域的范畴，简言之，它并非一个"思想性"的范畴。余华在这些创作谈或随笔中的讨论，聚焦在如何通过恰当的修辞使得"现实"和"文学"建立关系这一问题上。"现实"在余华的讨论中是个非常抽象的概念，某种意义上，它等同于我们所说的"素材"或"题材"。《虚伪的作品》通篇谈论的是技巧，是修辞，顶多涉及一些文学思维的命题;《文学中的现实》则是在撞车声震落乌鸦、跳楼崩裂牛仔裤这样的细节分析中讨论何谓"文学性"。那段时间，余华在多篇文章中反复提及但丁和博尔赫斯作品中的某个句子，仅仅因为余华从中看到了精妙绝伦的修辞格，以致爱不释手，吟咏再三，并要付诸文章，以使天下人共赏之。无疑，在那个阶段，对于余华的文学思维来说，技巧、修辞、文学性是优先于、优越于"思想性"的。他自己曾如此生动地比喻过"文学性"在他的文学思维中是如何优越于"思想性"的："我能够准确地知道一粒纽扣掉到地上的声响和它滚动的姿态，而且对我来说，它比死去一位总统重要得多。"②

①　余华:《文学中的现实》，载《上海文学》，2004 年第 5 期。
②　余华:《我能否相信自己》，载《作家》，1998 年第 8 期。

1993 年，余华在《活着》中文版自序中写道："我感到自己写下了高尚的作品。"① 我们可把这视为余华对《活着》的自我评价。在这篇序言中，我们看到，余华再次谈论"现实"，谈论与"现实"之间的紧张关系，但这一次与"现实"并举的是"内心"而非"文学"。之后为《许三观卖血记》韩文版的序言中，他写道："我知道这本书里写到了很多现实，'现实'这个词让我感到自己有些狂妄，所以我觉得还是退而求其次，声称这里面写到了平等。"② 显然，这一次，"现实"被注入了文学性之外的内容。毫无疑问，余华早先的文学思维中曾居于优先地位的方面发生了位移。且不论余华自己对"高尚"如何理解，可以肯定的是，余华意识到自己的写作需要一个"出乎技而进入道"的阶段。尽管这是一个优秀作家必定会追求的阶段，但并不是有这种追求的作家都能上升到这个阶段。这个上升的过程，首先需要不断地自我否定。当余华用"高尚"来评定自己的新作时，他其实意识到自己刚刚完成了一次自我超越，换言之，他也同时完成了一次自我否定。余华的这次自我否定自然是多方面多层次多维度的，但就阅读的直观而言，便是叙事体的朴素、自然、简约，以往炫技式叙述中的表演感、游戏感，都在"高尚"

---

① 余华：《〈活着〉中文版（1993 年）序》，见《温暖和百感交集的旅程》，上海：上海文艺出版社，2004 年，第 141 页。

② 余华：《〈活着〉中文版（1993 年）序》，见《温暖和百感交集的旅程》，上海：上海文艺出版社，2004 年，第 132 页。

这一命题的统驭下被一一化约。窃以为，如果要讨论余华的"转型"，正确的路径是考察其文学思维中"文学性"与"思想性"的变局。

如果更多的读者有机会读到余华于近年出版的随笔集《十个词汇里的中国》①，应该会发现，"现实"这个曾经抽象、笼统的词汇已被诸多具体、真切的日常生活内容所分解，并被一种"令人不安"的理性分析所占据。在《兄弟》里，"现实"是四十年恢宏跨度的中国②；在《第七天》里，"现实"是死无葬身之地的当下。余华明显迷醉于这样的"现实"，却不再有余裕讨论"文学"——当然，并不是说他从此抛弃和忽略了"文学"。他只是不再孜孜于"文学性"的酸腐探讨，不再纠缠于技巧、修辞的末流趣味，而有了对于"高尚"的执着信念。诚如他在《十个词汇里的中国》的"后记"中所说："我在本书写下了中国的疼痛之时，也写下了自己的疼痛。因为中国的疼痛，也是我个人的疼痛。"这句话也被余华用来回答从事写作三十年后再度遭遇"为何写作"的提问。③我以为，这就是"高尚"：在穿越了"文学性"的窄门之后，迈入"思想"的旷野，在对"道义"的担当中，敞

① 余华：《十个词汇里的中国》，台北：麦田出版，2011年。
② 余华认为《兄弟》也是"先锋"的，余华就是通过对"先锋文学"之"先锋"的狭隘定义的否定，才得出这样的结论。参见王侃、余华：《我想写出一个国家的疼痛》，载《东吴学术》，2010年创刊号。
③ 王侃、余华：《我想写出一个国家的疼痛》，载《东吴学术》，2010年创刊号。

开了"良知"的襟怀。对于一个作家来说,"高尚"喻示了一种高度;对于余华来说,这个高度是通过对"先锋文学"的自我否定来获得的。

　　在余华被发现"转型"之后,便一直有一个奇怪的问题被反复讨论。一般来说,一个作家发生转型后,人们习惯上会专注于讨论这个作家的"蜕变",倘若蜕变得成功,便会赞其"锐意进取",并鼓励其继续蜕变。但在面对余华这样的作家时,人们却会讨论"余华的变与不变"。这个问题其实暗含了这样一种隐秘心理:余华的"变"是我们不得不接受的一个事实,何况他"变"得那样成功,但是,人们仍然希望他"变"中有"不变",而那个"不变",表露着人们对"先锋余华"的眷恋。不少批评家用"永远的先锋"赞誉余华时,尽管对"先锋"有一些繁缛的说辞,但究其核心仍然是对 80 年代之余华的挽留。张清华曾这样论述余华的前后期变化:"在前期是'由虚伪抵达真实',后期则是'从虚拟的真实抵达了更像真实的真实'。"①这个论断切中肯綮,比之纠缠于"变与不变"的简单思维,这个论断有其精妙之处。但这个论断如果用于对余华创作道路的描述,它仍然只是一个扇面式的展开,因为在这个描述中我们仍然看不到"后期"对于"前期"的否定关系。我相信,对于余

---

① 　张清华:《文学的减法——论余华》,载《南方文坛》,2002 年第 4 期。

华来说，他更愿意将他的三十年文学道路描述为线性的、从一个高度攀升到另一个高度的过程。如果不是有对"高度"的期许，余华何以成为当年先锋作家中最值得期待的人物？

顺便提一下，余华对"先锋文学"的否定，在谦逊的背后又暗含了一种自信，即对自己晚近作品的自我肯定。他对自己作品谱系的评价与批评界的普遍看法恰好发生了根本性的倒置，这也是近年来他与批评界关系趋于紧张的重要原因。

最后，我想总结的是，余华三十年的文学道路确凿地证明了他不是个故步自封的作家，他从来不纠结于"变与不变"的权衡，他以自己的文学实践定义了"先锋"，那就是：通过不断的自我否定（而不是有所"坚守"），让自己处在化蛹为蝶的永恒时刻。我愿意在这里摘录一段我和余华的对谈，重温和分享他对"先锋"的理解：

> "永远的先锋"是对自己而言的。就是你不断地往前走，不能在一个平面上打转，这就是一个永远的先锋，只有不断往前走，哪怕写下了失败的作品，没关系，他仍然是先锋。至于"真正的先锋"，我想是指一种精神和思想层面上的东西，是一种敏锐。……1995年写卖血的故事比之2005年写卖血的故事，就是一种"先锋"。……2005年和2006年出版《兄弟》这样题材的作品，比之十年之后出版类似的作

品，当然也是"先锋"。这就是一种敏锐性。我还是认为我两者兼备。①

---

① 王侃、余华：《我想写出一个国家的疼痛》，载《东吴学术》，2010 年创刊号。

附 录

附录一
我想写出一个国家的疼痛
——余华访谈录

访谈时间：2010 年 1 月
访谈地点：浙江金华

一　我并没有发明故事

王侃:《兄弟》出版后，你遭受到了前所未有的质疑。且不说这种质疑的不同动机与某些错讹，我倒是积极地看这种质疑。我认为，这种质疑反映了一个前提，即读书界对于余华的阅读期待一直处于一个紧张的、令人窒息的高度。是《在细雨中呼喊》《活着》《许三观卖血记》给我们堆砌了这样的高度。那么，你是如何定位《兄弟》在你的长篇小说家族中的地位？它真的如你所说，是超越了以往所有写作的、包括超越了《活着》和《许三观卖血记》的一次自我提升，还是仅仅是意气之说？

余华: 我应该怎么来回答这个问题？首先，《兄弟》所受到的批评确实非常猛烈，但这种"猛烈"是有原因的，因为它刚好遇到了一个信息化、网络化时代，所以这种批评其实又被夸大了。《兄弟》出版至今，仍然存在两种不同的批评意见，赞扬有之，反对有之，只不过各自的阵营无法估算。但是我认为存在一个现象，即媒体把批评声音夸大。不过，也确实有很多批评家不喜欢这本书，他们也是发自内心的不喜欢，而不是别的什么原因。这个问题我想是这样的，这可能跟我们从事中国当代文学研究的学者和批评家们长期以来的阅读习惯有关系，他们除了大量阅读理论方面的书籍外，基本上只读中国的现当代文学作品，或者说只读当代文学作品，连现代文学作品也不怎么读了，更不要说中国文学之外的世界文学。作为一个比喻，你可能只是在一栋房子里生活，你熟悉这栋房子的全部结构和建筑风格，但是你可能不熟悉更多的不同风格的建筑和不同风格的室内设计。所以这是一个原因，中国读书界对《兄弟》的反应和西方读书界是那么不一样，在西方虽有一些持保留态度的文章，但极少，可以说，这部作品在西方几乎没有争议。而且，西方读书界也并不是从政治角度，而是从文学的角度来评价这本书的。这种反差，我认为可能跟阅读的习惯有关系。西方的文学批评是分成两个类型的：学院派的研究和为杂志撰写书评。这两者之间的差别很大。写书评的阅读量非常大，每年可能要读一百本书，因为他两三天就可能要写一篇书评，但在大学里做研究的学者，他对在世的作家的研究，一生可能不会超过三个。我问过国内的一个著名批评家，问他曾为多少中国作家写过评论，他说有七十多个。他的阅读量是惊人的，但从另外一

个方面看，他的阅读其实又是很单一的。我想这也是《兄弟》在
中国遭受质疑的一个重要原因。

我个人对这部作品的评价，首先，我认为，一个作家最喜
爱的一本书，未必是读者最喜爱的，也未必是文学史最肯定的。
从一个作家的角度来说，我认为《兄弟》对我来说是一个巨大的
机会，因为中国再不会有这样的四十年了，起码在我有生之年
不会再有这样的四十年了。《兄弟》出版后，我也说过这样的话，
但马上有批评家说，谁不知道"文革"时代与今天这个时代有着
翻天覆地变化，有着天壤之别？谁不知道？ 是的，我相信，只
要是从"文化大革命"生活到今天这个时代的中国人，一定都能
感受到这种巨大变化，谁都知道。但问题是，是谁第一个写的，
就像《许三观卖血记》在1995年出版时，我也不知道在河南会
发生'艾滋村'的血液污染事件，但我知道，卖血的事情在中国
至少有五十年了，因为我从小在医院里长大，我看着那些农民
到医院里来卖血。为什么存在了那么久的一个事实一直没人去
写？作家并不是要发明这个世界上所没有的故事，而是要把在
这个世界上存在已久的故事写出来，因为它存在得越久，它就
越有价值。我并没有发明故事，但我为自己感到高兴的是，我
把卖血这样的一个存在了半个世纪的故事写出来了。《兄弟》所
反映的两个时代翻天覆地的变化，起码没有人用像我这样的方
式去写。为什么说《兄弟》可能是我一生中最重要的作品，是

因为我不太有信心将来还能遇到如此宏大的题材。我能够再写像《许三观卖血记》或《活着》甚至《在细雨中呼喊》这样的从某个角度切入的作品，这样的作品可以再写很多部，只不过换一个人物或换一个时代背景而已，但《兄弟》这样的作品只能写一部。这是命运对我的厚爱，让我经历了这样两个时代，让我以这样的方式去把它写出来。我以后没办法再写这样大的作品了，这就是我为什么认为《兄弟》这本书对我最重要的原因。除非中国还会遇到巨变，但这种可能性不大。没有这样的时代巨变，你是很难写出这样的作品的。《兄弟》里的一些人物，尤其是李光头这样的人物，刚开始人家不接受，但现在人们知道这样的人其实很多。我不是意气用事，而是由衷地认为，《兄弟》确实可能是我一生写作的高峰。

　　我的一个译者，中文名叫白亚仁，是美国的一个大学教授，兰登书屋出版的《在细雨中呼喊》就是他翻译的，今年兰登书屋还将出版我的一个短篇小说集和一个随笔集，这两本书也是他翻译的。他来到中国时告诉我，他曾和几个中国的批评家们谈起《兄弟》这本书在美国和法国得到了非常高的评价，这几个批评家说，那是因为美国人、法国人没有读过我以前的《活着》和《许三观卖血记》。我听说就笑了。你也知道，大量的国外评论，都反复提到了《活着》和《许三观卖血记》。他们显然是读过《活着》和《许三观卖血记》的。那么他们为什么还是认为《兄弟》是我"最伟大的作品"（外国人的这个措辞让我不好意思）？他们其实也有他们的标准，以此来对我的长篇家族进行比较和定位的。国外文学界、批评界对《兄弟》的热烈赞扬也巩固了我对这本书的自信。因为他们的赞扬是从文学而不是别的角度来进行的。

二　作家的性格和运气

王侃：在某个场合，我曾听到一些作家谈论说，《兄弟》让余华写作中的一些弱点暴露无遗，这包括技术上的毛病和文学准备上的仓促。这些弱点以前并不是没有被发现，只是以前不被谈论，因为我们不能要求一个作家是全能作家，尤其是，余华是那样一个风格鲜明、并且无论从哪方面来看都是一个大获全胜的作家，所以，在那样的一种语境里讨论一个作家的局限是不合适的，而且有吹毛求疵的不厚道。但《兄弟》被认为是一次错误的写作，是弱点的大展示。我想这样来提问：你是如何看待你写作中的软肋的？你清楚地知道自己的阿喀琉斯之踵吗？

余华：作为我来说，我认为写作中的一种感觉是很重要的。这种感觉可以用一个很简单的词来概括，就是一种"状态"。作家只要进入那样一种状态，他就会知道自己那样写就是对的。《兄弟》的写作就是让我进入了这样的一种状态。我以前不是还有一部更长的小说吗，我为什么放下了，因为我一直没有感觉到进入状态，进入到那种忘我的、疯狂的状态。（插问：《兄弟》的写作，每天大约以一个什么样的进度推进的？答：《兄弟》下部中有那么十一万字的写作对我来说是个奇迹，大约十多天就写出来了。）我在写作上是个比较慢的人，但一旦进入状态就特别快，像《活着》就写得很快，《许三观卖血记》也写得很快；《在细雨中呼喊》稍微慢一点，一个重要的原因是我当时的生活出现了变故，影响了我的写作，在北京写了一半，再回到嘉兴写了一半。以我一般的写作速度，我认为每天写两千字就已经很多了，但在写《兄弟》时，如果我一天的写作低于五千字，我就会认为写得少了。那时真是一个奇迹，我觉得我进入了一个非常有意思的睡眠状态：我每天大概在凌晨四五点钟时躺下，然后有一小时的大脑皮层的兴奋没有消失，大约到天蒙蒙亮时才睡着，一觉睡到中午十二点左右才醒来，午饭后稍事休息就开始写，写三个小时，到下午四点左右再休息。这个三小时有一半多的时间是在修改前一天写的东西，另外再续一小段接下去要写的内容。晚饭后再睡上两三个小时，我最好的状态是晚上十点钟重新开始的写作，一写就写五六个小时，这才是进入真正的创作。次日再重复这样的过程。这样的生活状态保持了二十天左右，但后来觉得身体快垮了，才没有维持下去。很怀念这样的状态，非常怀念。当一个人进入这样一种疯狂的状态时，对我来说是非常非常的快乐、幸福，现在老盼望这样的时候能重新回来。不知是否能回来。

王侃:《虚伪的作品》是你对自己"先锋"时期写作取向的一种概括，在很多评论家的观念中，这也是先锋文学的一份纲领性文献。当《活着》，尤其是《许三观卖血记》发表后，有人便认为你"告别了虚伪的形式"。你自己怎么评判这样的论断？真的是告别"虚伪的形式"了吗？真的如时下的评论界所说的那样发生"转型"了吗？你自己认同"转型"这一说法吗？你认为自己在《活着》之后的状态是一种平面的转型，还是一种自我超越？《兄弟》是另一次转型吗？

余华: 我不知道应该怎么来解释这样的一个过程。《虚伪的作品》代表的是80年代中后期的写作。到了90年代，我的很多想法出现了一些变化，主要是因为那个时候我已经开始写长篇小说了。嗯，怎么说呢？如果说我告别了《虚伪的作品》，从形式上看确实是这样，但是，问题是我所有的作品从内核上讲都是虚伪的，或者说是虚构的。我想，我最本质的东西是没有变，没法变，我想变也变不了。写小说和写创作谈不是一回事，写创作谈可以很简单地说我风格已经变了，但在小说里的具体过程中，变化就很难，叙述有时会带着你走向一个有时连作者自己也说不清的方向。

迄今为止，我认为我的写作有三个重要的阶段。第一个阶

段是写下了《十八岁出门远行》的那个阶段，那个时候我找到了
自由的写作。第二个阶段是写下了《活着》，我以前也和你说过，
《活着》最初的一万多字后来都废掉了，它用了第三人称，是用
《在细雨中呼喊》的那样的方式去写的，后来改用第一人称，用
一种非常朴素的方式去写的。《活着》给我带来的最大的一个意
义就是它使我变成了这样的一个作家：当我面对一个让我感到
很激动的题材时，我不会用我过去的形式去表达它，而是努力
去寻找一个新的、最适合表达这种题材的表达方式。《活着》让
我突破了故步自封。作家是太容易故步自封了。因为当他用一
种写作风格获得成功之后，他是很难放弃的。这不仅仅是作家，
从事任何行业的人都不会轻易放弃让他赖以获得成功的手段。
但是《活着》让我放弃了，逼着我放弃了。因为用我过去的方式
写，写不下去，我只能用一种全新的方式去写。这就是我说过
的一个很朴素的道理。像福贵这样一个人，你要是从一个旁观
者的角度来看的话，这个人除了苦难以外什么都没有。就好比
我们在街头看到一个要饭的人一样，我们都认为他非常苦难；
但错了，即便是街头要饭的，他也有他人生中欢乐的东西，只
不过是我们不知道而已，或者说他的欢乐和我们的欢乐不一样。
所以福贵有他的幸福，有他的欢乐，所以为什么当我后来用第
一人称让福贵自己来讲述时就很顺利地写完了，就是因为他能
够告诉别人：一是他的人生，二是任何人的人生，不管其中经

历了什么，其实都是有幸福的，甚至是充满了幸福充满了欢乐的。这是我写作上的一个变化。《兄弟》是我的第三个阶段；我以前的作品，不管是先锋小说也好，不管是《活着》和《许三观卖血记》也好，我的叙述是很谨慎的，到了《兄弟》以后我突然发现我的叙述是可以很开放的，可以是为所欲为的，所以也有人说我胆子很大。当然这要感谢我前期作品的成功，人就是这样，成功会让一个人胆子越来越大，失败会让一个人胆子越来越小。到了《兄弟》时，我认为我可以把我不同侧面的写作才华都充分地展示出来。至于有的作家说我的《兄弟》是我的"弱点的大展示"，那么我敢说，这样的作家一生肯定只会用一种风格写小说的，我百分之百地肯定，只会用他最初赖以成功的方式。我以前在和朋友交流时也说过，当一个作家达到某一个高度以后，再往上走就不是才华了，而是性格。有些作家的性格中就有很多保守的成分，另一些作家的性格中则具有勇往直前的成分，具有充满闯劲的精神。我觉得我是属于后者。此其一。第二，有一些作家的作品能流传开来，除了性格之外，还有运气。一个作家必须在最适合写这本书的时候写下了这本书，那这本书肯定是意义非凡。我觉得《兄弟》就有这样的运气成分。我1995年时开了个头，当时想给明天出版社，被纳入一个少儿丛书的出版计划，我当时想把童年那部分写完让他们出的，结果是开了头之后一直没写下去。我认为这里就有一个运气，因为

我在1995年的时候感觉中国的变化已经很大了，但到2005年
出版《兄弟》上部时再回头看看，1995年的变化算什么？根本
不算什么。到了今天，才是巨变。非常有意思的是，2006年出
完《兄弟》下部后，2008年北京奥运会后，全球金融危机后，中
国的经济又出现滑坡了。此前三十年的疯狂劲，在以后的中国，
不会再有了。这就是一种运气：我从一个高点，写到另外一个
高点，中间跨越了一个低谷。这也是我为什么说，像《兄弟》这
样的作品我以后不会再写了。虽然我很想再写几部这样的作品，
可是我没这个机会了。不是说一个作家想写什么就能写什么的。
性格和运气，这两者对我来说非常重要。

三　《兄弟》内外

王侃：在你的"先锋"时期，在一个言必称卡夫卡的学徒阶
段，在一个主要借助个人想象力构建文学世界的笔耕年代，没
有人追究过你作品中的"细节失真"。但《兄弟》却被一再究诘于
"细节失真"。这里有个前提预设，即《兄弟》是部写实主义的作
品。你认为是这样吗？如果它不是一部写实主义作品，你为何又
一再举隅说明真正的现实比作品更为荒诞？

余华：这是一个非常奇怪的观点。首先我并不认为《兄弟》
是一部写实主义的作品。如果有人认为《兄弟》是写实主义作

品，那起码他们在对写实主义的认知上与我是不一样的。我不知道他们对写实主义是一种什么样的理解，如果说《活着》是一部写实主义的作品，我同意，但是《许三观卖血记》我不认为它是一部写实主义的作品。有一个观点很有意思，《许三观卖血记》在中国和在西方受到的评论截然相反，中国的批评家们把《许三观卖血记》说成是一部传统的小说，而西方的批评家们把它称为一部现代主义的作品。我曾经问过一个美国的非常著名的作家，阿里尔·多尔夫曼，他认为《许三观卖血记》是一部非常了不起的现代主义作品，我问他：中国的批评家们都认为这是一部传统小说，你为什么认为这是一部现代主义作品呢？——他就笑了。他说，衡量一部作品是传统的还是现代的，要看这部作品对时间的处理方法，而《许三观卖血记》在时间的处理上是典型的现代主义式的。比如，许玉兰生孩子一节，只有两页，但是，十年过去了。这显然不是传统小说里有的，传统小说里是读不到这样的时间处理方式的，相反，这完全是现代主义式的。

说到《兄弟》，它也不是写实主义的。小说中的"处美人大赛"在中国没有发生过，中国有大量的选美比赛，但没有"处美人大赛"，"处美人大赛"不是写实的。另外，那个垃圾西装，虽然在80年代初有很多很多人穿日本或者韩国进口过来的二手西装，但也没有像在刘镇这样的互相打听西装出自哪家。这些都不是写实的。虽然有现实依据，但不是写实的。包括小说第二章，李光头用林红的屁股去换三鲜面，这哪是写实主义的小说？它不是，它绝对不是写实主义的小说，虽然里面有某些现实的依据。法国的一篇评论曾说《兄弟》里结合了小说的所有的表现风格，最近，《新苏黎世报》把《兄弟》称为"世界剧场"，它里面什么都有，它融合了史诗、戏剧、诗歌，曾有过的文学表达方式它都涵盖了。德文的《时代》周报也称《兄弟》是一部具有划时代意义的小说，"是一种全新的风格"。时至今日，我可以这样说，《兄弟》的写作无从拷贝，起码中国没有过这样的作品，从西方的批评反应来看，他们也不曾有过这样的作品。这是一部将许多叙述风格放置到一起的作品，可能有的作家不喜欢这种众声喧哗的作品，认为我在走向误区，但从我的角度看，起码我认为这是一部很和谐的作品。我举一个例子，当年法国印象派音乐的代表人物之一萨蒂，他是一个钢琴师，他长年在巴黎蒙马特高地的一家酒吧里弹琴，他也写了非常多的钢琴小品，他的钢琴小品可用完美来形容。他对瓦格纳的作品极其厌恶，认为瓦格纳作品太过嘈杂，无风格可言，认定瓦格纳是有史以来最糟糕的作曲家，他很惊讶于很多人对瓦格纳的喜欢。但是，萨蒂是一个浪漫的人，是个喜欢在酒吧里呷着鸡尾酒和香槟的音乐家，他不是一个疯狂的天才。而另外一个疯狂的天才凡·高，有一次偶然听到瓦格纳的音乐后被震撼住了，他说他为自己的绘画找到灵感出路了。为什么呢？他发现，当你把不同的事物强化以后，再强化，然后不断再强化以后，会形成新的庞大的和谐。我们以前对和谐是这样理解的：首先它应该是宁静的，然后事物间是对称的、平衡的。不对！凡·高对瓦格纳的音乐理解是，他发现还有一种更加强大的和谐，是对嘈杂、混乱、疯狂加以强化后形成的和谐。我去过很多欧洲的城市，我去过一些最宁静的城市，比如像罗马，它有一种优美、和谐、古典的风格，而另一个城市阿姆斯特丹，则是一个乱糟糟的城市，有很多看上去一百年没洗过的墙面，街上的自行车横冲直撞，但你突然间也会感到这个城市是那么的和谐，因为它就是把这些我们认为所谓不美的东西交融在一起，有一种异样的美，它的自行车停车场有我们的汽车停车场一样大，自行车则堆放得像金字塔一样，我都不知道他们该如何取车。你走过的所有的路旁，有邮筒或路牌的地方，必然绑锁着五六辆脏兮兮的自行车。阿姆斯特丹中间有一条河流，乘船游览，你会觉得这是欧洲最为混乱的一个大城市。但所有去过阿姆斯特丹的人都跟我说：哇，阿姆斯特丹太美了。按我们一般的标准来看，这个城市又脏又乱，但是，它生机勃勃，它的美源自它的生机勃勃。为什么凡·高能在瓦格纳的音乐里感觉到和谐，因为这种和谐已经不是德彪西的和谐，也不是印象派的和谐，而是生机勃勃的、汹涌澎湃的和谐。所以，美学应该是没有标准的。但是我们总是人为地去给它设置一些标准。

王侃：尽管西方文学批评界对《兄弟》的评价并不是从政治角度来下结论的，但以我对这些评论的阅读来看，政治评价仍然是一个很重要的方面，换句话说，在西方文学界仍然把《兄弟》视为一种政治小说，尽管有时候也把《兄弟》称为"流浪汉小说""大河小说"等，但我觉得政治仍然是他们对《兄弟》进行解读时的重要取向。但中国的批评界很少有看到做这样的解读的。

余华：更准确地讲，西方批评界把《兄弟》看作一部社会批判小说。我觉得有一个非常奇怪的现象，中国的批评家认为我在先锋时期最具有批判精神，但是西方的批评家却认为《活着》《许三观卖血记》才充满批判精神。我告诉他们，《许三观卖血记》的片断已被收入中学语文教材，他们听了更是惊讶不已。中国的批评家认为从《活着》起我就开始"妥协"，就开始所谓的"温情主义"，而西方的评论则恰恰相反。到了《兄弟》，西方的评论都认为它是一部批判性极强的小说，而中国的批评家则说我在媚俗。但从我个人的角度来说，我真的不认为我先锋小说的批判性强于《活着》和《许三观卖血记》。你要说《兄弟》是一部政治小说，我也同意，为什么？因为《兄弟》是我迄今为止所有的小说里批判性最强的一部。因为所谓政治小说，就是强调其批判性。还有一种政治小说，像乔治·奥威尔的《一九八四》，虽然纯属虚构，但其实它的内在也还是一种批判性。

四 《兄弟》前后

王侃:《活着》发表后，便有人认为你开始了"通俗化"的写作，直到《兄弟》的问世，更被一些人认为是取媚于市场的写作。与此同时，也有人用拉伯雷和《巨人传》来为你辩护，认为你的写作之于中国文学是一种新的审美形态，是一种融合了高度民间智慧与民间美学的历史叙事，有着与通俗化和大众化看似相近实则迥异的文学修辞和价值取向。文学批评中的见仁见智本是常事。但针对你的写作而出现的两极化的评价却很不寻常，它意味着对中国当代文学的批评与认识出现了难以调和的分裂。撇开一些无聊的攻讦不说，你个人认为针对你的批评，哪些是切中肯綮的？哪些又是谬之千里的？

余华: 我已从事写作二十多年，我写作的半辈子已过了（我最多能再写二十多年吧，我如果能写到七十岁，那就很牛了）。期间，我遇到很多很多的赞扬，也遇到过很多很多的批评。赞扬当然会使人很高兴，批评有时会让人恼火，但是随着时间的流逝，无论是赞扬也好，批评也好，我都能够去正确地对待了。为什么我就一直不喜欢开我的作品研讨会，说实话，我最害怕的不是别人当面批评你，我最害怕的是别人当面赞扬你。这是个很难受的事情。

你刚才提问中说到的一个现象，很有意思。《活着》现在确实非常成功，现在每年能够印十万册左右，这是我都无法想象的一个成功。《兄弟》之所以成功，某种意义上是靠《活着》和《许三观卖血记》，假如没有这两部作品为我铺垫了那么多读者的话，《兄弟》不会有现在这样的成功。但是有一点，批评家们应该注意到这一点，《活着》是1992年发表的，《活着》的第一版印了两万册，到了1998年都还没卖完，那个时候没有一个批评家说《活着》是为市场写作的，后来，到了1998年重印之后，阴差阳错地就变得卖得好起来了，一直到现在。所以，《活着》在市场上受欢迎，是在它发表、出版六年以后才发生的。为什么在发表、出版之初的六年里，你们不说它是为市场写作的呢？为什么要等它卖好了才说呢？所以，这个论点是站不住脚的。《兄弟》一出来就受欢迎，所以批评家们的观点可以讨论。而对《活着》的批评，我认为连讨论的必要都没有。

《兄弟》之所以获得成功，这是没办法的事情。为什么呢？因为你这个作家已经受到读者的高度关注了，同时我又十年没有写新书，书一出来，必然会受到媒体的大量关注。至于说我在这本书出版后接受了很多采访，是的，确实如此，但我们想想其他的那些作家在新书出版后的做法。我记得当年某个著名作家的一部长篇小说出版时掀起的浪潮更大，十多个文学杂志同时发表他的小说片断，无数媒体铺天盖地的采访。莫言、苏童、贾平凹概莫能外。确实有一个作家是不接受采访的，就是王安忆。《兄弟》出版后，我只在四个城市做过签名售书，可是媒体却把我说成去了四十个城市，就夸大了。《兄弟》上部出版后，我遇到阿来，跟他说：有人说我发明了上下部分开出，你那个《空山》不也只出了个上部吗？格非的《人面桃花》不也只出了个第一部吗？我为什么要举例阿来的《空山》和格非的《人面桃花》，因为他们和我的《兄弟》是同时出版的，他们也都只出了上部，这个上下部分出的发明权怎么就归我了？哈哈哈。在我之前还有《李自成》呢。所以我觉得我们的一些媒体，包括有些评论家，是不讲道理的，也是不讲事实的，自己想说什么就说什么，完全不顾摆在眼前的事实。我和阿来说，你《空山》出上部就可以，我《兄弟》出上部就不可以，而且我《兄弟》的下部比《空山》的下部出来还早呢，真是没道理，哈哈。我相信，当我的下一部新的长篇小说出来时，媒体仍然会高度关注，读者仍然会很关注。就像《活着》《许三观卖血记》为《兄弟》做的铺垫一样，《兄弟》也为我的下一部做着很好的铺垫。

王侃：下一部长篇会让读者等很久吗？要知道，从《许三观卖血记》到《兄弟》，居然是十年。

余华：呵呵，你的意思，我还可以再磨蹭五年？

其实，人生啊，有许多许多的经验等到发现时可能都已经晚了。这次在法兰克福书展时，苏童跟我说——苏童其实是个非常热爱写短篇小说的作家，他的短篇小说可以说几乎每一篇都是好的，他写了数量惊人的短篇，几乎没有一篇是弱的，这本身就不容易。我写随笔写了四五年，我突然发现我应该回来写长篇。因为写长篇对身体和记忆力的要求很高，写随笔的要求相对低。这次苏童对我说，他也发现这个问题了。短篇小说应该老了以后再写，现在应该多写长篇。我们都共同经历了这样一个经验：当你发现的时候，一晃，五六七八年过去了。我倒不是为了吊人胃口才要在五年后再给读者一个长篇。《兄弟》在国外的巨大成功以后，我又面临一个新的问题，这是我以前没有面对过的。虽然《活着》《许三观卖血记》也在国外陆续地出版，但我还真没有为此到国外做过宣传。《兄弟》是第一次。等到写完《兄弟》之后一年多，我开始写新的长篇小说的时候，《兄弟》在国外的出版高峰到了，就要求你必须去做宣传，你就得去。这也是一个经验。这样一耗，又一两年去掉了，从2008年到2009年，我基本在国外奔波，跑得人都疲惫不堪了。我发现这也没什么太大的意义。但出版商要求你去，某种意义上，出版商请你去的话还是对你的重视。美国作家哈金说，很多作家都抱怨，说他们的书出来后，出版商没有请他们去跑。但我以后如果再出新书的话，我不再跑了。国内也不跑，国外也不跑。因为我已经五十岁了。这都是人生的经验，等到你悟到的时候已经晚了。

五　对先锋文学的所有批评都是一种高估

王侃: 你作为一个作家,不是从"先锋"开始的,但却是因为"先锋"而被读者和文学史所铭记的。从目前坊间流传的各种版本的余华作品集来看,你本人也把自己的文学起点定位在"先锋"时代。曾有一个访谈,你在其中称自己是"永远的先锋派",而在另一个访谈中,你则称另一名著名作家才是"真正的先锋"。我想问的是:什么是"永远的先锋",什么又才是"真正的先锋"?

余华: "永远的先锋"是对自己而言的。就是你不断地往前走,不能在一个平面上打转,这就是一个永远的先锋,只要不断地往前走,哪怕写下了失败的作品,没关系,他仍然是先锋。至于"真正的先锋",我想是指一种精神和思想层面上的东西,是一种敏锐。这已经不是一个形式主义时代了,今天这个时代已经没有任何新的形式了。就叙事来说,国外的评论之所以把《兄弟》称为"全新的小说",那是因为《兄弟》把各种不同的叙述方式糅在一块儿了;他们所谓"全新",其实也不算新。所以我觉得,作为真正的先锋,我认为就是一种敏感。1995年写卖血的故事比之2005年写卖血的故事,就是一种"先锋"。河南"艾滋村"事件出来之后,多少人去写那个报告文学,对于文学来说，那已经不算什么了。2005年和2006年出版《兄弟》这样题材的作品，比之十年之后出版类似的作品，当然也是"先锋"。这就是一种敏锐性。我还是认为我两者兼备。可能有人不同意，那是他们的事情。

王侃：前些天读了一篇文章，其中谈到先锋文学。这篇文章从启蒙角度切入谈论先锋文学，认为先锋文学不具备思想启蒙的意义，最多也只有文学启蒙的意义，并且正是由于它的表演性冲淡了它的启蒙性。现在回头看当年的先锋文学，你自己对它有一个什么样的评价或定位？

余华：我的先锋小说里也有一些是具有批判性的，像《现实一种》《一九八六年》，是吧？

我很难去谈论整个先锋文学。中国的新时期文学，从"伤痕""反思""寻根""先锋"，四个流派，十年就经历完了，够快的。我始终认为，对先锋文学的讨论，至今没有真正意义上的评估。因为我们的当代文学研究是属于那种与时俱进型的，喜欢追新逐异，除了当年陈晓明等人为先锋文学写下一些论文后，这样的讨论慢慢开始少了。其实从我个人的角度来说，我认为，从"伤痕"到"反思"，到"寻根"，到"先锋"，这是一个中国当代文学的成长史。我认为先锋文学最多是大学毕业，甚至是中学毕业。真正成熟的文学，是在先锋文学之后，再也没有什么流派了，作家们也不容易归类了，当作家们很容易被归类时的文学都是不可靠的。你看，法国的"新小说"是可以被归类的，但我可以说，"新小说"在世界文学史上已经没有地位了，在今后的法国文学史上地位仍然也不会太高。先锋小说，有时就被人称为"实验小说"，我认为"实验小说"的提法比"先锋小说"更为准确。但是必须要看到，一些先锋作家，如马原、残雪、莫言、苏童等，他们的作品，或者在思想启蒙性上，或者在艺术启蒙性上，都是高于同时代的其他作家和作品的。不过，这个"高于"究竟有多高，我看也并不有多高。从1978年到1988年，中国文学出现了四大流派，中间还包括一个"新写实"，太密集了，用一句与时俱进的话来说，优秀的文学是不会用劳动密集型的方式产生的。我认为，写作的分化才是文学成熟的标志。到现在为止，不管别人如何批评先锋文学，我认为他们对先锋文学的批评，其实都是对先锋文学高估了。别说是思想启蒙，我认为称先锋文学是文学启蒙，我都认为是给先锋文学贴金了。先锋文学没那么了不起，它还是个学徒阶段。在经历了"大跃进"、经历了"文革"之后，我们的中国已经没有文学了，那个时代我们所有的作家，写小说的风格都是一样的。一个有差不多十亿人口的国家，用一种方式写小说，这是非常可怕的。那些小说，唯一的不同就是题材的不同：你写农村，我写工厂；你写教育，我写知青。但其实写作方式都是一样的。所以，从"伤痕"到"先锋"，这十年间，我们只是完成了一个学徒阶段。从此之后，中国文学不再是一个徒弟了。当然，是否能成为师傅，现在还很难说。可以这么说，"寻根""先锋""新写实"标志着中国文学的学徒阶段结束了。仅此而已。

六 我写出了一个国家的疼痛

王侃： 接下来的问题，算是老生常谈，但却是每个作家都必须认真面对的问题。前些天我读乔治·奥威尔的一本随笔集，其中有篇文章就题为《我为什么写作》。奥威尔认为作家的写作通常有四个动机：一是纯粹的自我中心，想出人头地，满足虚荣，希望成为别人的谈资等；二是审美的热情，他认为火车时刻表上的文字或书写都应该具有美感形式；三是历史方面的冲动，这是一种讲述历史事实、揭示历史真相的冲动；四是政治方面的目的，所以他认为他的写作是为了社会公正，他之所以要写书是为了揭露政治谎言。这四种动机是共存的，但在作家写作的不同时期会有所侧重。奥威尔就认为，他后来的写作就是一种政治写作，离开"政治"，他的写作一文不值。你在讲述自己的文学生涯时，多次提到过从牙医到文化馆创作员的身份转换，提到那样的转换是出于对生活境遇的追求。但"为何写作"对于现在的你来说，一定别有意义吧？

余华： 我也曾写过一篇随笔也叫《我为何写作》，讲述自己如何从一个功利的起点出发，最后获得了一种精神的升华。我认为写作可以使一个人的人生变得完整起来。一个人总会有很多欲望、情感在现实生活中因为种种限制无从表达，但可以在虚构的世界里得以表达。我也说过，写作让我拥有了两条人生道路，一条是虚构的，另一条是现实的，而且随着写作的深入，虚构的人生越来越丰富，现实的人生越来越贫乏。现在让我来回答"我为何写作"的问题，我想，可惜乔治·奥威尔早逝，如果他活到七十岁，关于"为何写作"的问题他会给出四十个而不是四个答案，或者，甚至，他一个答案都没有。我现在也一样，我觉得"为何写作"的理由就像这个世界上的道路一样多。

我昨天在杭州，刚刚为我即将在国外出版的一本随笔集写了一个后记。这个后记用了我以前写过的一篇文章，也是给一家意大利的杂志写的一篇文章，这篇文章后来也在《作家》杂志发表了，题目叫《中国早就变化了》。我写了一个我亲历的故事。1978 年，我刚刚去牙科医院报到时，由于我是医院里最年轻的，所以夏天打预防针的工作全落到我头上了。那个夏天，我基本上每天都戴着草帽背着药箱外出打针。我的任务对象是工厂和幼儿园。那个时候没有一次性的针筒和针头，消毒也是极其简单，就是用自来水冲洗一下，然后放在铝盒里像蒸馒头一样蒸上两小时就算是消毒了。第二天，等它凉了，我再把它放进药箱去给人打预防针。由于当时的物资条件非常贫乏，那些针头都是有倒钩的。这件事对我来说是刻骨铭心的。我第一天去打针的时候，去的是工厂，给人扎针后，针头拔出来会勾出带血的肉粒，那些工人啊，卷着袖管，排着队，非常有秩序，没有人哭的，当然有人呻吟了一下。我也不在意，我心想反正每年使用的都是有倒钩的针头嘛。到了下午去幼儿园，哎哟，那简直是，简直是惨不忍睹，哭声一片。而且三岁到六岁的小孩，因为皮肉娇嫩，勾出的肉粒都比大人的大，而且没打针的孩子比正在打针的孩子哭得还要厉害，为什么呢？我在那篇文章里写道：他们看到的疼痛更甚于经历的疼痛。后来我也常回忆这段往事，心里也十分内疚，我就在想，为什么我没有在幼儿园的孩子哭声之前就先发现，其实工人们也是疼痛的。假如我用这个有倒钩的针头先扎进我自己的胳膊，再钩出我自己的肉粒来，我就会知道工人们的疼痛。所以我在我那本即将出版的随笔集的后记里最后写下了这样两句话——这可视为我今天为何写作的理由：我在这本书里写下了中国的疼痛，也写下了我自己的疼痛，因为中国的疼痛也是我个人的疼痛。可以说，从我写长篇小说开始，我就一直在写人的疼痛和一个国家的疼痛。

原载《东吴学术》2010 年创刊号

附录二
《兄弟》在法语世界
——法语书评翻译小辑[①]

中国四十年聚焦了西方四个世纪

瑞士《时报》2008 年 5 月 24 日

这本书非常简单地称作《兄弟》，用中文即为《Xiongdi》，法语即为 Frères。众所周知，它们都包括"弟弟"和"哥哥"，以致最后都称为兄弟。这是发生在一个小镇的故事，两兄弟因为他们各自父母的爱情而偶然相聚。书中每一个章节都环环相扣，近七百页，刘镇的一切——可以想象——推而广之，几乎代表了余华这一代人的中国人。余华 1960 年出生于浙江杭州，位于中国的沿海之地，他是当代中国伟大的作家之一。张艺谋改编拍摄了他的一部小说《活着》(袖珍书籍，1994 年)。《兄弟》在中国于 2005 年和 2006 年分别出版了上下部，均取得了巨大成功，销售近百万册。

这是一部大河小说，因为它编织了数十人的生活，从 20 世纪 60 年代延伸至今。它也是一部休克小说，因为它描述了西方

---

① 本辑内容在刊物上发表时有删节，有的文章标题也有改动，因此与正文中的引文略有出入。

人不可想象的动荡万变：物质极端贫乏，植根于思想束缚的社会现实，以及"伟大的无产阶级文化革命"的专政，当它们走向结束后，暴力与狂热以另一种方式被完全释放出来。在他的后记中，余华说道："一个西方人活四百年才能经历这样两个天壤之别的时代，一个中国人只需四十年就经历了。"最后，它还是一部具有流浪文学色彩和滑稽文风的小说。它被赋予了丰满的人物形象。李光头同时具有粗俗、好色、好斗、滥情、想入非非和慷慨的特点。他是街道顽童和孤儿，最终成为富商，具有创造力和愈加狂热的坚韧梦想。从悠游自得地享受用屁股故事巧妙换得的三鲜面，到成为中国第一个遨游太空者，以及狂热的处美人大赛，所有的故事，徐徐道来。

李光头，尽管荒谬地被称为"李光头"，在其地位上升的同时，"兄弟"俩的命运却分道扬镳。宋钢，他的异父异母兄弟——与其完全不同的形象——一个具有浪漫主义色彩的男子，处事正直细心，更弥足珍贵的是他的眼神："宋钢是我的兄弟，就是天翻地覆慨而慷了（摘自毛泽东的一首诗），宋钢还是我的兄弟，你他妈的要是再敢说宋钢一句坏话，我就……"这对小说里的兄弟被同时赋予了令人生厌和令人喜爱的性格特点。余拔牙、童铁匠、关剪刀、张裁缝、王冰棍、刘作家和赵诗人，他们全都包围着李光头，或阻碍或帮助。他们来自"群众"——理解"人民"，组成了"良民"。余华从刘镇"群众"里塑造了一个个丰富的人物形象：他们有时是凶残的民众，不断增重人间的痛苦；有时寻乐子，容易被误导且迅速着迷；他们说长道短、助纣为虐，陷他人于不幸。

在所有这些"兄弟"中，主要的两兄弟之间，余华按照传统设置了一个女人，万人惊羡的林红，一个浪漫的美人，同时拥有强烈的肉体激情。她引发悲剧，最终揭示了在这个没有准则、必须循序渐进的世界里一切选择都是荒谬的。

皮诺和伊莎贝拉的翻译可谓无比成功。法译版中完全体现了文中那个聪明的顽童形象，多亏这两个翻译家的博学才得以在真实的中国大背景下准确而轻松地还原原著。《兄弟》让读者身临于刘镇，让读者能够看见全景，就像史诗般，一幅且笑且哭、全方位的壮观景象，而它的复杂主题便是：当代中国。

（爱雷欧诺尔·苏乐赛尔）

一部叙述中国的庞大的流浪汉小说

《自由比利时日报》2008 年 5 月 30 日

真正的艺术家总是无所畏惧，他们不惧怕庞大的现实、突兀的真相，不惧怕融汇庸俗和经典。余华，这位或许可称为当代中国最伟大的作家，亦不向它们屈服。南方文献出版社发行了法译本《兄弟》，这部巨著叙述了中国四十余年的历史：从"文化大革命"到当代的经济开放。余华认为，红卫兵的狂热对比着当今经济开放的狂热。今日公然的不平等，富人的贪婪与新兴富者的庸俗，共存于这个疯狂的现实里。

当过五年牙医的余华曾说，他并不害怕恐惧，"我看过一万多张张开的嘴巴，那是世界上最没有风景的地方"。

不要对阅读政治分析或历史事实抱什么指望。余华叙述了几十年来命运截然不同的两个异母异父兄弟：李光头，聪明狡猾，贪恋金钱与美色，成功地成为中国巨富之一；相反，宋钢，文质彬彬，品行正直，而地位低下，在历史加速度的进程中粉身碎骨。

在七百余页里，余华用一个极具流浪文学色彩、拉伯雷式的庞大的叙述，向我们展开了他们的故事。小说开始于刘镇少年李光头的丑闻。他在公共厕所里偷看五个女人的屁股，其中包括美女林红。童年时，他已经在镇里的桥栏上摩擦了。然而，"文革"带给他的是随之而来的屈辱和折磨，直到宋钢父亲过世才结束。

余华生活于小镇，与刘作家、赵诗人、余拔牙和童铁匠一样。在那个时期，幸福即是一碗三鲜面或是一小撮大白兔奶糖。小镇慢慢开始富裕起来，美丽的林红选择了平淡无奇的宋钢，而不是不屈不挠的李光头。而他们的幸福在于有一辆永久牌自行车，穿梭在小镇里。尽管一切正在加速发展，可是承诺和幻想处于支离破碎状态。李光头以闪电般的速度发家致富：他从日本收购数以万计的二手西装，从而取代了中山装。他投机收购，成为巨富，以至梦想坐在卫生间的镀金马桶上，成为遨游太空的中国第一人。

这篇小说由七十多个章节构成，充满了曲折，这里无以言表。恢宏场面如李光头举办的处美人大赛，展示给媒体那些修复了处女膜的假处女们、贩卖人造处女膜的商人以及"测试"处女的评委。而穷人宋钢则沦落至贩卖男性保健药，做丰乳霜生意。

极度粗俗，是吗？无可否认，部分是，但余华如是说，将人性巨大的悲痛、强烈的情感与这些场景混合起来，这很好。更重要的是，在余华看来，今天的中国不乏这些狂热与粗俗。一切皆有可能，一切都可致富。而来自古代中国关于处女之谜一向是存在的。

讽刺成为更好理解现实的一种工具。余华说："'文革'的时候，我们生活在一个封闭社会，周围发生的一切都是疯狂的。但经济的飞速发展也是疯狂的，很多人富裕起来后又不知道该干什么。如果你想谈论现代中国，就必须了解历史，这不仅仅是钱的问题，那个年代，没有个人舞台，现在人人都有机会上台，每天都能看到他们在秀自己。"中国已经从一个极端走向另一个。"如果想要了解中国的今天，就必须了解'文革'。"《兄弟》在中国引发了巨大的成功，奇怪的是，在那里它没有受到阻挠。

（盖伊·杜居）

一个女人考验下的兄弟情谊

比利时《晚报》2008 年 7 月 11 日

余华大胆使用残酷、幽默、善良和悲剧的元素。小说《兄弟》追述自"文革"以来中国的变化。

"写作就是这样奇妙，从狭窄开始往往写出宽广。"余华在后记中写道。他在计划写另一部小说。

如若公平，对于这两个发誓为兄弟的孩子来说，未来本是不存在问题的。然而，机遇青睐无耻贪婪的李光头（他成为镇里的财富支柱），而保守、胆怯、善良天真的宋钢则在阴影和不幸中度过一生。

余华利用《兄弟》的故事来叙述中国的故事。"文革"的开始，让两兄弟的情谊更加紧密。大量年轻人因为所谓的革命狂热，他们绞断宋凡平（前地主）的脖子，而这俩孩子还高喊着"领袖万岁"，尽管如此，他们已足够大了，在他们探视关押在监狱里的宋凡平时，能够感受到宋凡平的痛苦。明显地，在这个事件中有一些荒诞滑稽的东西。即使如此，正如余华在小说前言所证明的："现在女人的光屁股不值钱了，在过去可不是这样，在过去那是金不换银不换珠宝也不换的宝贝，在过去只能到厕所里去偷看。"

矛盾贯穿始终、荒诞与悲剧共存，使得《兄弟》十分有力。某些场景，如李光头组织处美人大赛，成千上万妇女因此争相购买人造处女膜，不论是否人工，种种都让人苦笑不堪。当我们推此及彼，就会揭露出人类终极的审美观。

《兄弟》不失灿烂，波澜壮阔，发人深省。透过这两种命运，看中国社会的动荡。余华向我们讲述中国的偏激、矛盾和踌躇。读者倾向认为，最为震撼的场景发生在小说的上部，导致李兰死亡的场景。"文革"的残酷，致使无人幸免。误导主宰了一切。然而，到了一切变得无法忍受时，余华仍不停止：他继续奋笔。李光头和宋钢的成长建立在最为普通又最为痛苦的童年时期。其中之一很快忘记了自己的誓言。当他想起时为时已晚。荒诞和悲剧，爱情和悲伤，美丽和痛苦交织在一起，直到最后一刻。

（阿德里安娜·尼日特）

异国故事——在一个中国淫荡者身上的谵妄故事

蒙特利尔《义务报》2008 年 7 月 12 日至 13 日

从未有过这么一个家庭故事如此构思得当、如此谵妄狂热、完全不敬，可以把人逗趣到且笑且哭，也从未有这样一部小说向我们传达过这样的一个中国。

南方文献出版社的按语嗅到了这件佳事，率先用西方语言翻译了这本书。但为什么选择"Brothers"作为标题呢？中文本中，余华的小说名为《兄弟》，即为法文"Frères"。Brothers在原版书面上以副标题形式出现，但在两卷上（2005年，2006年）未出现英语或美语。"此外，不需共同商讨，我们意识到意大利翻译学者也做了同样的选择。"编辑兼翻译家伊萨贝拉·拉布连眉头也不皱地向我们明确表示。

故事里的两个异父异母兄弟生长在"文革"时物质极度匮乏中的一个勉强维持生活的重组家庭里。父亲试图掩盖落入红卫兵手中而遭受的虐待，他编造令人发笑的谎话——就像在《美丽人生》中的罗伯托·贝尼尼。然而，造反派最终还是在革命的名义下将其殴打致死。残酷至极的是，在遗孀的声泪俱下中，必须打碎他的两个膝盖以配合廉价、过短的棺木。

小时候，李光头和宋钢就发誓一生永远都是兄弟。当那个发情青年多次向镇里最美丽的女人求爱失败时，兄弟间的裂缝紧随其后。求爱的策略重现了卓别林的喜剧。最终却是胆怯害羞的宋钢赢得了美女。

在结扎输精管后，李光头就开始从事许多事业，使其成为90年代的克拉苏斯（罗马最富有的奴隶主——译注）。不再有人抗拒他的财富。

作为医生之子，余华放弃了牙医的电钻而投身于写作中，因为一系列翻译而闻名于外，其中《活着》这部新现实主义小说在 1994 年被张艺谋（巩俐主演）搬上了银幕。还有一些关于病人们不停地变得贫乏的病态故事应该被称为"死亡"。其他同样带有阴郁色调的题目表示不出像《兄弟》般的滑稽，也无法揭露现实的残酷。

倘若不是因为语言晦涩，给七百余页的汉字上索引是很容易的。那么，与拉伯雷相比又如何？"当我们长时间沉浸在这样一本书里，就很难进行比较了"，伊莎贝拉·拉布与安吉尔·皮诺合作翻译的十五个月后对我们这样写道。

（朱尔·纳多）

中国的传奇之旅

《卢森堡日报》2008 年 6 月 25 日

《兄弟》这部小说恢宏庞大、雄心勃勃，这部杰作在其讲述中包含了一代人的全部希望：战胜饥饿，根除暴力，完成经济转型以及命运转换。《兄弟》以一种惊心动魄的美，形象地展现了粗俗而慷慨的李光头和愚钝而忠诚的宋钢。他们虽不是亲兄弟，但从"文革"时的童年起，生命就至死捆绑在一块。

他们成年于中国的改革开放时代。由于理解现实世界的方式极度不同，他们走向了各自的道路。李光头，这个不寻常的小无赖，充分得益于中国的新形势；而宋钢，落后于时代，无法适应时代变化，沦落为失败者，任人虐待。李光头粗俗、聪明，拥有巨大的胆魄，他是行径难以捉摸的现代企业家，性格复杂，唯意志论者，暴力组织的头目，读者可在马丁·斯科西斯的电影中联想到这种人物，他们通常拥有无穷的能量。作者在描绘两个兄弟的冲突当中，展现了一幅从20世纪60年代到今天的中国社会的完整图景。

当然，这一切可能听起来学术化。如果余华的作品没有上升至史诗的高度，就不能以超妙的思想性冠之。小说无法用平面方式来展现现实，而作者的优势是相信文学想象力的强大。

（让雷米·巴朗）

中国，从"文革"到今天

法国《解放报》2008年4月24日

《兄弟》一书，选择选美比赛作为90年代的象征。我们的古老的刘镇面貌一新，新大街、新高楼。所有一切都是为"处美人大赛"这一浮夸比赛准备的。这一比赛是当地领导指导斗志松懈的媒体进行准备的。

人造处女膜、外科修复手术，承办人亲自检查参赛选手：围绕处美人大赛占据了本书的很大篇幅，这些描写是窥淫癖的顶点。但应该说，从小说的第一部分，读者就被荡妇精神冲击所震撼：不应该泄气，道路还很长，付出的辛苦是值得的。《兄弟》的作者具有非常突出的才能，他用惊讶但又不失关怀的目光看待世界，读他的作品我们的情绪经历了从冷笑到泪水，从滑稽到悲剧，从"文革"时的野蛮到今天全球化的转变。这也是从手推车到高速火车的进步。

《兄弟》是"文革"时代到今天的鸿篇巨制。在改革和开放时代，为了刻画 80 年代，余华给刘镇的居民穿上了日本的旧西服。这满足了人们，确切说是人民群众的神奇的呼声。每个人从他上衣内部看到旧主人的名字。一个手势，一把大白兔奶糖，一辆永久牌自行车，小说因其对细节的刻画受到众人喜欢。

《兄弟》是两个非亲兄弟的故事，但不管活着还是死了，他们仍将是兄弟。我们看到这个母亲守寡七年后，成了宋钢这个男孩的继母。宋钢有教养，很勇敢，但身体虚弱；李光头长得矮壮、滑头，不知羞耻、固执，对性的研究津津乐道。1966 年时，他们还是两个孩子，他们每天都看到红卫兵给阶级敌人戴上高帽打扮得很怪异。不论谁都可以打他们耳光，踢他们的肚子，把鼻涕甩进他们的脖子，解开纽扣朝他们小便。他们遭受侮辱却一句话也不敢说，不敢抬头，其他人则放声大笑并命令他们自己打自己耳光，命令他们喊口号，首先骂自己，接着骂祖先。对于李光头和宋钢来说，这个夏天是他们童年最不能忘怀的。他们的父亲前一天还是英雄，第二天就成了地主，受尽了漫长的折磨。

《兄弟》可能是余华所有书中最为异类的，毛主席语录经常穿插其中（翻译者的一大功劳是将他们翻成了可理解的法语）。最原始、最粗俗的经历可以被删去吗？余华的故事中常有些孩子出现，好像他不能忘记他曾是个孩子。他所有的小说都讲述生活朝夕之间可以逆转，任何事都会发生在所有他所熟悉的中国人身上。

"中国更富裕了，生活比我想象的还要夸张"

《解放报》： 您总是写得这么快吗？

余华： 不，我是被书拖着走。我本想写两百页，但控制不住我自己，写这本书时，我表现得很反常。通常，我在写书时，有时会碰到几天写不下去的情况，但这次，却完全不同，我状态非常好，我的思绪比电脑还快。

《解放报》：《兄弟》中有人不知廉耻地在公共厕所里看女人的臀部。您在书中安排这个场景是为了激起读者的反感还是为了吸引读者？

余华： 这在"文化大革命"中是比较普遍的，有人在公共厕所中窥视女人。那是一个性压抑的时代，这就是我要展示的。

好像其他中国作家都没有这样写过。我这样写，使一些读者很生气。其实我只是写了有人做过但又不想说的事。

《解放报》: 书的整体是相当拉伯雷式的（放纵的）。

余华: 我很欣赏《巨人传》，其中有一句话是这样说的:"如果不想被狗咬着，最好的办法是跑在狗的屁股后面。"在中国，当有人问我一些有关《兄弟》的问题，我都会用这句话回答。这句话的意思是应该找一个与人们的习惯完全不同的角度;一个看上去很笨，其实很聪明的角度;应该逆向做事。这本小说引起许多争论，部分原因是有人认为它太粗俗。可是这部作品就是跑在狗的屁股后面，这是他们没有明白的。

有个批评家对我说:你小说中说捡破烂的人成为亿万富翁，这是不可能。几个月后，中国的新首富出来了，是回收废纸出身的。另一个例子，为了把宋凡平的尸体放入棺材，人们打断了他的膝盖。有人给我写信说这样的事真的发生过，他亲眼看到了，问我写的是不是他看到的那个人。我发挥了想象力，虽然别人可能觉得夸张了点。但这事真的发生了。中国更富裕了，生活比我想象的还要夸张。

《解放报》: 您是根据自己的经历写了这本书吗?

余华: 我父亲很幸运。他是个外科医生。"文革"开始他挨整，被下放到乡下，他为农民做手术做得好，以至于大家都很喜欢他。当造反派想把他带回城里参加批斗会，却找不到他:农民把他藏起来了。

有一天，我和我的哥哥突然看到街上到处都是写着我父亲名字的大字报，我们天天生活在恐惧中，我们害怕他们逮捕我的父母亲。因为这样的事经常发生，前一天一切还好好的，第二天他们就被囚禁了。对于孩子，最糟糕的就是：不知道第二天还能否见到自己的父母。

《**解放报**》：两兄弟的父亲受尽折磨却极有想象力，并且意志坚强。您是受《美丽人生》启发吗？

余华：在中国，一些读者因为我的书想起电影《美丽人生》。我倒没想到。我想到了一个同学的父亲。三个月里，他每天受尽折磨，每天晚上回家身上都血迹斑斑的。最后他投井自杀了。前一天，我还看到他和儿子一起，看到他笑得很开心，第二天他的儿子哭着来上学。我在写这本书时，这个场景不断在我脑海中萦绕。我相信这位父亲早有自杀的打算，但他继续和儿子开玩笑。在"文化大革命"期间，有许多像这样令人钦佩的父母。

《**解放报**》：您在小说中塑造了一个反面人物和一个正面人物吗？

余华：我描写了两个人，他们的道路分岔走向极端。母亲担心流氓儿子李光头以后命运会不好，她相信正直的宋钢会很好地生活下去，她希望宋钢能够照顾李光头。可是时代变了，诚实正直的人被淘汰。李光头反而有了一个很好的命运。这兄弟两人有许多我自己的影子。我有一个高中同学因为太穷而自杀。以前我曾经去我居住的小镇参加同学聚会。后来我不愿去了。境况悬殊太大了。成功者太傲慢，失业者有自尊，这种聚会总会不欢而散。我在1977年离开家乡的中学，我没想到二十多年后变化那么大，人的命运会那么不同。在"文化大革命"时，人们认为情况就是这样，什么也不会改变。

（克莱尔·德瓦尤）

历史逆境中的生活

法国《世界报》2008年5月9日

《兄弟》不是一部历史小说，确切地说，是对抛弃于历史逆境中的两个人物的实地研究。叙述者不耽于任何的分析，只反映事实。逆境的未来是无法预测的，就是这样。宋钢和李光头是家庭重建后的两兄弟；前者胆小怕事，但品行正直，后者野心勃勃且对性事着迷。"文化大革命"使他们成为孤儿，他们陷入冲动。性竞争是该小说的中心，这部小说围绕着刘镇最美丽的姑娘林红的臀部展开，以隐喻的方式，将80年代个人主义的出现，归结为拥有这个令人着迷的女人。

宋钢娶了林红，但无论从社会地位和性生活上都无法满足她。李光头要求做输精管结扎手术，接着又组织了一场处美人大赛。由他自己检查处女们的处女膜，这是他第一次在公共厕所中偷窥淫癖发狂的重复，这一段是他不良习性和发明才能的巅峰。余华导演了价值和力量关系的倒置，他轻松地把小说从滑稽变成了悲剧，从讽刺变成戏剧。

当有人问他是否把自己看成学者时，他大笑。通常，余华很爱笑，但这个问题好像特别使这位中国当代最著名的作家开心。他又开玩笑说："我至多是创作小说的好工人，当然不是学者。"他边用眼睛的余光看我们，边等待我们结束翻译，伊莎贝拉既是《兄弟》的译者，又是他的读者，差不多是向他喊道："总之，这让他开心愉快。"当他在巴黎意外地碰到说普通话的记者时，他说做采访是很累的一件事。

2003 年，余华在美国待了七个月，他一个英语单词也不会，却不停地在各地作报告。"我没预料到要在那儿待这么长时间，我是带上妻子和儿子一起去的，他们想看看这个国家。""我在美国逗留的最后一个月，为了整理我童年时的记忆，我去伯克莱图书馆查阅'文化大革命'的资料。"回到北京后，他放弃了正在写作中的一部小说的计划，开始写作这部 1995 年就构思的《兄弟》。

"我从来没有写过纯粹以'文化大革命'为题材的小说，我常常将它作为背景写入我的小说。我只是以'文化大革命'为历史背景，但我不把这个阶段作为主题本身来写。写《兄弟》这部小说，我明白了当代与'文革'是完全对立的然而又不可分割的两个历史时刻，存在社会形态的对抗，同时也存在意识形态的延续。在四十年中，我们经历了从强权镇压到混乱发泄的转变。过去镇压的暴力表现为这些年发泄的暴力。"

他小说的两部分只有一部分与另一部分相联系才能表达出其完整的意思。他选取一些场景，又布置其他一些场景作为呼应，他详细地、利用隐喻等多样化的手法描述过程。我们打断了他的话："您的小说在中国出版成两卷，而不像在法国和美国一样是一卷。"他又笑着说："我们该单独理解这个问题。我在中国的出版商想尽快拿到文稿。他们认为两个好的销售加起来总比一个好。我不能说他们的做法不对。就因为这个原因他们于2005年和2006年分别出了两本书。我本来想应该像在法国一样整体出一本书。"

小说的第二部分比第一部分写得更快，中间几乎没有停顿。当编辑出版《兄弟》的上部时，他正在全力修改下部，他写得非常顺手，这使他自己都很惊讶，就好像混乱比暴力更合适他。他有意识地停下来先写了后记，解释说两本书是一个整体。

从《兄弟》这部小说完全出版后，一些社会学家和历史学家赞同他的看法。但许多人不原谅两个次要人物，赵诗人和刘作家，两个小镇的唯利是图和胆怯的文人。

在中国有人说《兄弟》不是中国小说，而是好莱坞式蹩脚的作品。"这种说法很无聊。《兄弟》是典型的中国小说，因为它不是流于形式的，读者可能希望它像某部什么作品，可是它不像所有的中国小说。里面穿插了一些现实的粗俗内容，就像我们做菜时一样，需要不同的组合，我们需要细粮，也需要粗粮。"

两年来，尽管一直要外出，他继续写作。他着手三本小说的写作，没选定。"当我写了其中一部的一半时，我先将其他的放一边。我的灵感随每一本书在变。有时我考虑很多，有时我不假思索。我不太明白为什么。我所知道的是，当一个主题经历二三年的工作后，这就值得一试。"余华知道，《兄弟》因其野心和激进称得上是重要的书，至少在他自己看来是这样。有时候，书重塑了作家。这本小说催生了一个新的余华。"十年前我不敢像现在这么自由和真实。写这本书需要很大的勇气。我不会害怕人们读小说的方式。我不会力求讨人喜欢或力求知道怎样写好。在这之前我不敢冒犯，有时我无意这样做了。有人可能认为在《兄弟》中，我故意冒犯读者。事实上，我仅仅有一点勇气写脑子里已有的素材。"

（尼勒斯·阿勒）

从前，在中国

法国《费加罗报》2008 年 7 月 5 日

出生于 1960 年的前牙医余华，在 700 页的纸卷中描写了两个兄弟的命运，他们的生活最初发生在"文化大革命"，然后在市场经济推动下的中国展开。

李光头在垃圾堆中建立了自己的财富，将其小型企业垃圾回收站发展为庞大的进出口公司。白天，他在白色宝马的人造革上弄褶阿玛尼西装；晚上，又在黑色奔驰车上弄。没人知道他掌控了多少家公司，从饭店到火葬场，刘镇的一切都归他所有。他最显著的则是，不计其数的女人和他睡过。这也一再激发他的性欲。同时，他也聚焦了媒体的关注，因为在中国好像还没有什么地方的人像他那样的成功。他竟然举办了"处美人大赛"。于是处女膜修复手术大举入侵，人工处女膜公然叫卖！他完全像一个新的尼禄皇帝；这个亿万富翁享受着他所鄙视的物欲狂欢。尖酸的报复指向这个不可救药的无赖。对于李光头和宋钢来说，这是童年最难忘的事。而宋凡平被折磨至死，无辜的人如此残酷地结束一生。泱泱大国的政局慢慢地变化了。

《兄弟》在温柔和垃圾之间，在闹剧和道德之间，仿佛驶向了地狱。《兄弟》讲述了中国四十年来经历了从狂热的"文化大革命"到开放状态的市场经济，在从道德压制到欲望释放的背景下，一个道德风尚者和一个唯利是图者的复杂命运。

《兄弟》尖刻而深远，需要一个天才才能在这样两个叙述中保持平衡。特别是对于作者，借用比较和隐喻的组合，显示了在四十年间，胆小者、有才华者和贪婪者是如何移动的——从一碗面条到一辆空调汽车。我们用哪个词来形容余华呢？在中国，商业发泄的夸张只能用另一种夸张看到了：即过去的"文化大革命"。简而言之，不能仅仅依靠通过消除暴力以达到另一种状态。

（伊丽莎白·巴利列）

李先生不可阻挡的崛起

法国《图书周刊》2008 年 3 月 28 日

《兄弟》先后出版了上下两卷，引发了不同的读者反映。有些人赞扬这本有如宏伟壁画的小说，真实地再现了从"文革"到我们这个时代这段中国历史。凭借其振奋人心的发展进程，由李光头扮演的小农户从一无所有、数次沦落为孤儿，最终成为反复无常的亿万富翁，甚至想要到太空遨游一番！

但是其他文学批评者对于余华讲述故事所运用的极端现实主义感到十分的震惊。读者在这本书的开端就能看到一种挑衅色彩的倾向。书打开序幕时，少年的李光头因为偷看公厕中正解便的女人屁股而被逮个正着。对于他本人和他可怜的母亲李兰是一个耻辱，而李兰不再真正为他感到耻辱了。她的第一任丈夫，即李光头的亲生父亲，也是犯了同样偷看的勾当：他掉进了粪坑，并淹死在里面了。

余华来到巴黎发行他的新书。人们渴望一睹余华本人，因为他无疑是最具光环效应的人之一，在年轻的中国当代文学中最具独创力的代表人物之一，而中国文学已经在我们中间传播了。《兄弟》是一部迷乱而狂热的小说，它拥有滑稽奇妙的情节，其中的幽默讥诮遭到了最为苛刻的质疑和指责。这是法国读者所知的余华最为伟大的一本书。

（让－克劳德·皮埃尔）

兄弟

法国《文学杂志》2008年5月

《兄弟》融合了故事讲述的所有色调：悲剧、怜悯、抒情、现实、讽刺或滑稽。人们深感同情，醉心于此，惊慌不安，却又意外地自得其乐。展现刘镇，一个上海附近的小镇。两位主人公，李光头和他的兄弟—— 温文尔雅的宋钢，小心地联系在一起，象征了普遍的两种人类类型：前者，富有活力而毫无道德，能够在任何情况下一笑了之；后者，善良，"诚实而不妥协"——这即意味着永远的失败。在他们之间是至高无上的林红，拥有镇里最美丽的屁股。

　　幽默的其中一个来源在于革命性语言的恣肆挪用，如在描述主人公玩世不恭以及次要人物受尽磨难时所采用的语言。与此相仿的是，"余拔牙"环游了世界，余华因为张艺谋拍摄的电影《活着》而家喻户晓，在此之前，人们评价他细致又不失幽默——他在另一种生活中从事牙医的职业。

（艾芙琳·布洛克－达诺）

原载《文艺争鸣》2009 年第 2 期

后　记

······

　　本书是在关于余华的若干研究论文的基础上编撰而成。刘琳女士是本书第一章的有力合作者。"附录二"所列，是我与蔡丽娟女士合作的成果。

　　感谢杭州市文联、杭州师范大学文艺批评研究院提供的出版资助。

　　是为记。

2021 年 5 月 10 日于菩提苑